替天行盜

卷9

詭譎重重

石章魚 著

這世上沒有談不妥的交易
只有給不了的價錢

目錄

CONTENTS

第一章

作繭自縛

譚子聰恨不能打自己一個狠狠的耳光，
早知如此何必來找馬永平幫忙？還不如溜之大吉。
聰明反被聰明誤，總算知道什麼叫作繭自縛。
馬永平道：「子聰，你要記住，你今天所經歷的一切，
所看到的一切，決不能對外張揚。」

馬永平望著眼前的馬永卿，現在的她已經恢復了平時貴婦人的裝扮，她剛剛從戈壁回來的時候蓬頭垢面，狼狽不堪，和現在幾乎判若兩人。馬永卿也在望著馬永平，心中前所未有的冷靜，正是這個被她稱為哥哥的男人當初一手將她送給了顏拓疆，曾經給她極其美好的承諾，有些事她已經記不得了，只是心中有個疑問，他既然如此在乎自己，為何要讓一個瞎子將自己劫走？

如果說過去他是逼不得已，而現在他已經成功奪走了顏拓疆的軍權，距離他的目標已經觸手可及，所差的無非是公開宣佈罷了，一個新滿營軍權的實際掌控者竟然任由一個瞎子將她從大帥府在眾目睽睽之下劫走，此事實在不合情理。這讓她難免不會產生其他的想法，鳥盡弓藏，兔死狗烹，興許自己對馬永平來說已經成為了負累，他剛好趁著這個機會除掉自己。

馬永平擠出一絲笑容道：「永卿，你是如何從那瞎子手中逃脫的？」

馬永卿本想回答他，可馬上又意識到自己應當用另外一種方法來回應，她的鼻翼開始翕動，唇角一撇，捂住面孔就哭泣起來。

馬永平看到她這幅模樣自然不好繼續追問，暗自猜測她必然受了不少委屈，他正想勸慰幾句，一名傭人走了進來，附在他耳邊低聲說了幾句。

馬永平點了點頭，先讓人將馬永卿送回去休息，然後起身去了前院的花廳。

突然來訪的人卻是譚子聰，他和羅獵在西門分別之後並未直接前來帥府，而是先去他位於新滿營的家，譚子聰並不糊塗，今天發生的事情實在太過驚人，若是直接前往帥府去通報，恐怕未必能夠取信于馬永平，所以他準備先回去見了老爺子譚天德，把發生的事情告訴老爺子，徵求一下他的意見再做定奪，不曾想老爺子一早就出去了，至今仍未回家，所以他只能獨自前來面見馬永平。

馬永平對譚天德父子從心底是看不起的，雖然在他篡奪軍權的過程中這父子兩人幫了一些忙，出了一些力，可這父子兩人的能力實在欠缺，連他們的老巢紅石寨居然都能被連雲寨的流寇奪走。可馬永平目前還離不開這幫人，畢竟有些見不得光的事情還需要他們去做。

譚子聰看到馬永平從門外進來慌忙站起身來，過去他和馬永平一度以兄弟相稱，可今時不同往日，如今馬永平已經成為新滿城的實際掌權者，成功掌控了軍權，他早晚都會得到顏拓疆甘邊寧夏護軍使的職位，以後這片廣袤的土地將會是他當家了，譚子聰招呼道：「馬將軍。」

馬永平微微笑了笑，他看出譚子聰對自己的恭敬，這些年的付出總算有了回報，為了這一天，他不惜忍辱負重，甚至不惜獻出自己最愛的女人，別人都看到他今日之風光，誰知道他背後付出了怎樣的努力，親切道：「子聰回來了。」

譚子聰道：「回來了。」

馬永平坐了下去，看到譚子聰仍然站著，招呼道：「坐！」

譚子聰這才坐了下去。

馬永平道：「雅布賴那邊的情況怎麼樣？」

譚子聰的臉有些發燒，畢竟丟掉了老巢不是件光彩的事情，他低聲道：「他們非常警惕，我們的幾次行動都被提前發覺，我懷疑我們的內部出了問題，有人在為他們通風報訊。」

馬永平點了點頭道：「最怕的就是內部出問題，不過你不必擔心，等新滿營這邊的事情穩定下來，我會派兵幫你奪回紅石寨。」

如果是在今天之前，譚子聰很可能要對馬永平感恩戴德，可現在他所關心的卻不是紅石寨了，他小心道：「今天我在回來的路上遇到了一些麻煩。」

馬永平皺了皺眉頭，問詢的眼光投向譚子聰。

譚子聰道：「我在途中遇到了一些塔吉克族人，他們宛如行屍走肉一般，遇到人就瘋狂攻擊。」說到這裡他故意停頓了一下，悄悄觀察馬永平的表情。

馬永平的眉頭皺得越發厲害，譚子聰的話引起了他的注意，他不由得想起了在黑龍寺發瘋的士兵，低聲道：「說清楚一些。」

譚子聰故意沒有提起方平之的事情，因為他並不知道馬永平會不會相信自己，而且方平之所帶的那些士兵全都發瘋，馬永平會不會將這筆帳算在自己的頭上，思前想後他還是撒了謊。

譚子聰道：「我們遇到了六名塔吉克族人，他們和我們一樣在老營盤躲避風沙，可不知怎麼了，其中一人突然發了瘋，對周圍人又撕又咬，有人當場被咬死，可奇怪的是，那被咬死的人居然又很快活了過來，他同樣發了瘋開始去攻擊其他人。」

馬永平聽到這裡表情已經變得極其陰沉：「當真？」

譚子聰點了點頭道：「那些人發瘋之後不但攻擊力強悍，而且他們不怕子彈，子彈射在身上沒事人一樣，只有射中他們的頭部才能將他們殺死。」其實譚子聰此前已經聽方平之說過，在方平之離開新滿營之前曾經去探望過他的一名部下，那名部下是在黑龍寺被人咬傷。

馬永平點了點頭道：「你確定是在老營盤？那裡現在什麼狀況？」

譚子聰道：「我好不容易才逃了出來，那邊現在究竟什麼樣子我也不知道，我只是擔心，如果那些發瘋的人進入新滿城，恐怕……」

馬永平忽然站起身來：「你跟我來！」

馬永平帶譚子聰去的地方就在大帥府附近的地牢，走入地牢，譚子聰就聽到淒慘的嚎叫聲，馬永平將他帶到其中一間囚室，囚室內，一個滿臉是血的人正在拚命用頭撞擊著鐵柵欄，他缺失了一隻耳朵。

馬永平用手電筒照射在那人的臉上，那人對光表現出恐懼，踉踉蹌蹌向後退去，雙手捂住面孔。

譚子聰道：「就是這個樣子，他們大都是這個樣子。」

馬永平點了點頭，他拍了拍手，地牢內燈光亮起，譚子聰舉目望去，卻見從這裡向內的十多個囚室內全都有人，那些人無不精神恍惚，在囚室內做出種種瘋狂的舉動。

馬永平道：「這些人全都是我的士兵。」

譚子聰顫聲道：「有多少人變成了這個樣子？」

馬永平道：「目前查出了十五個，還有六人被當場擊斃。」他已經盡最大努力控制事態的發展，從目前來看還算不錯，馬永平不知到底發生了什麼事，只是猜測這種瘋狂病症的大致傳播途徑，所以才將感染者全都送到這裡囚禁起來。

譚子聰道：「馬將軍，我們必須要儘快採取行動，將這些感染者全都剷除，也只有這樣才能滅除隱患。」

馬永平點了點頭，轉身離開了地牢，譚子聰趕緊跟著他逃了出去，來到外面，月光如水，霜華滿天，馬永平背著雙手望著空中的月亮，低聲道：「我本以為被感染的人只有這麼多。」

譚子聰道：「老營盤那邊還有不少，將軍要當機立斷啊。」

馬永平沒有表態。

譚子聰道：「他們怕光，一旦到了黑夜裡就表現得特別興奮和活躍，只要我們儘快採取行動，將所有的感染者全都清除掉，那麼事態就不至於太壞。」

馬永平望著譚子聰的雙目中流露出欣賞的神情，這神情卻讓譚子聰心中一沉，他開始意識到自己說的可能太多了。

馬永平道：「子聰，我有件事想你幫忙。」

譚子聰已經猜到馬永平想說什麼，可此時他想補救已經來不及了。

馬永平道：「我一直當你是好朋友好兄弟，唇齒相依，唇亡齒寒，此事非同小可，如果消息洩露出去，必然會造成很大的恐慌，所以我暫時不能出動軍隊。子聰，我想你率領你的人馬前往老營盤剿滅那些人。」

譚子聰好不容易方才逃出生天，他又豈肯回去，哭喪著臉道：「將軍，不是我不肯答應，而是那些人都成了殭屍太難對付了……」

馬永平道：「我會給你提供最好的武器裝備，除了人之外，我可以提供給你需要的一切，城外的那些感染者本來就是你的部下，於情於理，你都有責任解決這件事。」

譚子聰恨不能打自己一個狠狠的耳光，早知如此何必前來找馬永平幫忙？還不如就此溜之大吉。聰明反被聰明誤，現在總算知道什麼叫作繭自縛。

馬永平道：「子聰，有件事你務必要記住，你今天所經歷的一切，所看到的一切，決不能對外張揚。」

譚子聰道：「可是……裡面的那些人。」

馬永平道：「新滿營不會有任何問題，事態我已控制住了，這裡發生的任何事，我會解決，可老營盤那邊要靠老弟你了。」他伸手拍了拍譚子聰的肩膀。

事到如今譚子聰已經騎虎難下，他點了點頭道：「好吧……我……我盡力而為。」原本他還想將顏天心和羅獵的事情一併向馬永平密報，可馬永平反手擺了他一道之後，譚子聰徹底放棄了這個想法，顏天心和羅獵雖然是自己的仇人，可馬永平絕不是自己的朋友，他們相比，至少羅獵沒有將自己在戈壁灘，讓他被那群殭屍分而食之，馬永平卻要將自己推出去為他擋槍。

譚子聰道：「黑水寺到底發生了什麼事？」

馬永平道：「其他的事你不用問，總而言之，你做好份內之事，我絕不會虧待老弟。」停頓了一下又道：「只要你幫我做成此事，我就派兵將紅石寨攻下來給你。」

「他放屁！」譚天德怒氣沖沖將手中的茶壺摔在了地上，茶壺被摔得粉碎。譚子聰一回來就將所有的苦水都倒給了父親，他因為自己剛才的自投羅網而後悔不迭。

譚天德來回走了幾步，餘怒未消地罵道：「這混帳東西，如果不是我們給他支持，他焉有今日？現在遇到了麻煩，竟然要將咱們爺兒兩個先給推出去，簡直忘恩負義。」

譚子聰道：「爹，此一時彼一時，他如今已經得勢，自然不會再將我們父子放在眼裡。」

譚天德雖然生氣，可並沒有被氣昏頭腦，很快就冷靜了下來，低聲道：「你所說的全都是真的？」

譚子聰點了點頭道：「我親身經歷，今天如果不是那個姓羅的，恐怕我沒機會再見到您老人家了。」

譚天德道：「殭屍？這世上真有殭屍？」

譚子聰道：「他們是不是殭屍我不知道，可只要被咬之後馬上就會發病，開始的時候我們人多，可後來不停有人被咬發瘋，到最後，跟隨我的五十多名兄弟只有我一個人逃出來了。」

譚天德雖然沒有親眼看到，可通過兒子的描述也能夠想像出當時場景之可怖，他歎了口氣。

譚子聰道：「爹，我思來想去，還是不能去送命，別的不說單單老營盤的感染者就有八九十人，他們根本不怕死，我們在城內的兄弟加起來也就只有二百多人，就算我們全部出動，也不會有勝算。」

譚天德道：「可馬永平下了令。」

譚子聰道：「趁機會咱們敲他一筆，從他那裡得到裝備和武器後離開。」

譚天德搖了搖頭道：「走？又能走到哪裡？這片區域全都是他的勢力範圍，如果被他發現咱們沒去老營盤為他辦事，他必然會翻臉無情，到時候咱們連最後的容身之處都沒有了。」

譚子聰道：「如果不走，難道留下來等死？」

譚天德瞇起雙目望著桌上跳動的燭光，過了一會兒方才道：「那姓羅的好像對這件事有些瞭解。」

譚子聰點了點頭道：「他在美國留過學，倒是見多識廣。」

譚天德道：「這個人我倒想領教一下。」

譚子聰道：「他約我明天清晨六點在向陽客棧見面，不過他身邊還有一個人，就是顏天心。」

顏天心一早就來到了向陽客棧附近，她選擇了一間民宅的屋頂爬了上去，在屋脊處隱蔽，從這裡可以清楚地看到向陽客棧門前路口的情景。羅獵約了譚子聰在這裡見面，目的是要從譚子聰那裡探聽一些消息。而顏天心對譚子聰其人是不信任的，雖然她對羅獵的實力有信心，然而仍需做最壞的打算。顏天心尋找到最合適的角度，只要譚子聰膽敢對羅獵不利，她會第一時間將之射殺。

羅獵準時來到了向陽客棧門前，他對危險的感覺已經變得越來越敏感，這讓他在應對非常處境的時候表現得遊刃有餘，也越發自信。

譚子聰並未如約而來，羅獵抵達向陽客棧的時候，已經有位帶著墨鏡穿著長衫的老者先於他到來。

藏身在房頂的顏天心認出那老者居然是紅石寨的寨主譚天德。

譚天德向羅獵點了點頭，主動招呼道：「羅先生是吧？老夫譚天德，譚子聰乃是犬子。」

羅獵微笑道：「老先生早，令公子怎麼沒來？」

譚天德手中的拐杖在地上頓了一下，然後道：「這裡說話不方便，咱們去早點鋪邊吃邊聊。」

譚天德所說的早點鋪並沒有多遠，是一家清真包子鋪，兩人尋了個僻靜的地方坐了，譚天德叫了幾籠包子，兩碗羊骨湯，將墨鏡摘下，深邃的雙目盯住羅獵的面龐，打量了好一會兒方才道：「羅先生相貌堂堂，一表人才。」

羅獵笑道：「老先生過獎了，不知老先生有何指教？」

譚天德將身子向羅獵欠了欠道：「老營盤發生的事情我都聽說了，子聰本想親自過來，可他又擔心被人盯梢，反倒暴露了羅先生的行蹤，謹慎起見方才由我過來。」他一語雙關，既解釋自己為什麼要親自來見羅獵，又告訴羅獵，譚子聰並未出賣他。

羅獵道：「父子之間原本就不應該有任何的隱瞞。」

譚天德道：「新滿營的地牢內有十五名你說的殭屍。」

羅獵內心一怔，其實他早就料到不僅僅是老營盤存在感染者。

譚天德道：「最早發瘋的人是在黑水寺。」

羅獵道：「黑水寺？」

譚天德點了點頭道：「黑水寺近幾年一直是存放士兵骨灰的地方，顏拓疆還特地將之改名為忠義廟，我只知道前天馬永平率領部下去了黑水寺。」

羅獵道：「他因何要去黑水寺？」

譚天德看了看四周，確信無人關注他們，方才低聲道：「我聽說是去找一口棺材。」

羅獵的內心頓時激動了起來，當真是踏破鐵鞋無覓處得來全不費工夫，想不到這麼容易就找到了龍玉公主的遺體，雖然目前還無法確定，不過羅獵憑直覺認為此事應該不會有錯。譚子聰親歷老營盤的那場血戰，此事他必然不會隱瞞他的父親，從譚天德剛才的那番話能夠聽出，譚子聰前往說服馬永平派兵的事情並沒有那麼順利。

其實羅獵來此之前甚至做好了被譚子聰出賣的準備，畢竟譚子聰為人豺狼成性。而今譚天德親自前來，一開始又表現出如此的誠意，不難推斷出他們父子遇到了麻煩，不小的麻煩。

譚天德老謀深算，他本以為就算兒子口中的羅獵是一個出類拔萃的年輕人，可終究經驗欠缺，他相信自己一眼就能夠看透對方的心機，所以一開始就接連拋出了看似充滿誠意的誘餌，然而羅獵的表現卻安之若素，以譚天德老辣的眼光竟然看不出羅獵表情的任何波動，更不用說試圖窺探他的心理。譚天德終於明白，因何兒子會對一個曾經擒獲他的敵人如此心服，即便是在背後也對羅獵推崇備至，果然並不是沒有原因的。

羅獵道：「據我所知，令公子和軍方的關係一直良好。」

聽話聽音，譚天德馬上聽出羅獵對己方仍然存有疑心，這也難怪，畢竟他們和馬永平的合作早就不是什麼秘密，譚天德道：「這個世界上沒有永遠的朋友，只有永恆的利益，不瞞羅先生，昨夜犬子去見了馬永平，將老營盤發生的事情如實告訴了他。」

羅獵聽到這裡已經猜到發生了什麼，定然是馬永平將這個麻煩推給了譚天德父子，讓他們派人解決老營盤的事情。羅獵道：「他應當遠未瞭解這些感染者的可怕，現在他們身在戈壁，荒無人煙，短時間內疫情無法擴展，可是如果他們來到了新滿城，這裡人口密集集中，疫情就會迅速擴散開來。」

譚天德道：「照你看，咱們在他們抵達這裡之前，將他們全部殲滅的機會有多大？」

羅獵想了想方才道：「也不是全無機會，你能不能搞到飛機？」

譚天德明顯愣了一下，他雖然是紅石寨的首領，也算得上是一方梟雄，可飛機這麼稀罕的玩意兒他也只是聽說過，搖了搖頭道：「連軍方都沒有一架，汽車倒是有的。」

羅獵對他的回答也不意外，畢竟這裡遠離中原地帶，顏拓疆雖然是甘邊寧夏護軍使，可他的實力與地位和北洋政府其他赫赫有名的軍閥無法相比，目前新滿營的這支軍隊是他一手創立起來的，雖然擁有了坦克大炮之類的重型武器，可是並沒有飛機，馬永平倒是提出過，不過一直沒有付諸實施。

羅獵道：「老先生所說的地牢內的那些殭屍，馬永平準備怎麼處理？」

譚天德搖了搖頭，如實回答道：「我不清楚，依我看應當是準備研究對策吧。」

羅獵點了點頭，心中暗暗擔心，如果新滿城內只有這十五名殭屍，那麼事態還在可控的範圍內，如果不然，恐怕麻煩就大了。

譚天德道：「子聰已經答應了他們的要求，軍方會為我們提供武器，我們去殲滅老營盤的那些殭屍。」

羅獵道：「老先生能否先派人帶我去一趟黑水寺？」

譚天德道：「你懷疑黑水寺是這場瘟疫的根源？」

「不錯！」

譚天德瞇起雙目，流露出狡黠的光芒，羅獵從他的表情就意識到這老狐狸沒那麼容易合作。

果不其然，譚天德提出了自己的條件：「聽說羅先生和顏天心在一起。」

羅獵點了點頭，既然準備跟這隻老狐狸合作，就不怕打破天窗說亮話。

譚天德道：「羅先生可不可以代為引見，我跟她有些事情需要商量。」

羅獵微笑道：「有什麼話，老先生不妨對我明說，來此之前，她已經委託我全權代理。」

譚天德道：「也好，我可以配合羅先生解決老營盤的麻煩，也可以帶羅先生去黑水寺，但是等這些麻煩解決之後，我希望羅先生能夠說服顏天心，將紅石寨還給我們。」

羅獵居然想都不想就點了點頭道：「沒問題。」

譚天德見他答應得如此痛快，反倒有些疑惑了。

羅獵又道：「不過我也有個條件。」

譚天德道：「羅先生請說。」

「幫我救出顏拓疆。」

譚天德兩道花白的眉毛瞬間皺了起來，臉上的表情有些為難，救出顏拓疆就意味著要和馬永平為敵，現在馬永平才是新滿營的主人。可他轉念又想到，馬永平已準備將他父子二人推向絕境，他既然能做初一，自己父子又何妨做出十五。更何況他們只要選擇與羅獵這群人合作，此事洩露出去必然為馬永平不容。

羅獵看出譚天德在猶豫，輕聲道：「老先生想得太遠，若是我們無法解決老營盤的危機，別說紅石寨，恐怕整個甘邊，甚至整個中華都將被恐怖所籠罩。」

譚天德經他一說如夢初醒，不錯，自己的確想得太遠了，當務之急應當是解決老營盤的危機，如果能夠解決了這件事，他們方能考慮以後的事情。他抬起雙眼望著羅獵道：「我相信羅先生是個君子，黑水寺，我親自帶你過去。」

羅獵看到終於說服了譚天德，內心不由得一陣欣慰，他向譚天德道：「我也給譚老先生一個忠告，在沒有充分的準備之前，我們不可輕舉妄動，如果新滿城只有那十五名感染者，此事還算樂觀，咱們先去黑水寺搞清楚事情究竟是如何發生的。」

譚天德道：「可是馬永平已經命令子聰儘快前往老營盤剿滅那些殭屍。」

羅獵道：「將在外，軍令有所不受。」

譚天德明白了羅獵的意思，唇角露出意味深長的笑意。

烈日當空，新滿營以西的戈壁灘白茫茫一片，再往前行就是沙漠了，譚子聰站在敞篷越野車之上，從他的角度可以將方圓十多里以內的動靜看得清清楚楚，他雙手舉著望遠鏡環視周邊，在他目力所及的範圍內只是看到了一隻野兔和幾隻土撥鼠。

如釋重負地鬆了口氣，他這次一共帶了二百多人，這已經是他們留在新滿營內幾乎所有的力量了，也是他們的骨幹所在。馬永平將這個艱巨的任務交給了他雖然不夠厚道，可在裝備和武器上對他還算慷慨，一共給他們配了三輛越野車，四輛軍用卡車，外加四挺機槍，武器彈藥極其充沛。

譚子聰並未將今天出征對付的真正目標告訴那些手下，一旦讓他們知道了實情，恐怕無人願意追隨自己前往，人心若是散了，隊伍自然就沒辦法再帶了。

按照他們此前和羅獵商定的計畫，離開新滿營之後，在空曠的地方暫時安營紮寨，靜候羅獵那些人的會合，前往圍殲老營盤也要等到他們回來之後。

在馬永平前往黑水寺之後，這裡突然發生了一件極其詭異的事情，斷流已久的黑龍泉居然再度噴湧了，這次噴出的全都是紅色的血水，短短兩日，乾枯的黑龍潭已經蓄滿了紅色的液體，血一樣，看不到底，讓人觸目驚心。

黑水寺的駐軍已經全部被撤走，通往黑水寺的托龍橋也被摧毀，現在想要前往黑水寺，一是繞到拖龍山，從後山翻越山峰抵達那裡，還有一個辦法就是從兩座相距十米的懸崖上飛越過去。

十米的距離並不算遠，兩座懸崖之間卻是萬丈深淵，一旦跌落下去就會粉身碎骨。譚天德望著已經被炸毀的橋樑不禁搖頭，事情從開始就不順利，對面的黑水寺已經近在眼前。

譚天德此行還帶來了一名叫趙武更的得力手下，這趙武更不但對這一帶的地形極為熟悉，而且他武功槍法都非常高明，有他在身邊也能夠確保譚天德的安全。趙武更道：「大當家，橋斷了，咱們若是想過去，就必須繞到拖龍山然後翻山，沒有半天的時間是不可能了。」

譚天德望向羅獵，他在徵求羅獵的意見。

羅獵轉身回到他的馬前，從馬上的行囊中取出飛抓，來到斷橋前，選定了對側的一棵松樹，右手風車般旋動飛抓，在轉速達到最大的時候脫手離心飛了出去，那飛抓飛越斷橋，纏繞在了松樹的樹幹上，連續繞了幾個圈，飛抓深深嵌入樹幹之上，羅獵用力拽了拽，確信這繩索足夠結實，又在附近尋找了一棵足夠結實的松樹，將繩索的另外一端結結實實繫好了。

趙武更明白了他的意思，驚聲道：「你打算抓著繩子越過斷橋？」

羅獵以微笑回應了他的提問，此時顏天心已經率先攀上了繩索，雙手交替前行，不一會兒功夫已經來到了對面，雙腳落到實地之後，她先行檢查了飛抓嵌入的樹幹，確信繩索並無鬆動，方才向羅獵打了個手勢。

羅獵向譚天德道：「譚老先生要不要先請？」

譚天德唇角的肌肉抽動了一下，旋即浮現出一個極其苦澀的笑容：「你請，你請，我老了，身手不行了。」

羅獵也不客氣，抓住繩索，輕舒臂膀，也順利通過了斷崖來到對面。

譚天德不禁掏出汗巾擦了擦額頭上的冷汗，換成自己年輕的時候或許敢冒險一試，現在這把老骨頭可冒不得險了，轉向趙武更，看到這廝仍然站在那裡，不由得怒道：「你怎麼還不過去？」

趙武更嚇得臉都白了：「我……我可不成……」腦袋撥浪鼓般搖晃了起來。

譚天德道：「你不去，我怎麼知道他們在裡面做什麼？更何況你還要引路。」他的手摸向了腰間。

趙武更知道那是手槍的位置，他對這位大當家的脾氣是知道的，當下再不敢推脫，戰戰兢兢抓住了繩索，學著羅獵他們的樣子向對面攀援而去。

顏天心望著在繩索上膽戰心驚的趙武更，悄悄向羅獵說道：「真擔心他會掉下去。」

羅獵笑道：「譚老爺子對咱們不放心呢，也好，至少多了一個人引路。」

趙武更落地之時，雙腿一軟，噗通一聲就跪倒在了地上，他確信自己仍然活在這世上，捂住胸口暗自慶幸，至於眼前的丟人模樣根本算不上什麼。

譚天德在對面向羅獵抱了抱拳，分明是讓他們幾個多加保重的意思。

羅獵笑了笑，也抱拳還禮。

趙武更從地上爬了起來，喘了幾口粗氣道：「前面就是忠義廟了，也就是黑龍廟，幾年前顏拓疆改建了這裡，將這裡當成了存放陣亡將士遺骨的地方……」他將黑水寺的由來向兩人娓娓道來。

羅獵聽得非常仔細，談話間已經來到黑龍潭邊。顏天心剛剛才聽趙武更說過黑龍潭早已乾枯，潭底滿是屍骨，可舉目望去，只見黑龍潭內積滿了殷紅色的血水，不由得愕然道：「你們看！」

羅獵和趙武更幾乎在同時也留意到了黑龍潭的變化，趙武更看到滿潭血水頓時雙腿又軟了，顫聲道：「血水滿潭，大凶之兆，這裡果然鬧鬼了，咱們……咱們還是回去吧……」

羅獵道：「大白天的哪有什麼鬼。」他來到黑龍潭旁邊，抽出太刀探入潭內，從中沾了少許的血水，湊到鼻翼間聞了聞。

顏天心提醒他道：「小心有毒。」

羅獵道：「如果我沒猜錯，這血水裡面應該是富含了鐵元素，才會發紅。」

顏天心道：「這水原本不是乾枯了嗎？怎麼會突然又漲滿了水？」

羅獵道：「這兩天這一帶有沒有下雨？」

趙武更道：「風倒是刮得挺大，可就是一滴雨都沒有落下來。」

顏天心回頭看了看，卻見譚天德仍然站在對面，這老狐狸正端著望遠鏡朝這邊張望，留意著他們的一舉一動。

羅獵抬頭望向前方，在黑水寺的右側就是一大片蒼莽的山林，其中生滿了參天古樹，這山林也為黑水寺擋住了不少風沙，讓這座古剎免於被風沙侵蝕。

他們來到黑水寺的正門，看到匾額已經被扔在了地上，斷裂成為兩半，大門不但上了鎖而且用封條封上，這些都是馬永平所授意，黑水寺士兵發瘋之後，他下令將這裡封閉，又讓人炸毀托龍橋。

顏天心心思縝密，發現封條上有幾隻染血的手指印，湊近一看，那指印上卻不見指紋，趙武更也發現了這一秘密，顫聲道：「沒有指紋……一定是鬼……一定是鬼……咱們別進去了……」

羅獵揚起太刀，刷的一刀砍了下去，一刀就將門鎖劈開，伸手推開山門，從山門內，黑壓壓一片的烏鴉爭先恐後地從裡面飛了出來，趙武更嚇得抱著腦袋就趴在了地上。

羅獵用身體護住顏天心，避免她被烏鴉攻擊，不過那些烏鴉並未攻擊他們，而是振翅向山林中飛去。

趙武更發現只不過是普通的鳥兒罷了，狼狽不堪地從地上爬了起來。羅獵和顏天心已經先行走入了前院內。或許是為了掩飾心中的尷尬，趙武更加快腳步趕了上來，為兩人介紹道：「前面就是天王殿，再往後才是忠義殿，忠義殿的後方就是存放陣亡將士遺骨的地方。」

顏天心和羅獵關心的並不是這些，他們這次前來的最主要目的就是尋找龍玉公主的遺體，如無意外，那具棺槨就應當放在這裡。

走過天王殿，在後方院落中看到了一具被燒成焦炭的屍體，屍體正是前日隨同馬永平前來之時不幸被雷劈那個士兵。因為天氣炎熱，屍體奇臭無比，在距離他右前方不遠處還有一具白骨。

羅獵戴上口罩，在兩具屍體前分別檢查了一下，很快就發現那已經變成白骨的屍體頭部有多個槍洞，這些人應當都是跟隨馬永平而來，一槍射中頭部就能致命，何以開了那麼多槍？解釋只有一個，那就是這具屍體曾經感染了殭屍病毒。白骨上還沾染了一些新鮮的血肉，羅獵忽然想起了剛剛從山門內飛出去的烏鴉，內心陡然一沉。

顏天心也在同時想到了這一點，低聲道：「羅獵，那些烏鴉是不是吃了死者的血肉？」

羅獵道：「目前還無法確定。」其實他心中已經肯定了顏天心的推斷。

趙武更已將手槍抽了出來，他不停四處張望，生怕有什麼可怕的東西突然從哪個角落裡跑出來。

顏天心指了指前方的一處土坑：「這裡好像被人引爆過。」

羅獵點了點頭來到土坑前，看到一截染血的繩索，根據眼前的跡象推斷，馬永平之所以引爆這裡，很可能因為這個洞口有很可怕的東西，這根染血的繩索表明，在引爆之前或許有人進入了地洞，羅獵的目光又回到那堆白骨上，潛入地洞的人應該就是他吧。

羅獵在腦海中已經還原了當日的情景，他做出一個最可能的判斷，地洞的某種不知名的東西就是殭屍病毒的源頭所在。

顏天心指了指忠義殿，這座由大雄寶殿改建而成的殿宇，如今已經成了儲存陣亡將士遺骨和牌位的地方，房門外一樣有封條，羅獵挑開封條，推門而入。

顏天心慌忙打開了手電筒，燈光照亮了大殿，卻見大殿正中擺放著一具棺槨，那棺槨正是他們此前用來保存龍玉公主遺體的那個。顏天心心中暗喜，總算找到了棺槨，只要龍玉公主的遺體還在裡面，這一切可怕的事情就能夠終結，在她看來現在所發生的一切都和龍玉公主的詛咒有關。

趙武更看到大殿內的棺材嚇得止步不前，自從進入黑水寺所看到的事情越來越詭異，這對年輕人究竟在找什麼？

顏天心圍繞棺材轉了一周，發現原本貼在棺材上的符紙全都被人揭去，內心頓時變得沉重起來，她向羅獵道：「有人動過這棺材。」

羅獵看到棺材上方交叉的紅線，不禁好奇道：「這些血線是什麼意思？」

顏天心道：「血線和符紙都是卓先生所為，他說只有用這種方法才能讓龍玉公主的遺體保持安眠。」她仍然習慣性地尊稱卓一手為先生，可現在已經明白這件事從頭到尾都是卓一手的陰謀，他從一開始就是一個知情者，自己無疑被他利用了。

羅獵戴上手套，他用力將棺蓋推開，顏天心將光束投向棺內，果不其然，屍體已經不知所蹤，棺材的底部出現了一個大洞。

羅獵盯著那個洞口不由得聯想起外面爆炸坍塌的洞口，他低聲道：「這棺槨此前應當是放在院子裡的，棺材底部的洞口和爆炸之前的地洞相通。」

顏天心不由得打了個冷顫，俏臉頃刻間變得蒼白，她明白羅獵的意思，咬了咬櫻唇，默默退了出去。

羅獵將棺蓋重新掩上，隨後離開了忠義殿，將那雙手套扔在了一旁。顏天心默默望著院內的彈坑，心情凝重到了極點。

羅獵來到顏天心的身邊，安慰她道：「你不用擔心，我們一定能夠找到龍玉公主的遺體。」

顏天心卻搖了搖頭道：「她可能已經復活了。」

羅獵伸出手去攬住她的香肩，低聲道：「這世上沒有人能夠死而復生。」像是勸說顏天心，卻更像是要說服自己，他已經經歷了太多不可思議的事情，如果顏天心所說的復活只是生命的另一種形式，如果龍玉公主從未真正死去，她只是在冰棺中沉睡休眠，不然又何以解釋她的遺體歷經漫長的歲月仍然栩栩如生？未經特殊的處理而不見任何腐朽？

顏天心一字一句道：「現在所發生的一切都是她在操縱……」她似乎聽到身後傳來響聲，下意識地回過頭去，卻見剛剛被羅獵合攏的棺蓋正一點點移動開來，一隻蒼白的小手慢慢探出棺材的邊緣，緩慢但毫不費力地推開了棺蓋，然後看到一個身穿紅裙的嬌小身影從棺材內爬了出來，濕漉漉的黑色長髮遮住了她的面龐。

顏天心惶恐地睜大了雙眼，拚命告訴自己看到的只不過是幻象而已。

那女孩蒼白的手緩緩掀開了蒙在臉上的長髮，露出一張宛如白紙般的面孔，這張臉上竟然沒有任何的五官。

第二章

殭屍病毒

羅獵因為那隻烏鴉的出現而感到不安，
烏鴉身上出現感染症狀，如果殭屍病毒連鳥類也能夠感染，
那麼擴展速度要比自己想像得更快，想起剛入黑水寺時，
撲面而來的鳥群，羅獵的心情越發沉重，
如果那群烏鴉感染了殭屍病毒，
那麼牠們會讓病毒的傳播變得不可控制。

「天心！」羅獵近在咫尺的大吼聲將顏天心喚回到現實中來，她嚇了一跳，這會兒功夫額頭上已經佈滿了細密的冷汗。

羅獵已經不是第一次見到顏天心發生這樣的狀況，當初他們在九幽秘境的時候，顏天心就有過這樣恍惚的經歷，其實同樣的狀況羅獵也曾經發生過，他發現情況不對的時候，就及時喚醒了顏天心。

顏天心充滿歉意地笑了笑，可笑容卻無比蒼白生硬。

羅獵悄然感知著周圍的一切，他並未從周圍覺察到任何的危險，事實上在他進入黑水寺之後，他的感覺就受到了不少的影響，在打開山門的剎那，他甚至都沒有覺察到從裡面撲面而來的那群烏鴉，這在平時是不可能的，自己的洞察力和超人一等的感知能力在這裡明顯大打折扣。

羅獵望著那個被掩埋起來的地洞，心中暗忖，這其中是否隱藏著真相？神秘失蹤的龍玉公主的遺體，是否就藏在地洞之中？太陽越升越高，陽光照亮了整個庭院，這讓他們內心中的壓抑多少減輕了一些，顏天心留意到在不遠處有一道反光，循著那道反光走了過去，從地上撿起一塊玉佩，這玉佩她非常熟悉，曾經不止一次見卓一手佩戴過。

由此不難證明卓一手來過這裡，同時也證實了卓一手出賣他們與馬永平合作的事情。

羅獵走了過來，輕聲詢問道：「這玉佩你見過？」

顏天心點了點頭道：「卓先生的東西。」

羅獵道：「他煞費苦心地將龍玉公主的遺體運來這裡，必然有他的目的，同馬永平合作想必也是為了找回龍玉公主的遺體吧？」羅獵並未提起卓一手出賣他們的事情，他對人性的複雜要比尋常人深刻得多。

顏天心道：「興許他知道龍玉公主的下落。」其實她明白龍玉公主的遺體很可能被卓一手得到了。

羅獵道：「也就是說咱們只要找到了卓一手，就能夠找到龍玉公主的遺體，看來咱們這一趟也不算是全無收穫。」

顏天心歎了口氣道：「真是服了你，什麼事都可以看得如此樂觀。」

羅獵道：「你該不是說我沒心沒肺吧？」

顏天心莞爾道：「你可不是沒心沒肺，你是我見過鬼主意最多的一個。」

羅獵故意皺眉道：「誇我？還是罵我？」

身後忽然傳來一聲槍響，這突如其來的槍聲將兩人嚇了一跳，他們同時轉過身去，卻見趙武更舉槍射殺了一隻振翅撲向他的烏鴉，這一槍射得極準，那烏鴉在地上尚未死絕，撲楞著翅膀，烏鴉的翅膀也滿是血跡。

趙武更啐了口唾沫道：「這烏鴉生得好醜。」

顏天心提醒他道：「你離牠遠一些。」

趙武更道：「一隻老鴰罷了，有什麼好怕？」可不曾想那烏鴉居然從地上掙扎著站立起來，趙武更一愣，他還從未見過生命力如此強悍的烏鴉。

咻！一道白光掠過，卻是羅獵及時射出飛刀將那隻烏鴉的腦袋斬斷。

烏鴉的腦袋滾落到了地上，無頭的身子卻仍然倔強地站立著，繼續向前走了兩步。顏天心舉槍射擊，正中烏鴉的身體，將烏鴉轟了個稀巴爛，黑色的羽毛在空氣中四處飄揚。

黑水寺傳出的槍聲在空曠的山野中久久迴盪，譚天德被槍聲驚動，他慌忙拿起望遠鏡朝槍聲傳來的方向望去，並沒有看到什麼特別的狀況，可好端端地他們因何要開槍？頭頂一片濃重的烏雲緩緩移動了過來，遮住了陽光，周圍的景致變得暗淡起來。

視野中出現了羅獵三人的身影，他們匆忙向外跑來。

羅獵因為那隻烏鴉的出現而感到不安，剛才那隻烏鴉身上出現了明顯的感染症狀，如果這種殭屍病毒連鳥類也能夠感染，那麼其擴展速度要比自己想像得更快，想起剛入黑水寺的時候，撲面而來的鳥群，羅獵的心情越發沉重，如果那群烏鴉全都感染上了殭屍病毒，那麼牠們會讓病毒的傳播變得不可控制。

趙武更雖然剛才過來的時候是最後一個，逃離的時候卻跑在了最前方，他也和羅獵想到了一處，甚至擔心剛才出現的那隻烏鴉不止是一個，或許牠的同伴很快就會接踵而至，他搶先抓住了繩索，雙臂交替向前，很快就已經來到了繩索的中段。

羅獵和顏天心彼此對望了一眼，相互一笑。

譚天德雖然不知在黑水寺內究竟發生了什麼，可是從趙武更的表現也能夠猜到一二，心中暗罵，老子的臉面都被你這孫子給丟光了。

趙武更逃得匆忙，距離對面也是越來越近，可突然之間聽到下方傳來一聲聲刺耳的鳴叫，趙武更壯著膽子低頭望去，卻見下方鳥群有若黑煙一般升起，向自己圍攏過來。

羅獵也看到崖下的狀況，大吼道：「快走！」他掏出一顆手雷向下方的鳥群扔去，無論這鳥群是否受到感染，他都必須要阻擋牠們飛升的勢頭，為趙武更的逃離創造條件。

手雷在鳥群的中心爆炸，殺傷力奇大，數百隻山鳥被爆炸的衝擊波炸得粉身碎骨，趁著這一時機，趙武更拚命向對岸逃去。可是羅獵的出手仍然無法做到將那些鳥兒盡數殺死。

越來越多的鳥兒從崖下飛升而起，趙武更在距離對岸還有兩米的地方被鳥群包圍，那些鳥兒瘋狂撲向趙武更，啄食著他的肉體，趙武更發出一聲聲慘叫。

顏天心開了幾槍，試圖幫助趙武更解圍，可是她的幫助也起不到太大的作用。羅獵大吼道：「譚老先生快逃，去陽光照射得到的地方！」

譚天德原本也在開槍打鳥幫忙，聽到羅獵的呼喊聲這才回過神來，趙武更吸引了那群山鳥的注意，看樣子趙武更必死無疑，如果他死了，那群山鳥就會另選目標，譚天德再不敢多想，他轉身向後方逃去，解下坐騎的轡繩，翻身上馬，朝著山下的方向縱馬狂奔，哪裡還能看到半點的老態。

譚天德逃跑的同時趙武更也支持不住了，他的雙手在群鳥的啄食下血肉模糊，再也握不住繩索，雙手一鬆身軀向下直墜而下，譚天德發出撕心裂肺的慘叫。

羅獵和顏天心看出趙武更已經無法挽救之後，兩人轉身向黑水寺逃去，向前已經沒有了去路，現在能做的只能是返回黑水寺。儘快找到隱蔽的地方，躲起來，方能逃過那些山鳥的攻擊。

兩人剛剛逃入黑水寺，那些瘋狂的鳥兒就一分為二，一部分去追逐騎馬逃走的譚天德，還有一部分則追隨著羅獵和顏天心的腳步進入黑水寺。

羅獵和顏天心兩人一口氣跑回了忠義殿，羅獵在事先觀察過這裡，也只有忠義殿是相對封閉的空間，可以阻擋鳥兒進入，他和顏天心進入忠義殿之後，兩人將大門掩上，大殿內光線昏暗，顏天心打開了手電筒。

外面傳來叮咚不斷的撞擊聲，卻是那些瘋狂的鳥兒循跡而至，從四面八方撞擊大殿的門窗，尋找突破的地方。

顏天心低聲道：「怎麼辦？」

羅獵扯下大殿的帷幔，將帷幔塞入那口棺材內，然後從隨身行囊內取出水壺，擰開壺蓋，裡面散發出一股刺鼻的汽油味道，原來他在水壺中裝了汽油，羅獵將汽油澆在棺內，然後點燃帷幔，火熊熊燃燒起來，有了汽油的助燃，很快大火就引燃了棺木。

根據羅獵所掌握瞭解到的知識，感染殭屍病毒之後會畏懼火光，那些鳥兒想必也是如此。

一隻滿身是血的山雀從窗格狹窄的空隙中鑽了進來，歪歪斜斜地落在了地上，看到大殿內的那堆火，遲遲不敢靠近。

顏天心舉槍瞄準了那隻山雀，將之一槍射殺。

來自門窗的撞擊聲漸漸開始變弱，陽光從門窗的縫隙中投射進來，烏雲散去，那些瘋狂的山鳥因為受不了灼熱的陽光，紛紛散去。

那口棺材仍在燃燒，室內煙薰火燎，羅獵拉開大門，看到外面果然一隻鳥兒都未剩下。

顏天心捂著口鼻，咳嗽著來到外面，看到空中到處飄飛的羽毛，想起剛才的情景仍然心有餘悸，她向羅獵道：「下一步該如何走？」

羅獵轉身望向身後的拖龍山，輕聲道：「趁著陽光普照，在天黑之前翻過拖龍山，去預定的地點和譚子聰會合。」

馬永平聽完手下人的稟報，臉色明顯有些陰沉，譚子聰並未盡心盡力地為自己辦事，在得到了大量先進裝備和武器之後居然跑到戈壁灘上按兵不動。馬永平正在琢磨應該如何對付譚子聰的時候，馬永卿在傭人的陪伴下走了過來。

馬永平慌忙起身道：「永卿，你怎麼不在房間內休息？」

馬永卿淡然一笑道：「總待在房間內，悶也要悶死了，哥，我有事想跟您商量。」

馬永平點了點頭，擺了擺手示意傭人離開。

客廳內只剩下他們兩人之後，馬永卿直截了當道：「我想見見顏拓疆。」

馬永平的兩道劍眉頓時皺了起來，不明白她因何還記掛著那個老東西。

馬永卿道：「你不要誤會，我對他根本沒有半點的感情，我只想問他一些事。」

馬永平怒道：「你以為他會老老實實將金庫的地點告訴你？」他幾經努力都沒有達到目的，自然不相信馬永卿出馬就能夠輕易搞定這一切。

馬永卿道：「不試試又怎能知道？」她向馬永平靠近了一些，低聲道：「我們的錢只能夠支撐一個月，如果不能儘快從老賊那裡問出結果，你應該知道會發生什麼。」

馬永平產生了一種重新認識馬永卿的感覺，他將這種變化歸咎於馬永卿此前的被劫，對於這件事他心存內疚，換成任何人都不會相信一個瞎子能夠在光天化日之下從戒備森嚴的大帥府成功將人劫走，而這一切全都是事實。

馬永卿是個聰明且敏感的女人，對她馬永平始終抱有虧欠之心，如果沒有她當初的犧牲就沒有自己今日的成功，馬永平決定用時間來證明自己，決定給馬永卿更大的空間，斟酌之後，他終於還是點了點頭道：「也好，你和他之間的確應該有個了斷。」

沒有人不怕死，馬永卿雖然也曾經有過為愛犧牲不計代價的勇氣，可她的那份勇氣早已在忍耐和屈辱中消磨殆盡，嫁給顏拓疆源於一個陰謀，因為她深愛馬永平，所以她決定為愛犧牲自己來成就他的事業。

馬永卿在很長一段時間內都沒有後悔過，可是她漸漸發現，這世上沒有任何事是永恆不變的，一如馬永平對自己的感情，隨著時光的推移，她開始產生了懷疑，如果馬永平當真喜歡自己，又怎能忍心將她雙手奉送給顏拓疆？顏拓疆對她的寵愛讓她有了更優越的條件和時間去反思過往的一切，她開始意識到馬永平對自己的感情並不純粹，至少比不上自己那般純粹。

當她即將看到光明之時，偏偏又生了重病，正是因為這場病，讓她看到了顏拓疆對自己的不離不棄，也看到了他對自己無微不至的關懷，她甚至相信如果可以換回自己的健康，顏拓疆寧願拿他擁有的一切甚至性命去換，馬永卿的內心中第一次產生了猶豫。

或許是馬永平看出了她的猶豫，所以才會迫不及待地對顏拓疆下手，以免夜長夢多。

馬永平成功之後，對自己還算不錯，可馬永卿總覺得他對自己的這種好更像是在還債，而不是出自內心，甚至還比不上顏拓疆那般真摯純粹。

發生在帥府的這場劫持對馬永卿而言不啻是一個天大的打擊，她開始重新審視自己和馬永平的關係，重新評估自己在他心目中的地位。

人不為己天誅地滅，馬永卿至今還記得母親臨終前對她說過的那番話，告誡她千萬不要輕易相信男人，母親是通過一生的悲慘遭遇方才領悟到那個道理的，馬永卿卻並未聽懂母親的話，她從母親那裡遺傳了為愛不顧一切的勇氣，而今現實卻讓她自行領悟了母親早已告誡她的道理。

她的生命只剩下十天光景，馬永平如果知道這個消息想必會開心吧？或許他根本就無所謂，他已經通過自己達到了目的，自己的死活對他已經沒那麼重要。

馬永卿在顏拓疆失勢之後方才時常念起他的好來，無論她喜不喜歡顏拓疆，可有一點她能夠確定，顏拓疆過去是真心喜歡她的。

顏拓疆靜靜坐在囚室內，他今天才被轉移到了大帥府的地窖裡，馬永平沒有再出現過，也沒有跟他談條件，顏拓疆並不著急，這次的困局讓他看清了很多人很多事，也讓他的頭腦前所未有的冷靜了下來。

外面傳來鎖頭打開的聲音，顏拓疆依然一動不動，他的手足都被上了鐐銬，接觸皮膚的地方都已經磨出了鮮血，只有儘量少動，才能減少痛苦。

當那熟悉的體香悄然潛入室內，顏拓疆魁梧的內心就沒來由悸動起來。未見來人，他已經猜到對方是誰。

馬永卿手中提著一盞馬燈，身披輕薄的灰色斗篷，橘黃色的光芒照亮了黑暗的地窖。

顏拓疆昂著頭，蓬亂的頭髮花白的鬍鬚，讓他顯得蒼老而憔悴，然而他的目光依然灼熱而不屈，望著眼前這個曾經讓自己愛得死去活來，又親手將自己推入水火之中的女人，顏拓疆不知應該如何表達自己的憤怒，他的喉頭動了動，最後只是招呼了一句：「來了！」

馬永卿點了點頭，看到顏拓疆而今的潦倒模樣，內心沒來由感到一陣刺痛，她意識到自己真正有些後悔了，人往往在擁有的時候不懂得珍惜，一旦失去才追悔莫及。

顏拓疆道：「有煙嗎？」

馬永卿搖了搖頭，鼻子突然感到一酸，她記得顏拓疆的煙癮很大，可後來因為自己不喜歡，所以他忍痛割愛，憑著強大的意志力將煙戒掉。

顏拓疆慘然一笑道：「我忘了你不抽煙的，你就算是抽也不會給我……」

馬永卿道：「我來找你，其實……」

顏拓疆道：「為了我的秘密金庫對不對？你哥哥讓你來的？如果我不告訴你金庫的位置，你們馬上就會面臨發不出軍餉的窘境。」

馬永卿沉默了下去。

顏拓疆道：「其實在你哥哥對我動手之前，我已做好了讓位於他的準備。」

馬永卿錯愕地抬起頭來。

顏拓疆道：「或許你不會相信，可你記不記得，咱們去卓爾山的時候，你特別喜歡那裡的雪山草場，還對我說，想在那裡安頓下來，遠離城市，遠離人群，遠離塵囂，過著與世無爭的日子？」

馬永卿沒有說話，雙目中已經噙滿淚水。

顏拓疆道：「我當時答應了你，我既然答應了你的事情，就一定會做！」

顏拓疆的每一個字都宛如鋼釘一般楔入了馬永卿內心最柔弱的部分，此刻她的內心已經鮮血淋漓，她轉過身去偷偷拭去淚水，整理了一下情緒道：「大帥，我對不起您。」

顏拓疆微笑道：「你我之間不必說這句話，走到今日是我自己的選擇，我無怨無悔。」他深情凝望馬永卿的雙眸道：「永卿，你若是當真想要那金庫，我現在就可以告訴你位置，我只想你答應我一件事，說服你哥哥放過我的侄女兒。」他至今還不知道顏天心已經順利逃脫的事情。

馬永卿道：「你當真肯告訴我？」

顏拓疆點了點頭：「我從不騙你。」

馬永平一直在外面等著，看到馬永卿從裡面出來，他慌忙迎了上去：「如何？他肯不肯說？」

馬永卿幽然歎了口氣，並沒有馬上回答他的問題，而是默默走向庭院中的涼亭。馬永平趕緊跟了過去：「永卿，他到底怎麼說？」

馬永卿道：「他答應將秘密金庫的地點說出來，不過他有兩個條件。」

「什麼條件？」

馬永卿道：「他要單獨跟你說。」

馬永平愣了一下：「單獨？」

馬永平和顏拓疆單獨的談話居然達成了協議，馬永平同意顏拓疆以馬永卿為人質，而顏拓疆也答應在車輛和人質都在他的掌握之後，他會即刻將秘密金庫的地點告訴馬永平。

戈壁的烈日毫無遮攔，火辣辣地炙烤著上面的一切，譚子聰和他的部下被烈日就快烤成了人乾，他們不停飲水，可仍然不敢輕舉妄動，老老實實在約定地點等待。

譚天德率先抵達，老頭子已經很久沒有經歷這樣的長途奔襲，翻身下馬，滿面風塵，舌頭伸出老長，活像一條怕熱的狼狗。他喝了大半壺水之後，方才恢復了些許的精神，把他們去黑水寺的情景說了一遍。譚子聰雖然未曾親眼見到那邊發生的事情，可老營盤的經歷仍然歷歷在目，聽完之後越發心驚，悄悄對老爺子道：「爹，我看咱們還是別蹚這趟渾水了，趁著馬永平沒注意到咱們，逃得越遠越好。」

譚天德怒道：「混帳，說什麼喪氣話？老子辛辛苦苦創立的基業難道就不要了？」

譚子聰苦著臉道：「爹，基業重要還是性命重要？留得青山在不怕沒柴燒，只要咱們人在，槍桿子在，到哪兒不是一樣打出一番天地？」他們目前雖然只有二百餘人，可是在雅布賴山周邊還潛伏了不少的人馬，利用馬永平給他們的裝備和武器，在西北的任何地方他們都能夠生存下來。

譚天德道：「不到萬不得已的情況下，咱們不能走。」他親眼見到了那些瘋狂的鳥兒，今日全憑馬兒的腳力方才逃過群鳥的攻擊，譚天德雖然不是什麼悲憫天下心懷眾生之人，可是他也知道如果這病毒擴展開來，別說是新滿營周邊，就算是整個西北，整個中華大地都難以倖免，逃又能夠逃到哪裡去？

譚子聰道：「爹，您有什麼打算？」

譚天德拿出汗巾擦了擦汗，然後就搭在了頭上，沉聲道：「等羅獵到了再說。」

譚子聰不知老爺子對羅獵哪來的這份信心，忍不住搖了搖頭道：「爹，您不是說他和顏天心被那群鳥包圍了？恐怕他們現在已經變成了殭屍。」

譚天德道：「不會，我不會看走眼，他絕對能夠逃出來。」

譚子聰正想反駁，卻聽負責瞭望的手下大聲道：「有人來了，有人過來了！」

譚子聰慌忙登上了越野車，舉起望遠鏡向遠方望去，東方天際邊的一個小黑點被放大，卻是兩人騎著一輛摩托車朝他們的方向疾馳而來。譚子聰將視野調節清除，很快就判斷出來人是羅獵和顏天心無疑。

放下望遠鏡，譚子聰做了個手勢，所有人都將武器舉起，瞄準了遠方的來客。

譚天德有些不解地看了兒子一眼，譚子聰道：「我怎麼知道他們有沒有被感染？」

羅獵駕車來到近前，根本無視譚天德那群人的武器指向，停好車之後，向譚天德道：「譚老爺子沒事就好。」

顏天心掃了一眼周圍黑洞洞的槍口道：「譚子聰，你腳下是不是汽車油箱？」

譚子聰低頭看了看，馬上明白顏天心是在提醒自己，如果他膽敢下令開槍，顏天心馬上就會擊中汽車油箱，身處車內的自己自然無法倖免。譚天德冷哼了一聲道：「瞎了眼了嗎？羅先生是我們的朋友，全都把槍放下。」

譚天德的話顯然要比譚子聰的命令更有效力，所有人都將槍放了下去，譚子聰極為尷尬地笑了笑道：「非常時期，務必多些謹慎，兩位不要見怪。」此一時彼一時，現在他重新集結了人馬，又得到了馬永平的裝備武器，自然就多出了不少的底氣。

羅獵來到譚天德面前，微笑道：「譚老爺子老當益壯，比我們來得更快。」

譚天德老臉一熱，逃得更快才對，他尷尬地咳嗽了一聲道：「你們是如何躲開那些飛鳥的？」

羅獵道：「那些飛鳥怕火畏光，老爺子是否注意到，當時牠們發動攻擊之時，恰恰是烏雲遮日的時候，一旦陽光驅散了烏雲，牠們馬上又會尋找陰暗的角落躲起來。」

在一旁聽著的譚子聰心中一動，作為老營盤事件的親歷者之一，他對當時的狀況記得非常清楚，那天那些因為染上病毒瘋狂攻擊他們的士兵全都是在天氣昏暗的時候，當時天空正刮著沙塵暴。

譚天德回憶著自己逃生時的驚險情景，那些瘋狂的鳥兒一直對他窮追不捨，直到天空烏雲散去，牠們才停止追逐，譚天德道：「牠們也不是沒有弱點可尋，牠們飛行的速度比起正常要慢許多，而且牠們怕光。」

羅獵點了點頭道：「只要天氣晴好，咱們並非沒有勝算。」

譚天德思索了一會兒，終於下定決心道：「咱們去魚鱗坡紮營休息，明天日出之後直奔老營盤，將那裡的怪物清剿乾淨。」

譚子聰不知父親因何會做出如此冒險的決定，慌忙道：「爹……」

譚天德不等他說完就大吼道：「此事不必再議！」

馬永平終於還是去見了顏拓疆，最後的攤牌還是男人之間進行最好。他開門見山道：「大帥到底有什麼條件？」

顏拓疆道：「一，放了我的侄女顏天心，並歸還扣留他們所有的東西。」

馬永平道：「此事好說。」顏天心早就已經逃了出去，這個條件已經不成為問題，至於顏天心他們的東西，馬永平首先想到的就是那口棺材，心中暗歎，早知那棺材裡面的東西如此邪門，我說什麼也不會扣押，和顏拓疆的秘密金庫相比，連雲寨的那點兒東西根本算不上什麼。

顏拓疆看他答應得如此痛快，又道：「還有一個條件，給我配一輛汽車，汽車加滿油，馬永卿要在車上陪我。」

馬永平愣了一下：「什麼？你要以永卿為人質？」他現在方才明白，為何顏拓疆要單獨見自己。有些話的確不方便當著馬永卿說出來，薑是老的辣，顏拓疆不是傻子，他不會相信自己的承諾，讓馬永卿陪同他上車，等於就多了一份保障，他是要通過劫持馬永卿而讓自己投鼠忌器。

馬永平搖了搖頭。

顏拓疆勃然變色道：「你不答應？」

馬永平沉聲道：「我說什麼也不會出賣我的親人。」

「你已經出賣了！」顏拓疆大吼道。

馬永平怒視顏拓疆，可他很快就在對方咄咄逼人的目光下敗下陣來，心中有鬼，而顏拓疆所說的無疑是一個事實。

顏拓疆道：「你可以不答應，如果你不答應，你這輩子都休想知道秘密金庫藏在什麼地方。」

馬永平大聲道：「你以為我會怕你嗎？」

顏拓疆以同樣大的聲音道：「那就抱著一起死！」

馬永平愣在那裡，他當然明白抱著一起死的真正意義，如果自己無法及時找到秘密金庫，就意味著無法及時發出軍餉，這些士兵的忠誠度禁受不住任何的考驗，他們能夠背叛顏拓疆，同樣能夠背叛自己。

馬永平吞了口唾沫，有些艱難道：「可不可以換一個條件？」

顏拓疆道：「那就你替她陪我出城。」

馬永平下意識地握緊了雙拳，他是不可能答應的，如果自己陪顏拓疆出城，等於把性命交到他手裡，以顏拓疆對自己的仇恨，自己生還的機會非常渺茫。

顏拓疆並沒有多少耐心：「不答應就算了，你殺了我就是。」

馬永平深深吸了一口氣道：「你也要答應我一個條件，上車之後，你必須馬上將金庫的所在地告訴我，在你離開新滿營的城門之後就要放了永卿，而且，絕不能傷害她。」

「我答應你。」

馬永卿靜靜坐在車內，心已冰冷，雖然馬永平說得情真意切，可她卻明白馬永平從頭到尾都透著虛偽，這是一個極度自私的人，只要他順利找到了秘密金庫，又怎會在乎自己的死活？

在馬永平滿足了顏拓疆的部分條件，將馬永卿交給了他之後，顏拓疆馬上把秘密金庫的所在告訴了馬永平，他上了車，用要來的一桶汽油將馬永卿全身上下澆濕，如果馬永平反悔，他就會點燃汽油，自己和馬永卿同歸於盡。

面對顏拓疆澆在自己身上的汽油，馬永卿宛如一個木頭人一般逆來順受，沒有半點反應。

汽車的周圍都是馬永平的部下，在馬永平找到秘密金庫之前，他們不會放這輛車離開。

顏拓疆在駕駛位上坐好，馬永卿掃了他一眼，小聲道：「你當真將金庫的地點說了出來？」

顏拓疆淡然笑道：「錢財乃身外之物，於我而言絕不是這世上最重要的。」

此時馬永平帶著幾名手下走了過來，來到顏拓疆面前，雖然他竭力控制自己，可仍然能夠從他的雙目之中捕捉到些許的喜色，聞到濃烈的汽油味，他就已經知道顏拓疆在打什麼主意，心中暗歎顏拓疆老奸巨猾，此前讓他提供兩桶汽油，馬永平還以為顏拓疆想要驅車越過沙漠，這兩桶汽油以備不時之需，現在方才知道他是將汽油澆在馬永卿的身上。其險惡用心一望即知，只要自己反悔，他就會毫不猶豫地燒死馬永卿。

馬永平向顏拓疆道：「別忘了你答應我的話，我放你離開新滿營，出城之後你要即刻還永卿自由。」

馬永卿聽到這裡已經徹底死心了，馬永平應當如願以償地找到了秘密金庫，眼前這種狀況下，就算是傻子也會明白顏拓疆不會輕易放了自己，馬永平根本就是放棄了自己。

偏偏馬永平還要假惺惺道：「永卿，你不用害怕，我保證你能夠平平安安地回來。」

馬永卿感覺自己幾乎就要噁心地吐了出來，自己此前怎麼沒有認清馬永平的真正面目，為了一個如此虛偽絕情的人，自己陷害了一個甘心為自己付出一切的好人，馬永卿恨不能抽自己幾個耳光。

顏拓疆也不多說，啟動汽車的引擎，緩緩向大帥府外駛去，仍有士兵擋在前方的道路中心，顏拓疆話都不多說一句，揚起手槍瞄準了那士兵的腦袋就是一槍，那擋路的士兵顯然沒有想到他會如此乾脆俐落地開槍，被他一槍射中頭部，立時喪命。

馬永平在大帥府內全都佈置了自己的心腹，看到顏拓疆出手殺人，那群部下齊齊將手槍掏了出來。

顏拓疆不慌不忙道：「馬永平，你以為我當真不敢殺她嗎？」

馬永平內心中突然閃過一個念頭，不如就此將顏拓疆剷除方能一了百了，可他馬上又想到了馬永卿，頓時又開始猶豫不決起來。

馬永卿忽然尖聲向顏拓疆叫道：「老賊，你殺了我就是！你殺了我！哥，你不用管我！」

馬永平內心不由得一顫，腦海中不由得想起馬永卿昔日對自己的百般好處，若無她的付出又焉有自己的今日，而今自己已經得償夙願，而她又得到了什麼？

馬永平的這幫心腹全都向他望來，只等他一聲令下，就會毫不猶豫地將顏拓疆射殺當場。馬永平終究還是沒有下達命令，聲音凝重而緩慢道：「放他們走，沒有我的命令，任何人不得擅自動手。」

大帥府的屋頂幾名弓箭手也將手中弓弦垂落，其實只要馬永平下令，仍然有不開槍就除掉顏拓疆的機會，關鍵是看馬永平願不願意冒險。

顏拓疆看到眾人讓開道路，他毫不猶豫，踩下油門向帥府外疾馳而去。

等到顏拓疆驅車走遠之後，馬永平方才長舒了一口氣，他心中明白，今次一別恐怕再也見不到馬永卿了，顏拓疆對馬永卿恨之入骨，絕不會輕易將她釋放。

已是黃昏，夕陽西沉，馬永平快步登上帥府的角樓，舉目遠眺，顏拓疆驅車沿著新滿營的東西大街一路狂奔，這會兒功夫汽車已經接近了西大門。馬永平黯然神傷，卻又突然皺起了眉頭，因為他看到在自己右前方不遠處，新滿營最為熱鬧的南陽街上發生了騷亂。

馬永平正準備叫人來問個究竟，一名士官已經氣喘吁吁來到角樓之上，驚慌失措道：「將軍……出……出事了……」

馬永平道：「講！」

「地牢內的囚犯集體越獄……他們衝上了南陽街，逢人就咬……」

「什麼？」馬永平目瞪口呆，一顆心同時又被巨大的恐懼所籠罩，一直以來他最怕發生的事情還是發生了，**一個人越是接近成功的時候危機反倒越大**，馬永平頓時忘記了顏拓疆，他揮了揮手，馬上下令道：「集合城內軍隊，馬上出動，傳我的命令，只要遇到那些囚犯，殺，凡是被囚犯咬傷者，就地射殺……」

昔日車水馬龍繁華喧鬧的南陽街，如今已經成為恐懼的海洋，人們惶恐中四處逃竄，狹窄的街巷因為人們爭先恐後的逃離而變得擁擠不堪，不少人被撞倒在地上，不等他們爬起，後人就踩踏了上去，現場哭喊聲，叫嚷聲連成一片。

馬永平得到的情報並不準確，從地牢內逃出的不僅僅是十五名囚犯，還有負責看守的士兵，接近三十名喪失理智的感染者，他們來到大街上，逢人就咬，被咬中者很快就發生了異變，新的感染者不斷壯大這些殭屍的隊伍，南陽街頃刻間已經淪為了人間煉獄。

顏拓疆驅車來到了西門，遠遠就看到西門是打開的，他心中暗自欣慰，只要離開新滿營，就暫時獲得了自由。馬永卿悄悄望著顏拓疆，她的心中非但沒有害怕，反而有種即將解脫的感覺。

顏拓疆驅車準備通過城門，即將抵達城門之前，突然上方落下來一物，他出自本能的反應，猛地踩下了剎車，那黑乎乎的物體砸在他們的引擎蓋上，頓時鮮血四濺，馬永卿嚇得大聲尖叫起來，落下的卻是一具屍體，從近十丈高城樓之上被人拋下，砸在汽車的引擎蓋上，而後又跌落在地上，十有八九是無法活命了。

顏拓疆也被這突然的狀況嚇了一跳，他先將車向後倒了一些距離，看清那倒在血泊中的人，從服飾來看應當是他麾下的一名士兵，只是不明白，這士兵因何要從城樓上跳下？顏拓疆還沒有回過神來，又有三具屍體先後從城樓上墜落。

而最先落地的那具屍體竟然開始有了反應，先是手足抽動了一下，然後他慢慢從地上爬了起來，扭曲的雙臂艱難舉起，將歪向一邊的頭顱扶正。馬永卿以為自己在做夢，她用力眨了眨雙目，當她看清眼前發生的一切全都是現實的時候，尖叫道：「殭屍……他們是殭屍……」

一個又一個的殭屍從地上爬了起來，原本在城門兩側負責警衛的士兵慌忙舉起槍來，發現狀況不對的行人嚇得四處逃竄。槍聲接連不斷響起，警衛瞄準幾名殭屍的身體射擊，那些殭屍被子彈擊中身體不停踉蹌，可他們並未停止前進的腳步，在城樓巨大的陰影中，一名殭屍撲向一名正在更換彈夾的警衛，張開鮮血淋漓的大嘴猛地咬中了他的脖子。

那名警衛掙扎著倒在了地上，周圍同伴慌忙過來接應，他們對準那殭屍的頭顱射擊，將殭屍的頭顱轟了個稀巴爛，合力將受傷的同伴從殭屍的身下解救出來，不曾想這又是另一場噩夢的開始，那名受傷的士兵瘋狂地抱住戰友，宛如瘋魔般撕咬著他們的血肉。

目睹如此場景，顏拓疆震駭莫名，只是轉瞬間的功夫，前方的道路已經被幾名殭屍阻擋住，更麻煩的是，城門偏偏在此時被關閉了，顏拓疆幾乎在第一時間判斷出這件事和馬永平無關，新滿營正經歷一場前所未有的恐怖危機。

顏拓疆決定改變路線，他將檔位切入倒檔，踩住油門緩緩向後方倒退，希望不至引起那些殭屍的注意，血腥的場面讓馬永卿就要嘔吐起來，她轉過臉去，不曾想一個滿臉是血的人從側方撲向汽車，醜陋可怖的面孔重重貼在玻璃窗上。

馬永卿嚇得發出聲嘶力竭的尖叫，顏拓疆猛然轉向，利用車身將那試圖攻擊汽車的殭屍重重撞擊出去，嫻熟地將車頭調轉過來，踩下油門向後方駛去。

羅獵走上魚鱗坡，早已來到這裡的顏天心將手中的望遠鏡遞給了他，羅獵利用望遠鏡眺望新滿營的方向，雖然相隔遙遠，仍然能夠看到新滿營方向的天空隱約有紅光閃爍。

羅獵道：「交火了？」

顏天心點了點頭。

譚天德拄著拐杖從下方的宿營地艱難走了上來，他低聲道：「興許是有人在放煙花。」

羅獵道：「不是說城內地牢裡還關著十五名感染者？」

譚天德道：「馬永平不是傻子，他肯定知道事態的嚴重性，不會掉以輕心的。」說完之後，停頓了一下又道：「可如果是我，就先把那些噁心的傢伙幹掉，以免夜長夢多。」

下方傳來大笑和划拳聲，譚天德的這些部下並不知道他們明天將去執行的是怎樣的任務，加上都是土匪，紀律自然不如軍隊那般嚴明，紮營之後就開始喝酒划拳行樂，更有甚者有人還臨時開了賭局。

羅獵被下方的動靜所吸引，看了一會兒道：「譚老爺子沒把咱們此去的任務告訴他們？」

譚天德搖了搖頭道：「本來想說，可考慮了一下還是不說為好，如果他們知道了真相，恐怕不到明天天亮就會逃個精光，到時候老夫就成了光杆司令。」

羅獵不禁笑了起來，譚天德雖然名聲不好，可此人能夠堅持留下來對付那些異變的殭屍，證明他還是有些大局觀的。

顏天心道：「你們完全可以離開這裡，為什麼要留下來？」其實這也是羅獵想問的。

譚天德道：「故土難離吧！」說完之後他又感覺到這樣的說法根本騙不了人，歎了口氣道：「從黑水寺見到那些怪鳥之後，我才改變了主意，如果不將這些怪物幹掉，恐怕不久以後，咱們都要面臨滅頂之災，人無遠慮必有近憂。」

羅獵點了點頭道：「老爺子的格局讓我佩服。」

譚天德嘿嘿笑道：「別談什麼格局，等解決這件事後再考慮其他的事情。」

顏天心聽出他的言外之意，譚天德所說的其他事情這其中也包括了跟自己的恩怨，現在放下，不代表永遠都放下。

羅獵此時卻向魚鱗坡的頂點走去，他瞪大了雙眼極目遠眺西方天地交接的地方，雖然夜幕降臨，可夜色仍然不夠濃，他的目力還能夠看出很遠，羅獵看到遠方的地平線似乎有東西在蠕動，他舉起了望遠鏡，這下看得更清晰一些，地平線處的確有動靜，應當是一支規模不小的隊伍正在朝著他們的位置飛速靠近。

羅獵頓時緊張了起來，他馬上將這一狀況告訴了譚天德和顏天心。

譚天德和顏天心兩人的目力都比不上羅獵，接過望遠鏡看了好一會兒方才看到羅獵所說的變化。譚天德道：「未必是你說的殭屍。」

顏天心道：「無論是不是那些殭屍，咱們都必須要做好準備。」

羅獵點了點頭道：「這裡地勢空曠，不宜防守，咱們還是儘快轉移，避免和他們正面衝突。」

顏天心道：「不錯！」

譚天德趕緊將兒子叫了過來，讓他傳令下去，所有手下即刻整理，五分鐘之內務必上車出發。

第三章

驚心動魄的場面

所有人不禁為之色變
一隻老鼠沒什麼好怕，可是成千上萬的老鼠，
黑壓壓的從草場上狂湧而來，場面驚心動魄。
如果發動攻擊的是殭屍牛羊的生物，至少可以輕易鎖定目標，
可現在是老鼠，這些老鼠不但體型小，而且移動速度奇快。

那幫土匪曝曬了一天，好不容易才得到休息，一個個正在興頭之上，聽說這就要出發，都是滿腹牢騷，可礙於譚天德的威嚴誰也不敢抗命，一個個開始收拾東西，準備離開魚鱗坡。

可這幫土匪畢竟紀律渙散，譚天德給出五分鐘的時間他們根本無法做到，拖拖拉拉還沒有完全整理完畢。

羅獵站在魚鱗坡上監視著遠方隊伍的動靜，那隊伍推進的速度極其驚人，羅獵開始否定了是殭屍的可能，畢竟他曾經親眼目睹殭屍的移動速度極其緩慢，隨著對方的不斷接近，羅獵漸漸看清，急速靠近他們營地的竟然是一支馬隊。

在五分鐘內，這支馬隊竟然將他們之間的距離縮短到了一半，騎士的身上泛著深沉的金屬反光，羅獵推斷他們身上應該是穿著甲胄的，這讓他越發不解，現在的軍人少有穿著甲胄作戰，這支騎兵隊伍究竟來自何方。

顏天心的聲音在他耳邊響起：「羅獵，該走了！」

羅獵點了點頭，快速來到他們的營地旁，此前他們的營地就在魚鱗坡的高處，遠離那幫土匪，這也是為了避免那群土匪對他們不利。顏天心已經收拾好了行囊，羅獵翻身上了摩托車，顏天心在他身後坐下，左手摟住他的腰腹，右手握著一杆威力巨大的霰彈槍。

譚子聰站在敞篷越野車上，向他們大聲道：「咱們朝南開，大概往南十里地有座石頭城，希望能夠提前擺脫他們。」譚子聰對周圍的地形非常熟悉，和父親商量了一下之後，決定暫時放棄繼續深入戈壁，至於攻打老營盤與否等到明天再說，眼前還是先擺脫那支神秘的騎兵隊，然後再考慮其他的事情。

所有人上車之後，車隊向南駛去，譚子聰對擺脫身後的那支騎兵隊有足夠的信心，畢竟這裡是戈壁灘，地面硬度足夠車輛行走，在這樣的地貌條件下，馬是追趕不上汽車的，更何況有魚鱗坡阻擋，那支隊伍未必能夠發現他們，即便是看到了他們，對方也未必是衝著他們而來。

譚天德卻沒有兒子這般樂觀，他的身體在車輛的行駛過程中不斷顛簸著，苦笑道：「我這把老骨頭就快被顛散了。」

譚子聰對父親道：「您只管放心，他們追不上的。」

譚天德歎了口氣道：「還未看清敵人什麼樣，就掉頭逃跑，老子有生以來還從未如此窩囊過。」心中卻暗忖，如果那支隊伍當真是殭屍騎兵隊，這場仗不打也罷，畢竟現在是在黑夜，按照羅獵的說法，那些殭屍在夜裡的攻擊力要比白天強盛數倍。

羅獵驅車前行，車速並未提升到最大，保持和土匪的車隊並駕齊驅，顏天心不時回頭觀望後方騎兵隊伍的動靜，感覺羅獵的車速突然放緩，她本想提醒羅獵加快速度，因為後方的騎兵隊已經發現了他們，正在後方亡命追逐。

羅獵的內心中生出一股不祥的預感，這才是他減緩車速的原因。

譚子聰的車卻一馬當先，上方突然出現一隻鳥兒的身影，那鳥兒發出一聲鳴叫，譚天德出於本能反應舉起了手槍，卻被兒子阻止。譚子聰道：「是黑羽！」黑羽正是他馴養的鷹隼。

那隻鷹隼在低空盤旋，譚子聰看到愛寵來到頭頂，心中大悅，吹了個呼哨，伸出左臂，示意黑羽停在他的手臂上。

鷹隼在低空盤旋了數周，緩緩降落，在距離譚子聰頭頂還有三丈左右的時候，陡然加速，直奔譚子聰的面門撲去。這一變化極其倉促，譚子聰方才看出這鷹隼一反常態，定睛望去，卻見鷹隼半邊腦袋只剩下森森白骨，嚇得譚子聰驚叫了一聲。

譚天德一直留意這鷹隼的行動，看到牠竟然攻擊昔日的主人，慌忙舉槍就射，汽車恰恰在此時顛簸了一下，譚天德這一槍並未射準，子彈貼著鷹隼的右翅掠過，鷹隼已經飛抵車前。

蓬！卻是顏天心扣動扳機，霰彈槍將空中的鷹隼轟成肉泥，空中羽毛亂飛，被炸碎的血肉如雨般落下，譚天德父子二人慌忙低頭，饒是如此仍然有不少血肉落在他們身上。

那司機因為這突如其來的狀況吃了一驚，下意識地踩下剎車，後方汽車跟得過近，沒想到前方會突然剎車，再想剎車已經來不及了，刺耳的剎車聲過後就是一身沉悶的撞擊。

譚天德乾枯的身軀重重趴在了前座的靠背後，差點沒把他一口老血給擠出來。

譚子聰掏出毛巾擦去臉上的碎肉和血跡，怒罵道：「瞎了你們的狗眼，怎麼開車的？」

車隊停了下來，羅獵內心中變得越發不安，他抬起頭來，卻見他們的前方正有一支隊伍向他們包抄而來。前有埋伏後有追兵，這場戈壁上的伏擊竟然是有備而來。

譚天德瞭解到這一狀況之後，馬上明白現實已經無法允許他們逃到想去的地點，他即刻傳令下去，就地擺開防守陣營，和對方放手一搏。

車輛被他們利用作為掩體，四挺機槍分別守住前後。不過追擊他們的騎兵隊伍明顯放慢了速度，正前方那支包抄他們退路的隊伍在不斷接近。

羅獵讓所有車燈保持開啟，希望車燈的光芒能夠起到阻擋對方前進的作用，隨著對方的接近，他們透過望遠鏡已經能夠看出這支隊伍的大致情況，這是一隻奇怪的隊伍，組成隊伍的不是人，而是牛羊，至少有五百餘隻。

譚天德有生以來還是第一次看到如此詭異的景象，那些牛羊宛如中了某種魔咒一樣，都朝著同一方向前進，譚天德可以斷定這些牛羊全都和剛才的那支鷹隼一樣中了詛咒，也就是羅獵所說的病毒，他大聲道：「所有人給我聽著，只要進入射程內的一切活物，格殺勿論！」

馬永平親自率領軍隊封鎖了南陽街的首尾兩端，他必須要補救，他相信還來得及補救。軍隊還在他的控制中，他擁有足夠的武器彈藥，伴隨著馬永平的一聲令下，火炮和機槍織成的火力網將南陽大街變成了一片人間煉獄，寧可錯殺一千，不可放過一個。

而馬永平清理南陽大街的時候，新滿營的西門也出現了狀況，馬永平發現自己仍然低估了這怪病帶來的影響，他能夠篡奪顏拓疆的軍權自然也不是無能之輩，在審時度勢之後，馬永平即刻命令封鎖丹陽橋、升陽路、天行街，從而形成了一道隔絕西門的防線，同時派出一個機動團，出北門繞行到西門外，在西門外形成封鎖，以防殭屍外逃。

雖然被感染者不少，可是新滿營畢竟重兵駐守，單單是城內，可調動的軍隊就有兩萬五千人，再加上應對及時，第一時間將發生狀況的區域隔絕。馬永平寧可錯殺一千不可放過一個的手段雖然極端殘忍，可是在這種非常時刻不失為一個正確的對策，馬永平到現在都搞不清這些士兵因何染上了怪病，這種怪病到底是不是和黑水寺那口棺材的詛咒有關。

城內士兵雖然害怕，有人也從這些發瘋者聯想到了殭屍，可馬永平在宣傳和安撫方面也未疏忽，只說這些士兵是感染了疾病，這種疾病是通過撕咬和血緣傳播，讓眾人不必太過驚慌。

新滿營的混亂狀態持續到凌晨兩點鐘的時候漸漸平復，西門和南陽大街兩處災情最為嚴重的區域已經不再出現感染者主動衝撞封鎖線的現象。馬永平方面也沒有選擇主動進攻，然而所有人都不敢掉以輕心，每個人都意識到這或許是暴風雨來臨之前的平靜。

羅獵他們很快就意識到，不僅僅是在他們的正前方，在他們的右側都有數以千計的牛羊正在緩緩靠近，在他們的周圍逐漸形成了一個巨大的包圍圈，不過目前這個包圍圈還未完全形成，在他們的左側還存在一個缺口。

譚子聰原本還認為在人數上他們略微占著一些優勢，可看到那些不斷出現的牛羊，己方的那丁點兒人數優勢頓時消失殆盡，他剛才就被發瘋的鷹隼嚇破了膽子，至今仍然沒從驚駭中回過神來，忍不住想像周圍牛羊群起而攻之的場面，顫聲道：「咱們就要被包圍了。」

譚天德道：「大不了就是一死，有什麼好怕！」危急關頭，老子的骨頭顯然要比兒子更加的硬氣。其實他心中也感到害怕，但是當著兒子，當著這麼多手下，他必須要站直了別趴下！

原本準備採取的防守策略已經不再現實，他們必須要採取主動攻勢，在包圍圈沒有完全形成之前實施突圍計畫。

羅獵對此卻有不同的看法，他認為應當轉而向後方發起衝擊，在羅獵看來，後方的騎兵隊才是重點所在，擒賊先擒王，只要擊退後方的騎兵隊，那些牛羊或許會不戰而退。

「或許？生死關頭你居然說或許？」譚子聰大聲道，他的情緒因恐懼而變得激動，指著左側的缺口道：「現在衝過去還來得及。」

羅獵道：「你有沒有想過為何會有那個缺口？那缺口是不是一個圈套？」他

心中非常奇怪，如果那些騎士是感染者，為何會擁有如此清醒的頭腦，明顯按照既定的戰術。

譚子聰道：「你以為殭屍會有腦子嗎？還懂得戰略戰術？」他並非是輕視羅獵，而是眼看著還有出路，為何要放棄生路自尋死路？他轉向父親道：「爹，您說說看是不是這個道理？」

譚天德心中極其猶豫，兒子所說的有道理，可羅獵的推測也有可能，如果這些殭屍有智慧，他們懂得排兵佈陣，這個尚未合攏的缺口就是一個可怕的圈套。

譚天德斟酌良久終於還是做出了向缺口進軍的決定，對付牛羊，總比對付殭屍要容易得多。

羅獵聽到他的最終決定時難以掩飾內心的失望，顏天心向身後望了一眼道：「他們一路追趕，就是要將咱們趕入埋伏之中。」

羅獵點了點頭。

顏天心道：「怎麼辦？」

羅獵環視四周，發現敵方逼近的速度明顯放緩，左側缺口收攏的速度也變得越來越慢，他幾乎能夠斷定這是一個圈套，內心的壓迫感也隨著時間的推移變得越來越強烈。

譚天德在做出決定之後，他的隊伍就迅速集結起來向缺口處挺進，力求在缺口收攏之前，衝出重圍。譚天德回過頭去，看到羅獵和顏天心仍然待在原地不動，沒有跟上來的意思，譚天德的內心不由得變得沉重起來。他雖然承認羅獵的智慧和能力，可是在生死關頭卻無法完全相信他的判斷，他一手建立起紅石寨，並帶著這幫弟兄縱橫甘邊這麼多年，不僅僅憑藉勇氣和僥倖，每次生死存亡之時，他的決策起到了關鍵的作用。

明明缺口就擺在前方，他沒理由捨近求遠，捨易取難。

他們距離缺口已越來越近，這樣的距離下已可以確信那些緩慢行走的牛羊來不及完成對他們的包圍，譚天德暗自鬆了一口氣，看來這次羅獵的判斷出錯了。

譚子聰大聲命令道：「兄弟們，加足馬力，衝出重圍！」前方一馬平川，根本沒有任何的埋伏隱藏，位於兩側的機槍手瞄準左右的牛羊隊伍射擊，子彈在夜空中牽拉出一條條的火線，被子彈射中頭顱的牛羊紛紛倒下。

譚天德慌忙命令他們停止開火，雖然脫困在際，也不能隨便浪費子彈。

譚子聰哈哈大笑道：「太過多疑也不是好事，我就不信他不過來。」

譚天德忍不住再次向後望去，羅獵和顏天心仍在原處，他們果然沒有過來，非但他們沒過來，後方的騎兵隊伍，周圍的牛羊全都停止了前進。譚天德頓時感覺到不對，他正準備下令加強警戒之時。前方草叢發出窸窸窣窣的聲響，這聲響短時間內就迅速增加，前方草叢波浪般起伏，草叢內成千上萬的老鼠向他們潮水般湧來。

所有人不禁為之色變，一隻老鼠固然沒什麼好怕，可是前方的老鼠成千上萬，黑壓壓從草場上狂湧而來，場面驚心動魄。如果發動攻擊的是殭屍牛羊之類的生物，他們至少可以輕易鎖定目標，可現在是老鼠，這些老鼠不但體型小，而且移動速度奇快。

不等譚子聰下令，手下人已經瞄準那密密麻麻的鼠群開槍。譚天德大吼道：「撤退！撤退！」

羅獵從車隊突然折返方向就已猜到他們遭遇了更大的麻煩，他將備用油桶內的汽油倒在身後的草地上，形成一個圓圈。離開之後，回到車旁，顏天心取出火炬，羅獵幫她將火炬點燃，然後抽出一支香煙，湊在火炬上將香煙點燃，輕聲道：「準備好了嗎？」

顏天心微笑道：「時刻準備著。」

羅獵看了看時間，啟動引擎，右手旋動油門，引擎發出有如怪獸一般的咆哮，原地調轉車頭，迎著譚天德的隊伍衝去。顏天心高舉火炬，在摩托車的高速行進下，火炬被夜風扯出一道紅亮的火線，遠遠望去有若一條在夜色中奔行的長龍，在他們駛出一段距離之後，顏天心將火炬丟了出去，火炬落在羅獵剛剛傾灑汽油的地方，轟！火焰燃燒起來，黑暗的草場上形成了一個直徑大約兩米的火環。

譚天德大叫道：「撤退，快撤退！」他們中的一輛軍用卡車已經陷入鼠群之中，瘋狂的鼠群啃噬著輪胎，輪胎發出接二連三的爆炸聲，雖然爆炸讓不少的老鼠死亡，可更多的老鼠爬了上去，擁入車廂內，有的士兵看到那些紅著眼衝上來的老鼠被嚇破了膽，不顧一切地跳下了卡車，可下面也全都是老鼠，瘋狂的老鼠對這些主動送上門的活物毫不容情，頃刻間將士兵的身體覆蓋，在他們的啃噬下，轉瞬之間只剩下一具白森森的新鮮骨架。

駕駛艙內也湧入了十多隻老鼠，司機在惶恐中大力的扭轉方向盤，這突如其來的變向讓車身傾斜，左側的兩輪立起，汽車緩緩倒了下去，車內的數十名士兵在慘叫中跌入了鼠群，成為老鼠肥美的食物。

兩輛軍用卡車先後被鼠群逼停，近一百名士兵陷入困境之中，他們利用手中的武器頑強反抗著，可剛剛打死了幾隻老鼠，就有更多的老鼠湧了上去，有些士兵被咬之後，即刻發狂，有人撲向自己的戰友，有人則抓住仍在身上攀爬的老鼠，毫不猶豫地咬了下去。

譚子聰嚇得只差沒把娘叫出來了，此時他方才意識到羅獵高瞻遠矚。譚天德畢竟閱歷豐富，看到遠方羅獵製造出的火環，他馬上明白了過來，大聲道：「集中備用油箱，把汽油倒在我們周圍！」

手下人馬上明白了他的意思，譚天德是要用備用油桶內的汽油形成一道封鎖線，馬上有人按照譚子聰的命令行事，驅車倒下汽油，兩輛汽車同時行動，在隊伍的周圍倒下汽油，完成這一行動之後，馬上回到圓圈的中心部分。

此時遠處的騎兵隊，周圍的牛羊也開始加快了向他們圍攏的速度，譚子聰大叫道：「點火，趕緊點火！」

譚天德卻道：「等等，再等等！」他看到羅獵驅車正朝著他們這邊急速奔來。

譚子聰望著不斷縮小的包圍圈，只覺自己口乾舌燥，這完全是因為緊張的緣故，他知道父親還在等著羅獵會合，可現在每拖延一秒就等於往死亡邊緣走近一步，他決定不再等下去，摸出打火機打著，然後向遠處的草叢中扔了過去。

呯！槍聲響起，子彈準確無誤地擊中了空中的打火機，子彈將打火機撞擊得向遠處飛了出去，落到了圈外。譚子聰在父親的怒視下有些心虛地低下頭去，然而重壓之下，有人已經率先崩潰，將一支點燃的香煙扔了出去，火瞬間燃燒了起來，一個直徑約莫十五米的巨大圓圈在火光的蔓延勾勒下漸漸成形。

羅獵加大了油門，在火焰就要將圓圈封閉的時候，猛然一提車把，摩托車的雙輪離地，越過缺口處火勢尚未燃起的地方，摩托車剛一落在地上，火焰就燃燒了起來。

看到羅獵和顏天心平安歸來，譚天德暗自鬆了一口氣，可他的心情馬上又沉重了起來，他的手下有半數已經被困在了外面。熊熊燃燒的火焰只能阻擋外面的感染生物一時，卻無法做到永遠，一旦火焰燃盡，那些生物就會越過火牆的封鎖線，進入他們的安全範圍內。

譚天德從汽車上下來，來到羅獵的身邊，他心中懊悔不及，可現在也沒必要再提起，低聲道：「羅先生，咱們應該怎麼辦？」到了這步田地，他已經不再顧及顏面了，當著那麼多手下的面還是公開向羅獵求教。

羅獵看了看時間，現在已經是凌晨四點，只要再撐上一段時間，天就會放亮，一旦旭日東昇，這些危險的感染體應當不戰而潰，羅獵道：「等待，除了等待咱們沒有別的辦法，清點所有的備用油桶，將一切的可燃物都集中起來，無論如何都要讓這堵火牆維持到天亮。」

譚天德環視周圍的部下大聲道：「羅先生的話你們有沒有聽到，還不趕緊去做！」

顏拓疆終究還是沒有能夠順利逃離新滿營，他從西門繞到北門，到處都是一片慌亂的場景，顏拓疆擔心開車會成為被人關注的目標，他決定選擇棄車步行，馬永卿表現得極其配合，只是她剛一下車就感到一陣噁心，快步跑到一旁，對著牆角嘔吐起來。

發生在南陽大街和西門的事情已經很快就傳遍了整個新滿營，流言四處散播著，不少居民已經開始準備逃離這座恐怖的城市。

顏拓疆驚奇地發現已經沒有人追蹤自己，甚至已經忽略了他的存在，他來到馬永卿的身邊，望著躬身嘔吐的她，猶豫了一會兒方才道：「你怎麼了？生病了嗎？」

馬永卿搖了搖頭，過了一會兒方才鼓足勇氣，含著淚向顏拓疆道：「我知道我對不住你，就算死一萬次也無法補償我對你的虧欠，可是……可是我……我懷孕了……」

顏拓疆愣在那裡。

馬永卿因他錯愕的表情而絕望，顫聲道：「你的骨肉……」她的話並沒有說完，就被顏拓疆強有力的雙臂擁入懷中，馬永卿在顏拓疆的懷中感到久違的溫暖和安全，她的淚水宛如崩潰的河堤一般噴湧出來。

顏拓疆粗糙的大手托住她的面頰，彷彿要重新看清她一般，然後一字一句道：「你放心，我就算拚上這條性命，也要將你們娘倆兒活著帶出去。」

馬永卿無法形容此刻的感動，她忽然明白原來幸福一直就在自己身邊，只是自己卻一直選擇忽略。

顏拓疆雖然抱定視死如歸的決心，可是他卻不會盲目赴死，在他曾經的勢力範圍，在新滿營他有很大的把握潛伏並生存下去，沒有人比他更熟悉這座城池，就算是土生土長的當地人也無法和他相提並論。

顏拓疆並沒有花費太大的功夫就弄到了兩套衣服，和馬永卿換上，混入人群，看起來他們和普通的百姓沒什麼兩樣，只不過不知道內情的人肯定不會將他們當成夫妻，十有八九會把他們看成父女，畢竟兩人年齡相差太大。

新滿營所有的城門都被封鎖，城內的人出不去，城外的人也進不來，顏拓疆帶著馬永卿兜了一個圈子，重新回到大帥府附近，馬永卿一開始對顏拓疆的做法感到不解，可很快就想明白他這樣做的用意，**往往越是危險的地方就越是安全的**

地方，誰也不會想到他們會在逃離之後再度回到附近。

顏拓疆行伍出身，行事風格也暗合兵法之策。大帥府西南有一間煙館，名為神仙居，這裡也是新滿城內唯一被官方允許的煙館，煙館的老闆宋昌金，此人大有來頭，交友廣泛，和北洋政府內當權的幾大軍閥都有交情，而他的人脈和手段也讓他得以和顏拓疆拉近關係，從而獲得這裡唯一的煙館經營牌照。

商人離不開政治，可一個成功的商人也會最大限度地規避政治可能帶來的風險。宋昌金在新滿營的這場篡權兵變之中並未受到任何的影響，煙館經營照舊，這和他在馬永平得勢之後悄悄送上了一筆政治獻金有關。

今天的神仙居和以往不同，煙鬼抽煙是不分時間的，如果不能舒舒服服地抽上幾口，煙鬼就無法踏踏實實地睡上一覺，所以神仙居的大門永遠都是敞開的，一天十二個時辰，任何時候都斷不了生意，畢竟在新滿營官方允許的煙館就他們一家。神仙居的大門雖然開著，裡面卻已經沒有了昔日顧客盈門的場面，還剩下三五個常年眷戀床榻的老煙鬼仍然躺在床上，佝僂著身體吞雲吐霧，沉浸在飄飄欲仙的世界裡，雙耳不聞窗外事，其餘人早已跑了個精光。

宋昌金也正在收拾金銀細軟，準備逃走，不過他只是有條不紊地準備，並沒有像其他人那樣急著出城，在新滿城只有他一個人經營，他的家人都在黃浦，所以宋昌金也沒有太多的牽掛，煙館的夥計也走了不少，這會兒更只剩下老于頭，要說這老于頭是跟著他一起從家鄉走出來的，兩人之間還有些親戚關係，按照輩分，老于頭應當稱他一聲舅舅。

不過在煙館內，老于頭永遠都是尊稱他一聲掌櫃的，而他也習慣性地叫他為老于。

老于頭穿著長衫，背脊躬得就像一隻蝦米一樣，來到宋昌金面前稟報道：「掌櫃的，按照您的吩咐，店裡的其他夥計都已經遣散了，還有四名老主顧正快活著呢。」

宋昌金對於快活的概念和這幫衣食父母不同，他雖然開煙館，可自個兒從來不抽，因為他知道這東西傷身，更麻煩的是，一旦上癮，保證會讓你變得人不人鬼不鬼，連親爹親媽都不認識。

宋昌金不認為自己在從事一門缺德生意，畢竟這錢他不去賺仍然還有別人來賺，過去他沒來開煙館的時候，門前的這條山陰巷大小煙館十幾家，整個新滿營內都加上估計超過了三十家，正是因為他的到來，才說服顏拓疆將其他的煙館全部關停，然後以特許經營，官方監督的名目開了這間新滿營唯一的一家煙館。

宋昌金自然賺了一個盆滿缽滿，可這樣一來也將各大煙館相互競爭，無所不用其極的場面改變，他做的是老主顧的生意，不想方設法哄人入局，不因為壟斷而隨意哄抬價格，軍方也便於管理。

其實宋昌金在顏拓疆倒台之後，已經做好了離開新滿營的準備，馬永平的胃口並沒有那麼容易填飽，剛剛送上了一筆政治獻金算是給這位新統帥的投名狀，可馬永平馬上就提出購買裝備更換軍服之事，宋昌金閱人無數，自然看出馬永平欲壑難填，如果繼續留下來經營，早晚會被馬永平連皮帶骨頭吃個乾淨，此前那些年的辛苦經營只怕就要付諸東流了。

可宋昌金還沒有來得及離開新滿營，這邊就出了大事，這一夜槍炮聲接連不斷，南陽大街和西門先後被封鎖，雖然馬永平及時封鎖消息，可仍然有不同版本的消息外傳，流傳最廣的版本是新滿營發生了兵變，可後來因為西門發生變亂，有人開始傳播城內發生了瘟疫，當然也有城內出現殭屍的消息。

新滿營的槍炮聲和突然開始的宵禁讓城內百姓人心惶惶，宋昌金聽完老于頭打聽來的情況仍然有些雲裡霧裡。

老于頭道：「現在所有的城門都關上了，誰都出不去，誰也進不來，西城門和南陽大街都被包圍起來了，交火就一直沒聽過，聽說南門大街死了不少人，屍橫遍野血流成河。」

宋昌金皺了皺眉頭，心中暗忖，難不成當真是兵變？馬永平篡權的事兒雖然還未公開，可新滿營的頭面人物大都已經知道怎麼樣的情況，顏拓疆畢竟在這一帶經營多年，他的實力應當不僅於此，興許這場兵變就和他有關。宋昌金自然想顏拓疆重掌大權，若是顏拓疆能夠東山再起，自己也就沒必要離開了。

老于頭道：「掌櫃的，咱們怎麼辦？」

宋昌金道：「還能怎麼辦，城裡這麼亂，一旦局面控制不住，很快就會出現打砸搶的事兒，你去跟那幾個老煙鬼說說，就說是鬧了兵變，讓他們各回各家，咱們煙館也要關門，等明兒事情明朗了再說以後的事情。」

老于頭應了一聲，心中卻對那幾個仍然堅守的老煙鬼離去並不樂觀，那種人就算是世界末日，他們一樣得抽完這口煙再走。

老于頭兜了個圈子，並沒有把老煙鬼勸走，反倒又帶來了兩個人，這兩人站在門外並沒有急於進來，應當是等著老于頭通報。宋昌金正想發火，可忽聽一個女人道：「宋大掌櫃別來無恙？」

宋昌金聽得真切，馬上就聽出這聲音來自於大帥夫人，不由得從心底打了個激靈，馬永卿被劫持的事情他也聽說了，只是馬永卿自己回來的事情他並不清楚，宋昌金以為自己聽錯，主動向門前走了幾步。

老于頭原準備通報來著，可外面的人也在此時走了進來，馬永卿將蒙在臉上的面紗揭開了：「宋掌櫃連我都不認得了？」

宋昌金這才確認眼前人就是馬永卿無疑，他又向馬永卿身邊人望去，不看則已，一看驚得他是頭皮發麻，脊背發涼，他怎麼都不會想到來人之中竟然會有甘邊寧夏護軍使顏拓疆，更加沒有想到他們夫婦兩人又走到了一起。

雖然馬永平用盡一切辦法掩飾事情的真相，可有些事是紙包不住火，更何況旁觀者清，很多人早就看出這兄妹兩人別有用心，在顏拓疆落難之後，一些人已經猜到是這兄妹兩人裡應外合謀奪了顏拓疆的位子，宋昌金就是其中之一，所以他看到這兩夫妻突然出現在自己的面前方才會如此震驚。

穩了穩心神，宋昌金道：「大……大帥……夫……夫人……」

顏拓疆道：「關門說話。」

老于頭老於世故，退出門外，從外面將房門給帶上了。

顏拓疆也不等宋昌金招呼自己，大步來到太師椅上坐了，又招呼馬永卿道：「永卿坐，老宋，你有沒有吃的，我們可餓了一天了。」

宋昌金如夢初醒般點了點頭，正準備開門去吩咐，馬永卿笑道：「算了，還是我去吧，你跟大帥好好聊聊。」

宋昌金慌忙道：「那怎麼敢……」馬永卿不等他說完已經出門去了，隨手又將房門帶上。

宋昌金規規矩矩在顏拓疆面前站著，心中忐忑不安，實在不知應當如何開口。

顏拓疆道：「坐吧！」

宋昌金這才敢在他身邊坐下，想了想道：「大帥，您的那些錢我可分文……」

顏拓疆面色一沉，嚇得宋昌金不敢繼續說下去。

顏拓疆道：「你是不是以為我這次必死無疑，再無重見天日的機會？」

宋昌金把頭搖得撥浪鼓似的：「天地良心，自從大帥蒙難之後，小的夜不能寐，無時無刻不在為大帥的處境擔心，可小的堅信，大帥吉人自有天相，現在看來果然是蒼天有眼……」看到顏拓疆冷酷的表情，宋昌金也不敢繼續說下去，拍馬屁是一門學問，如果掌控不好反而容易激怒對方。

顏拓疆環視了一下室內，從看到的狀況已經做出了推斷：「老宋啊，你這是準備走吧？」

宋昌金點了點頭道：「馬永平掌控兵權，我就算想救大帥也是有心無力，唯有儘早離開這裡，前往北平求助，將這裡發生的狀況報知於政府，希望他們能夠出兵解救大帥。」他也是信口開河，就算他真有這個心思，等他前往北平，找到北洋政府，只怕那時候顏拓疆早已被殺了，更何況這裡山高皇帝遠，北洋政府肯定不會為了一個地方小軍閥興師動眾。

顏拓疆道：「只怕不單單是這個原因吧？」

宋昌金知道自己瞞不過顏拓疆，臉上露出苦笑道：「大帥，城裡到處都在交火，我也搞不清楚狀況，所以才會做出離開的決定，現在大帥已經重獲自由，一切即將雲開霧散，這新滿營也可重見天日了。」

顏拓疆已經判斷出宋昌金並不知道城內的真實狀況，他緩緩搖了搖頭道：「老宋，這新滿營遇到了大麻煩，這個麻煩我解決不了。」

宋昌金心中一怔，他暗自揣測，難道顏拓疆是偷偷逃出來的？定然是偷偷逃出來的，說不定是馬永卿放了他，畢竟一日夫妻百日恩。

顏拓疆道：「城內的宵禁並不是因為我，而是因為一些士兵變成了殭屍。」

「什麼？」宋昌金以為自己聽錯。

顏拓疆將自己看到的真實狀況詳細告訴了宋昌金，宋昌金此時終於明白到底發生了什麼。

顏拓疆道：「咱們必須要儘快離開這裡。」

宋昌金聽他這麼說已經明白，顏拓疆應當認定了自己，無論自己情願與否，都不得不接受他們兩口子要搭上自己這條船的事實。

黎明即將到來，火勢變得越來越弱，能用來點火的東西幾乎都用上了，連卡車的車廂輪胎都被拆開來扔入火中，從而增強火牆的防禦。譚天德望著已經露出魚肚白的東方天空，心情緊張而迫切，對他們剩下的一百多人來說，朝陽才是他們的救星，只有奪目的陽光才能驅走這些被殭屍病毒感染的怪物。

羅獵的兩道劍眉凝結在一起，從時間和天氣的狀況來判斷，太陽大概在二十分鐘以內升起，可是他們用來防禦的火牆看起來已經難以為繼了，在火牆的西北方位，有部分已經開始出現了燃盡的徵兆。

譚子聰率先脫下上衣，在他的提示下，不少人也將上衣脫掉拋入火中，以此來增強火勢，可夏天的衣服畢竟單薄，對火勢根本起不到太大的作用。

外面那些失去意識的牛羊似乎為某種神秘的力量所驅使，開始向火勢最弱的地方集結。

一夜未曾合眼的譚天德來到羅獵身邊，低聲道：「壞了，只怕撐不住了。」

羅獵點了點頭，看情形他們是撐不到太陽升起的時候。

譚子聰大聲道：「所有兄弟聽著，子彈上膛瞄準外圈，無論任何人或牲畜闖入，格殺勿論！」

所有人都端起了武器，在譚子聰下令的三分鐘之後，在火圈的西北方出現了一段一米左右長度的熄火區，火焰熄滅之後，馬上就有一頭牛衝入圈內。子彈紛紛向牛頭射去，那頭牛並未來得及跨入圈內就被射成了蜂窩。

一頭倒下，又一頭衝入，防守者不停開火，熄火區的範圍卻在迅速擴大著。

羅獵忽然向東面走去，那邊火勢相對較強，可是羅獵卻聽到有馬蹄聲正向這邊迅速接近。顏天心端起衝鋒槍，跟在羅獵身後，保持一小段距離以方便掩護。

羅獵在距離火牆還有三米左右的地方停步，馬蹄聲也停了下來，羅獵從腰間緩緩抽出太刀，突然一個黑影落在前方火牆內，卻是一頭已經死去的奶牛，奶牛的屍體將火焰撲滅。

羅獵看到在火圈的外面十多名黑盔黑甲的蒙面騎士正縱馬向缺口疾馳而來，不但這些騎士全副武裝，就連他們胯下的坐騎也穿著甲冑，如果不是親眼所見，羅獵絕不會相信他們的眼前會出現一支這樣的重甲騎兵小隊。

顏天心率先開槍，衝鋒槍噴出憤怒的火舌，子彈向騎兵隊掃射而去，目標集中在下方，射人先射馬，對一個久經沙場的戰士而言，這是最簡單不過的道理。多顆子彈命中了騎兵隊的坐騎，可大都被厚重的盔甲阻擋。

十多名騎士馬上分散開來，他們從腰間掏出弩箭，羽箭如蝗，射向顏天心。

羅獵揮動手中太刀，在身前幻化為大片光霧，將他和顏天心的身體護住，弩箭撞擊在太刀形成的光盾之上，也有不少弩箭射向正在防守缺口的匪幫，慘呼聲中，已經有多人倒地。

火勢在迅速消亡，越來越多的牛羊從缺口中衝了進來，重甲騎士縱馬躍過即將熄滅的火圈，進入他們防守的核心地帶。

羅獵冷靜望著一名直奔自己而來的蒙面騎士，在對方臨近自己之前，一個側向滾翻躲開，就勢一刀削出，將對方坐騎的右前腿齊膝斬斷，那匹馬斷腿之後竟未發出嘶鳴，噗通一聲倒在了地上，馬上騎士從馬背上跳了下來，從背後抽出一柄重劍，向前跨出一步，雙手擎劍劈向羅獵的頭頂。

顏天心擔心羅獵有所閃失，舉槍瞄準了那武士的面部接連射擊，子彈射中對方面具，打得火星亂冒，震得對方連續後退，卻沒有一顆子彈能夠將他臉上的面具射穿。

又一名武士過來增援，揮舞流星錘橫掃向顏天心的頭部，顏天心仰首躲過對方的致命一擊。

此時周圍的火焰大都已經熄滅，他們賴以防禦的屏障即將蕩然無存。譚天德舉槍將一隻意圖攻擊自己的綿羊射殺，心中暗暗祈禱，老天爺，你就開開眼吧。

或許是他的祈禱終於起到了作用，東方天地之間，一輪紅日終於緩緩露出了些許真容。

陽光衝破晨暮，那些重甲騎士率先撤退，牛羊也開始停下攻擊，只是這些牛羊顯然不知道應該往哪裡去，一個個木立在原地。驚魂未定的譚子聰大喝道：「殺掉這些畜生，一個不留，一個都不能留下！」

羅獵並未阻止發生在眼前的瘋狂殺戮，因為這些牛羊或許已經感染了病毒，如果任憑這些牛羊四處遊蕩，只會將病毒傳染給更多的生物。

顏天心臉色蒼白地望著周圍的一切，她向羅獵道：「必須儘快找到她。」

羅獵來到那匹被他斬斷前蹄的戰馬前，戰馬昂著頭，試圖從地上站立起來。

譚天德此時走了過來，瞄準戰馬血紅色的眼睛連續開了兩槍，戰馬高昂的頭顱重重砸落在地上。

羅獵檢查了一下戰馬的轡頭和外甲，從上方的銘文已經判斷出這些文字是西夏文。

譚天德顫聲道：「天廟騎士，他們全都是天廟騎士！」

羅獵有些不解地望著譚天德，在他看來這些騎士更像是歷史中的西夏武士，從戰馬身上護甲的銘文可以做出這樣的推斷，卻不知譚天德的天廟騎士又有什麼出處？顏天心卻因天廟騎士而想到了他們本來的目的，千里迢迢護送龍玉公主的遺體就是要前往天廟啊！

千餘隻失去抵抗力的牛羊很快就被譚子聰和他的部下幹掉，遍地都是黑色的血液，現場慘不忍睹。

羅獵和顏天心遠離了這片屠殺場，顏天心咬了咬櫻唇道：「那些騎士讓我想起了爺爺。」

羅獵點了點頭，剛才和那些騎士交鋒的時候，他也想到了這一點，以顏闊海為首的女真族勇士守護著九幽秘境，守護著他們世代相傳的秘密，他們在漫長的守陵過程中因為受到環境的影響而逐漸迷失了本性。只是蒼白山和新滿城相隔數千里之遙，這些武士之間應當沒有太多的聯繫。如果說有聯繫，也就只有龍玉公主，難道龍玉公主出現的地方就會出現這樣的守護武士？

顏天心道：「我知道你不信，可是我敢斷定所有一切都和龍玉公主有關。」

羅獵道：「也許找到卓一手，就能夠搞清楚真正的問題所在。」

在旭日東昇之時，槍聲終於完全平息下去，在經歷了這場驚魂鏖戰之後，譚天德還只剩下了七十多名部下，他們的車輛大都廢棄，原本充足的彈藥也損耗了大半。譚天德原本準備前往老營盤殲滅那裡的感染者，可還沒有靠近老營盤就已經損兵折將，現在不得不重新考慮他們的選擇，如果堅持繼續前往老營盤，恐怕他們的損傷會更大。

譚子聰抽身事外的想法變得越發強烈和堅定，好不容易才逃了出來，傻子才會主動尋死，瞅了個時機又開始奉勸老爺子。

其實就算兒子不說，譚天德也明白他的想法，他獨自一人來到羅獵和顏天心的面前，譚天德從沒把自己當成一個英雄，可他骨子裡卻有不怕死的血性，中途退縮的事情在他的記憶中還未曾有過，所以這次道別也格外難以啟齒。

羅獵從不喜歡為難別人，譚天德雖然不是一個好人，可也稱得上有膽有謀，他敢於和自己合作，此前也決定前往老營盤消滅盤踞在那裡的感染者，是現實讓他喪失了信心，譚天德也不是無所畏懼的，他最大的弱點就是他的兒子譚子聰。

譚天德道：「我只怕是有心無力了。」話說得再冠冕堂皇也回補不了他臨陣退縮的事實，譚天德不由得老臉發燒。

羅獵道：「有心就好。」

譚天德發現羅獵是個善解人意的年輕人，這樣的年輕人很容易讓人生出好感和信賴，譚天德抱了抱拳道：「他日有緣再見。」他轉身欲走。

羅獵道：「老爺子留步，您剛才所說的天廟騎士是什麼？」

譚天德回過頭來，他猶豫了一下方才道：「那些騎士，我……我在十幾年前就曾經見過。」

顏天心驚奇道：「十幾年前？」

譚天德道：「大概十六年前的事情了，說來話長，當時軍方盯上了我們，多次派兵清剿，讓我們損失慘重，我方不得已躲入賀蘭山下，經過西夏王陵，發現一處坍塌的洞穴，迫於形勢，我決定進入那洞穴中暫時躲避，可我們沒走入其中太久，就遇到了一群神秘的鐵甲騎士……」

譚天德說到這裡停了下來，羅獵和顏天心卻已經明白他所說的鐵甲其實很可能和此前相遇的一樣了。

譚天德明顯不想回憶那段帶給他恐懼的往事，用力搖搖頭道：「不說了。」

羅獵道：「譚老爺子因何稱他們為天廟騎士？不是在西夏王陵遇到的嗎？」

譚天德道：「是因為他們當時說我們闖入了天廟禁地，我們就因此而稱呼他們為天廟騎士了。」

羅獵和顏天心聞言都是大喜過望，想不到湊巧居然從譚天德這裡得到了天廟的所在，按照此前卓一手的說法，他是要將龍玉公主的遺體送往天廟，也就是說，只要他們去往天廟，就有可能找到卓一手，解鈴還須繫鈴人，想要解決這個麻煩，最終還要從卓一手的身上入手。

羅獵道：「譚老爺子，在下有個不情之請。」

譚天德何等的世故，從羅獵的話鋒中已經猜到他想求自己什麼事情，歎了口氣道：「我已經老了，而且……」他朝那些驚魂未定的手下看了一眼，經歷了昨晚的生死鏖戰，這些部下都已經被嚇破了膽子，單憑兒子是無法鎮得住場面的，譚天德並非心疼下屬，而是不放心兒子，他必須要將小兒子從險境中帶出去。

譚天德道：「老夫雖然不能去，不過可以繪製一幅地圖給你。」

羅獵從不強人所難，聽譚天德願意繪製地圖也是一樣，微笑道：「多謝譚老爺子。」

第四章

不要開槍

就在他的身後，譚子聰臉上肌肉扭曲而變形，
他一步步走向譚天德，張開雙手意圖從身後發動攻擊。
譚天德背對兒子，未能在第一時間發現他的意圖，
張長弓四人面向譚子聰，及時發現了譚子聰的變化。
譚天德爆發出一聲撕心裂肺的悲吼道：「不要開槍！」

顏拓疆之所以選擇在這時來到神仙居並不是沒有原因的，新滿營所有的城門都被封鎖，潛伏在城內等到風頭過去之後再圖離開原本也不失為可行的辦法。然而在他親眼見到那些喪心病狂的殭屍之後，他開始意識到新滿營絕非久留之地。

嗚響一夜的槍聲終於平息了下去，寂靜和清晨幾乎在同時到來，寂靜本不該屬於這裡，新滿營的清晨是喧囂且熱鬧的，這突如其來的寂靜反倒讓顏拓疆的內心變得越發不安起來。

宋昌金吞了口唾沫，看了看外面的天色，小聲提醒道：「天亮了。」在他看來顏拓疆留在這裡是極不安全的，外面響了一夜的槍聲很可能和顏拓疆有關，就算有其他的事件牽涉了馬永平的注意力，一旦等他騰出手來，首先要做的仍然是搜捕顏拓疆。

顏拓疆道：「你不信我的話？」剛才他已經盡可能簡單明瞭地向宋昌金描述了自己的親眼所見。

宋昌金道：「新滿營有那麼多軍隊，就算……就算有殭屍出現，也翻不起什麼風浪。」這是他真心的想法。

顏拓疆緩緩搖了搖頭道：「你根本就不知道事情有多可怕，馬永平沒能力阻止這一切的發生……」停頓了一下又道：「這不僅僅關乎到新滿城人的命運，甚至會影響到整個甘邊，乃至整個中華。」

宋昌金仍然覺得顏拓疆有些危言聳聽了，說了這麼多還不是想依靠自己的幫助逃出去，他歎了口氣道：「可是現在新滿城所有的城門都被封鎖了。」

顏拓疆冷冷望著他，狡黠如宋昌金仍然在他犀利如刀的目光下膽怯地低下頭去，宋昌金意識到，自己很難蒙蔽對方，虎老雄風在，顏拓疆的頭腦和智慧並沒有因為這次的落難而受到絲毫的影響，一個人經歷了這麼大的挫折和失敗仍然能夠頑強地爬起來並出現在自己的面前，這個人的內心是何其強大。

顏拓疆道：「神仙居是新滿營內唯一的煙館，這些年你發了不少財吧？」

宋昌金陪笑道：「托大帥的福。」

顏拓疆呵呵笑道：「這筆生意給誰都一樣做，你有沒有想過我為何要便宜你？」

宋昌金心中暗忖，還不是念在我和北洋政府的關係。

顏拓疆道：「不要以為你在上頭有些關係，這世道什麼關係都不可靠，還得靠這個。」他用手做了個捏錢的手勢，然後向宋昌金湊近了一些：「之所以交給你去做，是因為我對你的底清清楚楚，你到底有幾個家，你有幾個兒女，我全都瞭若指掌。」

宋昌金此時方才意識到顏拓疆的厲害之處，擠出一絲笑容道：「我對大帥一直坦誠，我的家人大帥也都是見過的。」

顏拓疆嘿嘿笑道：「日本的就沒有見過，可我若是想見他們，就算是死了也一樣能夠在地府相見。」

宋昌金的臉色已經完全白了。

顏拓疆道：「煙館只是你表面的營生。」

「大帥的話我不明白。」

「不明白不要緊，可你本姓羅對不對？你師承許博陽，那可是摸金一門的宗師級人物。」

宋昌金此刻已經完全被顏拓疆抓住了命脈，他一直以為自己將顏拓疆成功騙過，可這會兒顏拓疆道破實情，他方才意識到顏拓疆才是真正的老謀深算，過去一直都沒有揭穿自己，是因為自己並沒有危害他的利益，對他還有用處。又或者人家準備放長線釣大魚，等到自己事情做成之後，他方才出手。

顏拓疆道：「我若沒有猜錯，這煙館下面應該已經打通了一條地道吧？」

宋昌金此時已經有若鬥敗了的公雞，連半個字都不敢反駁，有氣無力道：「大帥原來什麼都知道。」他開這間煙館的真正目的其實就是為了掩飾身分，他選擇遠離黃浦的家人來到這個地方，其目的並不僅僅是開煙館賺錢，煙館只是幌子，他的目的是位於新滿營地下的寶藏。

選擇在新滿營的地下挖洞，是因為新滿營的地下乃是過去西夏皇城所在，根據他的考證，西夏國在被蒙古人滅國之時，曾經將大量的財富收藏在皇宮密窟之中，蒙古人雖然燒殺搶掠，劫走了不少的金銀財寶，可西夏人最珍貴的寶物並沒有被他們發現。

宋昌金在新滿營已有多年，雖然費盡心機，刻苦挖掘，也挖到了一些西夏古國的文物，可並沒有什麼價值連城的寶貝，和他想要的東西相去甚遠，不過宋昌金卻因此而在新滿營的地下打出了一條四通八達的地道，他以為這件事做得神不知鬼不覺，可沒想到早就被顏拓疆知曉。

宋昌金道：「不瞞大帥，下面沒什麼寶貝。」

顏拓疆道：「出得去嗎？」

宋昌金猶豫了一下，終於還是點了點頭道：「出得去！」

羅獵和顏天心站在沙丘之上，頂著炎炎烈日，過去他們從未感覺到如此熱辣強烈的陽光竟會帶給他們安全感。羅獵轉身望去，雖然離開很遠，仍舊能夠看到那躺倒在戈壁上的大片動物屍體。

顏天心道：「想不到情況會如此惡劣。」

羅獵道：「情況只會變得越來越惡劣，那些生物會將病毒不停地擴散開來。」他的內心無比沉重，還好這片戈壁地廣人稀，疫情蔓延不至於太過迅速。

顏天心道：「你真以為是病毒嗎？」

羅獵轉身向她笑了笑道：「詛咒也罷，病毒也罷，我只希望咱們能夠儘快找到一匹馬，駱駝也行，在落日之前，抵達一個安全的地方。」

槍聲響起，隊伍中的所有人都被嚇了一跳，開槍的是譚子聰，他射殺了一名生病的下屬，儘管這名下屬並未做出任何攻擊的舉動，可是譚子聰出於自保的目的，仍然當著眾人的面將這名下手槍殺。

槍聲驚醒了躺在擔架上打盹的譚天德，他畢竟年齡大了，鏖戰了一夜，精神明顯不濟，這聲突如其來的槍響把譚天德嚇了一大跳，當他搞清楚到底發生了什麼事情，心中對兒子也沒有太多的責怪，在這種非常時刻，任何風險都是不能去冒的，一著不慎滿盤皆輸，目前他們還剩下不到一百人，必須在太陽落山之前抵達黃沙頭，在那兒有他們的一處基地，可以休息並得到補給。

可譚子聰槍殺的並不是一個普通的嘍囉，而是他們紅石寨排行老五的葛同賢，這個人在山寨內部的人緣極廣，兼之隊伍中還有他的六名結拜兄弟，譚子聰的行為馬上導致了一場騷亂。

葛同賢的結拜兄弟率領平日和他交好的十多人在得知狀況之後馬上將譚子聰團攏了起來，為首一人憤然指責譚子聰道：「少掌櫃，你怎麼殺自己人？」

譚子聰振振有辭，他非但沒有絲毫的歉疚，反而指責這群人目光短淺，看不清眼前局勢，現場很快就衝突起來，開始只是推搡，可馬上雙方就掏出了武器。

譚天德一骨碌從擔架上爬了起來，下了擔架，急火火地趕到了衝突現場，怒喝道：「住手，全都給我住手！」

譚天德雖然老邁，可是他在紅石寨的威信仍然無人可以取代，所有人都將舉起的槍口放了下去，諸多下屬憤然道：「大掌櫃，少掌櫃殺死了老葛。」

譚天德看到地上被譚子聰一槍爆頭的老葛，心中也是暗叫不妙，葛同賢這個人雖然沒多大本事，可是交友廣泛，在山寨內部以好人緣著稱，現在兒子當眾幹掉了他，激起公憤也不意外，譚天德並沒有因為老葛的被殺而心痛，換成是自己也會這麼做。

譚子聰看到老爹到了，底氣不由得又壯了許多，大聲道：「爹，他病了，而且身上受了傷，肯定會變成殭屍……」

話沒說完，一人已經氣憤地罵道：「你放屁，老葛出來之前就病了，身上的傷痕也是在地上跌倒劃破的，你憑什麼說他變成殭屍？」

譚天德雙手下壓，試圖以這樣的手勢來讓眾人的情緒平息下去，然而事與願違，眾人非但沒有因為他的動作平靜，反而叫嚷得越發厲害，譚天德暗歎兒子做事欠考慮，就算是幹掉老葛也不要在眾目睽睽之下，惹出這麼大的麻煩。

譚天德道：「肅靜，大家肅靜，且聽我說句話。」

眾人這才停住喧嘩，譚天德道：「咱們走到這裡，損失慘重，無論此前發生了什麼，也只能暫且放下，我以我的這條性命擔保，等咱們走出險境，所有發生的事情，老夫都會給你們一個清楚的交代。」

聽譚天德做出這樣的保證，下屬們自然不好再繼續鬧事。

可有人又道：「少掌櫃的可否解釋一下，你口口聲聲說老葛會變成殭屍，此次行動你到底隱瞞了什麼？」

聞聽此言，眾人的情緒頓時又激動了起來，經過昨晚一戰，多半人都看出這次的行動極其詭異，而譚天德父子顯然深悉內情，可是他們父子兩人並未對大家道出實情，如果知道此次出征的對象是那些瘋狂殘忍的古怪生物，他們無論如何也不會隨同這對父子出來。

譚天德心中暗叫不妙，軍心渙散，這幫部下顯然對自己已經失去了信任，如果任由這種狀況發展下去，後果將不堪設想，他清了清嗓子正準備編織理由說服這幫手下，可是沒等他開口說話，就聽到一個聲音道：「有人來了！」

眾人停下說話，舉目望去，卻見他們的南方有四匹馬朝著這邊奔馳而來，眾人心中都是一驚，畢竟昨晚他們剛剛經歷了一場生死鏖戰，現在所剩的彈藥已經不多，如果再遇到那些瘋狂的感染者恐怕損失會更大。

譚子聰慌忙舉起望遠鏡看去，來的是四名騎士，他們風塵僕僕，看樣子應當是長途跋涉而來。隨著那四人的不斷走近，他們的形象也漸漸變得清晰，不過四人為了遮擋陽光和風沙全都像阿拉伯人一樣帶著頭巾蒙著臉，看不清他們具體的面貌。

譚子聰放下望遠鏡，沉聲道：「馬！」不同的人看到的目標往往不同，譚子聰現在最想得到的就是馬，尤其是在昨晚他們失去了交通工具之後，馬匹的重要性變得不言而喻，如果能夠搶得坐騎，至少可以解決一些問題。

譚天德僅僅從兒子口中吐出的這一個字上就明白了他的心意，他們畢竟是強盜，任何時候都脫不了本質。

雖然他們的人數只剩下了七十多人，可是在場面上仍然佔有絕對的優勢，更何況在這片戈壁灘上，他們才是真正的主人，並沒有進行太多的佈置，他們就決定原地埋伏，他們所在的地方是一個土丘，等到那四名騎士來到下方的時候就可以發動攻擊，兵不血刃地奪下對方的馬匹最好，如果遭遇抵抗，也希望能夠將傷亡降低到最小。

那四名騎士越走越近，即將進入他們的攻擊範圍，譚子聰再度拿起望遠鏡，確認彼此間的距離，以決定攻擊的時機。可就在此時，身後突然傳來了一聲嘶吼，轉身望去，卻見一名同伴飛撲到另一人的身上，一口咬在那人的頸部。

被攻擊的那人舉起手槍對準了那名瘋狂的同伴，一槍近距離射中了他的眼睛，鮮血迸射得到處都是，他艱難地推開那名同伴的屍體，卻發現周圍所有烏洞洞的槍口全都瞄準了自己，他一手握槍，一手捂住鮮血不斷往外噴射的脖子，慘叫道：「不要逼我，你們不要逼我……」從地上爬起來向土丘下跑去，沒等他跑遠，身後就亂槍齊發，他的屍體沿著斜坡滾落下去，一直滾到土丘下。

四名騎士先是聽到了槍聲，然後看到了那具從山坡上滾落下來的屍體，幾人慌忙勒住馬韁，同時向土丘上方望去。

而那具剛剛滾落下來的屍體，此刻卻搖搖晃晃從地上站了起來，活動了一下頭顱，極其誇張地長大了嘴巴，烈日下白森森的牙齒露出駭人的反光，血紅的雙目呆滯無神。

四名騎士中位於最左側的那名男子率先發動，以迅雷不及掩耳之勢取出右腿後方懸掛的霰彈槍，單手瞄準了感染者的頭部，一槍射出，對方的頭顱有若被近距離轟擊的西瓜，四散飛出，鮮血和腦漿散落一地。

開槍後的男子左手拉下遮住面部的灰色頭巾，露出一張英俊冷酷的面龐，此人正是陸威霖，在他身邊的三人分別是張長弓、阿諾和鐵娃。原本陸威霖和他們三個並不在一處，張長弓三人從離開北平之後就回到了白山，瞎子陪同他外婆前往白山之後不久，他的外婆突然生了急病，四處求醫無果，不由得想到了蒙古大夫卓一手和神醫吳傑。

在他們看來，只要能夠找到兩個人中的任何一個，將之請去白山，陳阿婆的病情興許就會手到病除，瞎子和周曉蝶兩人在阿婆身邊伺候自然不便遠行，阿諾本來就要前來甘邊尋找羅獵，此次剛好趁著這個機會過來，一來可以和老友重聚，二來能夠幫忙尋醫。張長弓擔心阿諾貪酒誤事，反正留在白山也沒什麼事情，於是決定和阿諾同來，剛好也帶著鐵娃這孩子出來歷練一下。

至於陸威霖卻是幾人抵達奉天之後剛巧遇到，陸威霖聽說他們的事情之後想都不想就跟著過來了，他們四人和羅獵那種自虐式的苦旅不同，能乘車就選擇乘車，能騎馬就選擇騎馬，再加上他們有事在身，途中無暇流覽風光，所以行程自然比羅獵快上許多。

他們此次通過這裡是為了前往新滿營，顏拓疆雖然失勢，可馬永平將整件事隱瞞得很好，消息並未廣為散播。他們幾人準備先去新滿營拜會顏拓疆打聽顏天心的下落，只要找到了顏天心自然就能夠找到羅獵。

四人之中，張長弓的反應速度絕不次於陸威霖，陸威霖之所以第一個出槍，因為和他曾經的經歷有關，他和羅獵一起深入圓明園的地下，當時就親眼見到鑽地鼠發瘋的情景，眼前意圖攻擊他們的這個人和此前鑽地鼠的表現極其類似，所以陸威霖才會在第一時間做出反應將之射殺。

陸威霖出手的同時，其餘三人也都同時做出了反應，他們取出各自的武器，張長弓提醒他們同時向後方撤退，他已經看出那土丘之上很可能隱藏著埋伏。

張長弓的猜測並沒有錯，可紅石寨的匪幫卻已經無暇完成對他們的伏擊，在他們的內部，一場殘殺展開。譚子聰本以為除掉了所有可能的感染者，可百密一疏，在他們的隊伍之中仍有漏網之魚。

一些輕傷的匪徒並未將自己的狀況如實彙報，他們的發病特徵和老營盤那邊的感染者也不相同，老營盤那邊通常被咬之後即刻發病，而他們隊伍中的這些感染者潛伏期似乎更長。

七十多人的隊伍中竟然有十多人已被感染，這群紅石寨的土匪自顧不暇，哪還顧得上去展開搶劫？

尚未感染的土匪多半都被嚇破了膽子，看到那些昔日要好的同伴突然之間失去理智，宛如瘋魔般向自己發起攻擊，一個個再也無心戀戰，一邊開槍一邊向土坡下方撤退。

張長弓四人本可以一走了之，然而他們並沒有這樣做，張長弓皺了皺兩道濃眉，彎弓搭箭，弓如滿月，一箭破空射去，羽箭發出一聲尖銳的嘯響，刺耳的聲音幾乎就要撕裂人的耳膜，箭似流星般釘入一名感染者的額頭，將那名感染者射得仰頭倒地。

張長弓啟動之後，鐵娃隨後跟上，摸出鐵胎彈弓，一顆顆山核桃般大小的彈丸如雨般射向亂戰的陣營之中，鐵娃手法也是極其精準，專門瞄準了那些感染者的眼珠。

陸威霖翻身下馬，以半蹲的架勢端槍瞄準，他原本就是超一流的神槍手，彈無虛發。

阿諾掀開蒙在頭上的頭巾，卻不急於加入戰鬥，雙手扯著頭巾當扇子一樣來回搧動，他在遠距離射擊上可比不上三位同伴，既然如此還是作壁上觀的好。

其實根本不用阿諾的加入，局勢很快就已經得到了控制。

就算以譚天德老辣的目光也沒料到本準備搶劫的這些肥羊，居然是深藏不露的高手，哀歎倒楣之餘又感到幸運，如果不是遇到了他們幾個施以援手，恐怕這一關他們是過不去了。

未受感染者穩住陣營，在張長弓等人的助力下，開始殲滅那些已經被感染的同伴。

譚天德看到兒子就在自己不遠的地方，心中暗自慶幸，還好兒子沒事，譚子聰連續開槍放倒了兩名下屬，氣喘吁吁來到父親身邊，惶恐道：「爹，您沒事吧？」

譚天德點了點頭，心中暗忖，這孩子雖然不爭氣，可畢竟還算孝順，這種狀況下仍然沒有把自己給扔下。

譚子聰清點了一下這一仗被幹掉的感染者，他們又損失了二十三人，現在只剩下四十六個，譚子聰回到父親身邊低聲道：「那四人不知什麼來路，槍法真是厲害，我看咱們還是別招惹為妙。」

譚天德心中暗歎，這還用你說？伸手拍了拍兒子的肩膀道：「子聰，人家幫了咱們，於情於理都要過去道個謝。」

譚子聰點了點頭，轉身看了看身邊的那些下屬，卻發現他們竟然三三兩兩的選擇離去，譚子聰不由得憤怒道：「幹什麼？你們要去哪裡？」

離去的人竟然沒有一個人回應他，譚子聰怒道：「誰敢走，我便一槍將他崩了！」他舉起手槍，譚天德眼疾手快，一把將他持槍的手給握住。他已經看出人心散了，離開的這群部下非但對他們父子二人失去了信任，而且他們也在懷疑身邊的同伴還有存在感染發作的可能。強扭的瓜不甜，非要將已經淪為散沙的部下聚合在一起，後果只能是適得其反。

譚子聰從父親痛苦且無奈的眼神中明白了什麼，他也只能接受現實，可現實比他預想中更加殘酷，剩下的四十多人，竟無人願意留下追隨他們父子，沒多久就走得乾乾淨淨。

譚子聰恨不能衝上去將這幫背棄他們的部下殺個乾乾淨淨，可是最終還是忍下了這口氣。

譚天德心中暗自苦歎，樹倒猢猻散，自己這棵大樹還沒倒，手下人卻已經四處逃竄，也罷，也罷，至少他們兩父子還好端端活著，事情發展到了這步田地，譚天德也唯有接受現實。

此時張長弓四人向他們兩父子迎面而來，譚天德這才想起應該上前道謝，向前走了幾步，抱拳道：「多謝幾位壯士相助。」他禮下於人本以為對方也會對自己以禮相待，可馬上就感覺到這四人面色不善，尤其是最左側的那名年輕人，再度將垂下的槍口舉起。

譚天德心中極其不解，這幾人怎地如此不友善，難道他們已經識破了己方最初的意圖？就在此時突然聽到張長弓怒吼道：「讓開！」譚天德內心籠上一層深重的陰影，他意識到發生了什麼，非但沒有讓開，反而張開了雙臂。

就在他的身後，譚子聰臉上的肌肉因扭曲而變形，他一步步走向譚天德，張開雙手意圖從身後發動攻擊。因譚天德背對兒子的緣故，所以並未能在第一時間發現他的意圖，張長弓四人則因為面對譚子聰的緣故，因而及時發現了譚子聰的變化。

譚天德爆發出一聲撕心裂肺的悲吼道：「不要開槍！」

陸威霖所處的位置並不好，雖然他槍法出眾但是並沒有一槍命中目標的絕對把握，張長弓彎弓搭箭，以他的箭術完全可以射出弧形的軌跡，讓羽箭繞過譚天德射中譚子聰的要害，可聽到譚天德的這聲悲吼，他不由得猶豫了起來，當著一位父親射殺他的兒子，比起殺死父親本身來得更加殘忍。

就在張長弓猶豫的剎那，鐵娃已經出手，鐵娃位置居於最右邊，從他的角度能夠輕鬆鎖定目標，鐵娃這一彈也並沒有射向譚子聽的要害，而是直奔他的額頭，彈弓也沒有拉滿，力道上自然打了折扣。

乒的一聲，有若和尚敲擊木魚，鐵彈子正中譚子聽的額頭，將譚子聽打得腦袋向後一仰，失去平衡，屁股坐倒在了地上，這邊張長弓已經衝了上去，不等譚子聽從地上爬起，就抓住他的右臂，將他背身按倒在地。

譚子聽的腦袋竭力轉向後方，白森森的牙齒試圖撕咬身後的目標，阿諾也跟了上來，一腳踹在他的臉上。

譚天德看到一群壯漢圍毆自己的兒子，又是心疼又是擔心，哀求道：「各位好漢，手下留情，他是我的兒子。」

陸威霖也已經過去幫忙，利用繩索將譚子聽的嘴巴勒住，這樣一來譚子聽就無法咬人了，在幾人的幫助下，張長弓將譚子聽的雙手反剪，雙腳也捆了，譚子聽喉頭發出野獸般的嘶吼，可惜雙拳難敵四手，更何況他所面對的全都是身手出眾的好漢。

四人捆好了譚子聽這才散開，譚天德慌忙奔了過去。鐵娃好心提醒道：「老爺子，他瘋了，不認得您的。」

譚天德望著兒子突然變成了這副模樣，整個人幾乎就要崩潰，老淚縱橫道：「兒啊，是我，我是你爹……」

陸威霖冷冷道：「你當他是兒子，他只當你是獵物，老先生，您可千萬要冷靜。」骨肉連心，誰都知道這個道理，保不齊眼前這位老人會做出怎樣的事來。

譚天德雖然傷心可並未糊塗，他搖了搖頭道：「你們走吧，別管我，不用管我！」他雖然有兩個兒子，可最疼的還是這個小兒子，大兒子譚子明對他打家劫舍的強盜行為極其不滿，剛剛成年就和他爆發了一場衝突，譚天德認為兒子是對自己權威的挑戰，他將大兒子吊起來痛打了一頓，本以為能夠將之威懾住，卻不料那頓痛打讓大兒子下定決心離家出走，至今都不知去向。

正因為此他才加倍疼愛這個小兒子，對他寵溺到了極點，而現在這個被他寄予厚望的小兒子卻變成了這副模樣，譚天德感覺到自己的整個世界瞬間崩塌了，什麼金錢和權勢都無所謂了，他再也沒有什麼未來的希望。

張長弓看到譚天德這般情景也是於心不忍，可他們還有要事在身，無法在此地耽擱太久，剛才的恐怖場景他們也已經看到，這裡絕非久留之地。

陸威霖向張長弓使了個眼色，暗示他應當及時離去。

鐵娃從地上撿了一支槍，悄悄放在譚天德身邊不遠處，他也是好意，擔心他們遠走之後，萬一這老爺子釋放了他的瘋兒子，至少還有武器防身。

阿諾等得已經不耐煩了，掏出酒壺灌了幾口，打了個響亮的酒嗝道：「得走了，再不走今天就見不到羅獵了……呃……」

張長弓瞪了這廝一眼，責怪他不該隨隨便便就把羅獵的名字給說出來，卻沒有想到言者無心，聽者有意。

譚天德聽到羅獵的名字內心劇震，宛如從夢境中驚醒過來，想不到這群人居然是羅獵的朋友，難怪他們都有這樣的本事。譚子聰仍然在地上不斷掙扎著，譚天德望著面前如蟲豸一般蠕動的兒子突然生出一個念頭，單憑著他自己是無力將兒子帶出這片戈壁的，就算將他帶出去，兒子也是死路一條。

他不能眼睜睜看著兒子就這樣死去，哪怕還有一線機會，他都要竭盡全力，為了兒子他可以不惜性命。

譚天德道：「你們要去哪裡？」

張長弓四人已經翻身上馬，張長弓以為譚天德要向他們尋求幫助。

阿諾道：「新滿營！」自然又遭到了張長弓的白眼。

譚天德道：「找羅獵？」

幾人都是一怔，可馬上想起剛才阿諾提到過羅獵的名字，這老頭兒知道羅獵的名字也不稀奇。

張長弓道：「老先生認識他？」

張長弓道：「他不在新滿營。」說完之後他停頓了一下，從四人充滿狐疑的目光中知道他們並不信任自己，而後又道：「他和顏天心都不在新滿營。」

聽到顏天心的名字，幾人已經不再懷疑眼前人認得羅獵。張長弓道：「老爺子知不知道他們去了哪裡？」

譚天德點了點頭。

「可不可以告訴我們他的去向？」

譚天德搖了搖頭，目光落在兒子的身上，然後抬起頭道：「我親自為你們引路，不過，你們必須帶上我的兒子。」

張長弓和陸威霖對望了一眼，兩人通過目光達成了默契，陸威霖朗聲道：「成交！」

譚天德所繪製的地圖並不專業，地圖上面是以幾個明顯的地點作為標注的，其中一個很重要的地點就是老營盤，羅獵和顏天心想要抵達下一個位置，首先就要抵達老營盤。

昨晚的那場鏖戰讓他們失去了所有的交通工具，他們不得不選擇步行，不過一切還算順利，他們在途中並未遇到任何的襲擊和風險。遠方天地之間已經出現了一個蒼白的小點，羅獵利用望遠鏡將那個小點放大，那裡就是老營盤，在他的視野中至少目前仍未看到有任何生命的跡象。

老營盤門前僅有的一棵大樹也枯死多年，雖然屹立不倒，卻被風沙和陽光漂白抽乾，正午的陽光毫無遮攔地落在這片戈壁上，沒有一絲風，讓人從心底感到燥得慌。

羅獵將望遠鏡交給了顏天心，顏天心觀察了一會兒道：「裡面會不會還有殭屍？」

羅獵微笑道：「去看看不就知道了？」

顏天心放下望遠鏡，盯住羅獵的雙目道：「我可不想招惹麻煩，真要是被他們發現，傾巢出動，單單咱們兩個恐怕應付不來。」

羅獵道：「大白天的應該沒事，他們怕光。」

顏天心道：「**這世上任何事都不會是一成不變的**，如果他們發生了改變。」

羅獵道：「任何的進化都是一個漫長的過程，短時間內不會產生這麼大的變化。」他從顏天心的手裡又要過望遠鏡，仔細觀察了一會兒道：「你看那裡。」

顏天心接過望遠鏡按照他所指的方向望去，好不容易才看清他所指的目標，那裡有一輛倒在地上的摩托車。顏天心突然意識到羅獵剛才的話並不是戲言，他應該是已經下定了主意要去取回那輛摩托車。

顏天心並沒有出聲阻止羅獵，只是小聲道：「一起去！」

羅獵道：「還是我一個人過去，你在遠處為我掩護。」

顏天心瞪了他一眼道：「想扔下我是不是？」

羅獵道：「你是對我沒信心，還是對自己沒信心？」

從表面上看，老營盤已經恢復了寧靜，在老營盤的外面看不到一具屍體，如果不是親歷這裡的一切，羅獵甚至懷疑老營盤曾經發生過一場慘烈的戰鬥。

不過有些事是無法掩蓋的，倒塌的土牆，地上已經乾涸的血跡默默記下了這裡曾經發生的一切。

十多隻蒼蠅不時在血跡上起落，羅獵不禁有些擔心這些蒼蠅會不會因為舔舐感染者的鮮血而發生變異，他距離那輛倒伏的摩托車已經不遠，轉過身去，看到顏天心也跟了過來，和自己保持一定的距離，隨時準備接應。

羅獵朝她笑了笑，傾耳聽去，並沒有聽到周圍有任何的動靜，他幾乎可以斷定老營盤內已經沒有人潛伏其中。快步走向那輛摩托車，卻發現摩托車的油箱蓋是敞開的，汽油早已流乾，沒有燃料，即便這輛摩托車是好的，也無法使用。

羅獵向顏天心做了個手勢，表示自己要深入圍牆內部去看看。

顏天心示意他稍等，迅速向他靠攏，指了指前方的院牆，率先爬了上去，站在牆上可以將老營盤院子裡的情景一覽無遺，裡面果然空無一人，只有一輛掀翻了的汽車四腳朝天地躺在那裡。

羅獵來到汽車旁邊，檢查了一下汽車，汽車損毀嚴重，不過幸運的是汽車的油箱居然完好無損。

在檢查了老營盤確信這裡已經沒有任何人在場，羅獵方才放心大膽地將汽車油箱內的汽油向摩托車內轉移。

顏天心一旁看著他，有些好奇道：「那些人去了哪裡？」

羅獵搖了搖頭道：「興許已經離開。」心中也非常納悶，就算那些人都已經離開，為何還要將死去的屍體帶走？要知道當天死去的不僅僅是人，還有牲畜，那麼多具屍體居然消失得乾乾淨淨。

顏天心道：「他們怕光？」

羅獵點了點頭，至少在他瞭解到的範疇是這個樣子。

顏天心道：「你有沒有發現，外面沒有任何的腳印，那麼多人怎麼都會留下一些痕跡對不對？」

羅獵道：「風沙可以抹掉任何的痕跡。」

顏天心道：「可是老營盤內卻有不少的腳印。」

羅獵為摩托車加滿了油，看到顏天心的目光盯著地面，知道她在懷疑什麼，顏天心一定是認為那些感染者仍未走遠，很可能就躲在附近，甚至就躲在老營盤的地下。

羅獵抬頭看了看太陽，今天是個晴好的天氣，無論那些感染者有沒有走遠，在這樣的天氣條件下，他們應當是不會頂著烈日出來活動的。他啟動了摩托車，向顏天心道：「也許你說得對，這些發狂的感染者全都跟龍玉公主有關，想要結束這一切必須首先找到罪魁禍首。」

每個人心中都有一個罪魁禍首，顏拓疆心中的罪魁禍首就是馬永平，如果不是馬永平利用陰謀詭計篡奪自己的兵權，眼前的危機興許就不會發生。宋昌金現在只想儘快離開新滿營，這個處處充滿麻煩的地方，他有種預感，如果自己不儘快離開這裡，很可能就再也出不去了，他在黃浦，在日本都有兒女，兩個家庭都要依靠他來照料，宋昌金始終認為自己是個有責任心的人，如果自己遭遇意外，就意味著他的兩個家庭，他的子女很快就會落入困境之中。

宋昌金帶著顏拓疆走入位於神仙居下的密道之時就已經做好了和他們同生共死的準備，他也沒有其他的選擇，逃出去才有生路，如果被馬永平發現，這件事是無論如何都解釋不清的。

老于頭打著燈走在最前方，宋昌金已意識到問題就出在這個老東西的身上，只是他有些想不明白，為什麼自己如此信任的老于頭會背叛自己投靠了顏拓疆？

顏拓疆攙扶著馬永卿走在最後，他對馬永卿非常的體貼，柔聲道：「你累不累？」

馬永卿搖了搖頭，表示自己還可以繼續行走，顏拓疆卻提出來休息一下，這不僅僅是出於對馬永卿的體貼，更是因為馬永卿肚子裡的孩子。馬永卿明白這個道理，可仍然被顏拓疆的體貼感動，因此而越發感到懊悔，如果不是自己糊塗，顏拓疆也不會落到如此潦倒的地步。

宋昌金苦著臉道：「大帥，咱們必須要加快行程了，如果神仙居下面的密道被人發現，只怕會很麻煩。」

顏拓疆彷彿沒聽到他的話一樣，取出水壺遞給了馬永卿，馬永卿喝了一口水，馬上就嘔吐起來。

宋昌金畢竟是過來人，從馬永卿的表現已經猜到了端倪，心中暗歎，難怪這廝輕易就原諒了馬永卿的背叛，看情形她應當是懷孕了。顏拓疆的狠辣他剛才又親眼見證過，為了避免走露風聲，顏拓疆親手將神仙居內幾個半夢半醒的煙鬼全都幹掉。

馬永卿接過顏拓疆遞來的手帕，擦了擦嘴，向他擠出一個笑容道：「我沒事，咱們繼續走吧。」

顏拓疆道：「歇會兒再走。」轉向宋昌金卻換了一副惡狠狠的面孔道：「距離出城還有多遠？」

宋昌金道：「已經出城了，只是這條地道的出口在戈壁裡面，距離老營盤不遠。」

顏拓疆道：「老營盤？」

宋昌金點了點頭道：「就是那兒。」

顏拓疆道：「想不到這條地道如此之長，你還真是苦心經營啊。」

宋昌金歎了口氣道：「大帥不要取笑我了，在新滿營挖了這麼多年，始終也沒找到西夏皇宮的密庫。」

顏拓疆道：「看來你的情報有誤啊。」

馬永卿道：「也算是無心插柳，如果沒有宋老闆的苦心經營，咱們也沒那麼容易離開新滿營。」

宋昌金唯有苦笑，舉起馬燈照亮牆壁上的記號，確定了一下他們目前的方位，向顏拓疆稟報道：「大帥，咱們離老營盤已經沒多遠了，再有五里地就能夠抵達正下方。」

顏拓疆道：「好，好！好！」

前方老于頭忽然停下了腳步，他好像聽到了一些聲音，這明顯不合乎道理，這條地道除了他們之外本不應該有人，老于頭產生的第一個想法就是老鼠之類的生物，他將馬燈放在了地上，然後趴了下去，將左耳貼在地面上，這樣可以更清晰地聽到遠方的動靜。

其餘三人也從老于頭的動作中看出了什麼，不過他們目前還未聽到動靜，每個人都停下了說話，屏住呼吸，全神貫注地捕捉著可能傳來的聲息。

老于頭很快就判斷出那聲音來自於人的腳步，他雖然老邁可是聽力一直超人一籌，相信自己不會聽錯，壓低聲音道：「有人。」

宋昌金內心一震，他馬上就意識到顏拓疆正用陰冷的目光盯著自己，不用問，顏拓疆一定懷疑自己出賣了他，宋昌金臉上流露出一個無奈且無辜的表情。

顏拓疆雖然多疑，可是他也明白宋昌金應當不會拿性命去冒險，在目前的範圍內，自己有把握隨時奪去他的性命，更何況還用宋昌金家人的安危威脅在先。

馬永卿明顯有些緊張了，悄悄握住顏拓疆的手臂，顏拓疆緊繃的表情漸漸鬆弛了下去，面對馬永卿的時候他始終都是溫柔如水的眼神。連宋昌金都想不明白，馬永卿這樣出賣他，將他坑害到了這種地步，為何顏拓疆還能如此溫柔的對待她？

顏拓疆先勸馬永卿不要害怕，然後向宋昌金道：「還有沒有其他的道路？」

宋昌金點了點頭，指了指右前方，走出不遠就看到一片堆積的木材，宋昌金顧不上解釋已經走了過去，開始搬動那些木材，在這堆木材的後方隱藏著一個地洞，也是他所說的另外一個出口。

顏拓疆和老于頭同時過去幫忙，馬永卿則站在一旁負責觀察後方的動靜，以她的目力自然看不到老于頭那麼遠，可腳步聲開始變得越來越清晰，由遠及近，雜亂無章。

那堆雜亂的木料終於被移開，露出後方的門板，門上的鎖早已銹蝕，顏拓疆從背後抽出一把劈柴斧，瞄準門鎖全力劈砍了下去，噹啷一聲，門鎖應聲落下。

宋昌金和老于頭合力將已經變形的木門拉開，身後的馬永卿已經發出了尖叫，因為她看到數十個黑影正沿著通道向他們飛速奔來。

老于頭大聲道：「你們先走，我來斷後！」他摸出衝鋒槍瞄準那群人開始掃射，槍火閃爍，將地道照得忽明忽暗，顏拓疆已經拖著馬永卿進入木門內，宋昌金隨後跑了進去。

讓老于頭感到震驚的是，子彈射入人群之後，肯定擊中了不少人的身體，但是並無一人中彈倒下，老于頭活了大半輩子還從未見到過如此詭異的情景？莫非這些人全都是不死之身？

身後傳來宋昌金的催促聲：「快走，快走！」

老于頭轉身向門內逃去，還沒等他衝進去，從上方傳來一聲嘶吼，老于頭抬頭望去，只見一個面孔慘白的士兵從上方撲落，老于頭驚慌之中朝那人接連開了兩槍，卻仍然沒有阻擋住那人的攻勢，被那人撲倒在地，那人張開嘴巴向老于頭的頸部咬去。

老于頭一把卡住他的脖子，感覺掌心冰冷，對方肌膚的溫度根本就和死人無異。老于頭此驚非同小可，竭盡全力和那人對抗，可對方力量奇大無比，一把抓住老于頭的手腕從脖子上移開，老于頭眼看就喪失了反抗能力，對方白森森的牙齒再度向自己的脖子咬來，心中暗叫吾命休矣。

此時其餘三人已經不見蹤影，這種生死存亡的時刻各自保命要緊，沒有人再顧得上留著斷後的老于頭。

老于頭叫天天不應叫地地不靈之際，卻忽然感覺那人手上的力量一鬆，定睛一望，卻見一截藍幽幽的銳利鋒芒從那人的額前鑽了出來，老于頭死裡逃生，慌忙推開那人的屍體，從地上爬了起來，為他解圍的卻是一名身穿灰色長衫帶著墨鏡的盲人，這盲人正是吳傑。

吳傑釋放馬永卿之後，就一直跟蹤著她，顏拓疆成功獲救，眼看就要脫困出城，卻又因出現殭屍的意外事件而受阻，所以不得不前往神仙居尋求出路。吳傑雖然雙目已盲，可是仍然憑藉超強的身法和武功隱匿行藏，若非看到老于頭遇險，吳傑還是不會現身。

老于頭從地上爬起來顧不上說謝，卻見後方數十人已經蜂擁而至。吳傑將細窄的長劍從屍體的顱骨上抽出，冷靜道：「開槍的時候瞄準頭部，不然你打不死他們。」

老于頭倒吸了一口冷氣，他不知遭遇了怎樣的怪物，看到那漸漸靠近的人群，借著燈光辨認出正中的一人竟然是他的舊識，顫聲道：「方平之……那人是方平之。」

方平之昔日平和的臉上佈滿凶煞之氣，雙目因充血而變成了血紅色，走在隊伍的正中，喉頭發出陣陣野獸般的嘶吼。

吳傑道：「你認得他？」

老于頭點了點頭道：「認得，他們都是新滿營的士兵，只是……只是不知為何變成了這副模樣。」

吳傑冷冷道：「**黑煞附體**！你先走，我擋住他們。」

老于頭點了點頭，看過剛才吳傑的手段，已經知道他應當有克敵制勝的辦法，自己留在這裡也幫不上什麼忙，充滿感激道：「保重。」

吳傑道：「記得把出口給我留下。」他說完就迎著那群殭屍衝了上去。

老于頭不敢繼續逗留轉身逃離，身後不停傳來慘呼之聲，老于頭不敢回頭，竭盡全力向前逃去，奔跑出半里多地仍然未見其他三人的身影，不由得感歎人心涼薄。

其實從木門到出口也只有一里多地，顏拓疆帶著馬永卿一路狂奔，宋昌金緊隨其後，他們三人都認定老于頭必死無疑了，所以誰也沒打算回去救他，拋開人性的自私不言，他們都認識到即便是回去救也只不過白白搭上一條性命罷了。

有宋昌金引路，找到出口自然不難，路到盡頭，可見一個傾斜向上的洞穴，宋昌金帶頭手足並用地爬了上去，不多時就已經到頂，掏出手槍瞄準鐵鎖連開三槍，將鎖打開，他雙手並用試圖拉開鐵門，可一連兩次都未能成功。

顏拓疆有些粗暴地將他推到一邊，抓住鐵門的把手用力一拉，鐵門在刺耳的吱吱嘎嘎聲中打開，然後外面覆蓋的黃沙就傾瀉下來，三人不急閃避，都被黃沙撲了滿頭滿臉，還好外面的黃沙並不算多，不然他們沒等逃出去就被黃沙活埋。

顏拓疆抖落身上的黃沙，率先爬出去看了看，只見外面陽光普照，周邊是茫茫戈壁，他們所在的地方恰恰位於一道地裂的底部，平日裡都被黃沙覆蓋，根本無人留意。

顏拓疆心中大喜過望，先伸出手去將馬永卿拉了上去，宋昌金最後跟著爬了上去，顏拓疆取出一顆手雷，準備向地洞內丟下去，而今之計必須將地洞炸塌方能阻止那幫陌生人的跟蹤追擊。

裡面忽然傳來呼喊之聲，宋昌金聽得真切，竟然是老于頭在呼喊，三人都感到不可思議，沒想到老于頭居然能夠擺脫那幫敵人逃脫出來，他們畢竟剛剛將老于頭一個人拋下，良心上終究有些過意不去，於是顏拓疆暫時放棄了扔下手雷的念頭，向宋昌金遞了個眼色，同時端槍瞄準了那洞口。

沒過多久就看到老于頭花白的頭顱從地洞中冒了出來，老于頭擔心誤傷到自己，高舉雙手道：「是我，是我！」

宋昌金暗自鬆了口氣，將手中槍放下。顏拓疆卻絲毫沒有放鬆警惕，仍然用槍指著老于頭，他曾經在新滿營西門親眼看到那些瘋狂的士兵，擔心那一幕會在老于頭的身上重新上演，沉聲道：「你有沒有受傷？」

老于頭道：「沒有，我沒有受傷，有人救了我。」

三人都是一怔，想不到除了那群攻擊者之外還有人在這個黑暗的地道中。

老于頭來到上面撣去身上的沙塵，看到顏拓疆仍然將槍口對著自己，心中對他們的行徑已經是厭惡到了極點，冷冷道：「你們無需這樣防我，若是懷疑我，大家分道揚鑣各走各路就是。」

顏拓疆看到老于頭言行舉止並無任何異常，這才放下心來，收回手槍擠出一絲笑容道：「老于，得罪了，事出突然，必須要多點謹慎。」

老于頭心中暗罵，事出突然，我在裡面斷後，捨生忘死的時候怎麼不見你們幫忙？這會兒反倒防賊一樣防我？早知如此，我根本就不該留下。

馬永卿極有眼色，莞爾一笑道：「回來就好，所幸大家都沒事。」

顏拓疆重新掏出手雷，準備向地洞內拋去，老于頭卻擋在他前方道：「不可，我恩公還未出來。」換成過去他無論如何也不敢阻止顏拓疆的。

顏拓疆內心一怔，顯然沒有料到老于頭敢阻止自己，宋昌金瞭解顏拓疆喜怒無常的性情，以為老于頭的行為會觸怒顏拓疆，說不定顏拓疆會一槍崩了他。雖然宋昌金也對老于頭吃裡扒外出賣自己的行徑恨之若骨，可他也明白現在正處用人之際，多一個人就多一份力量，乾咳了一聲道：「救你的人是誰？他未必逃得出來……」

話音未落已聽到下方傳來一聲慘叫，而後一個冷靜的聲音道：「我來了！」

第五章

家族的榮譽

顏拓疆凝望著顏天心，
發現在侄女身上有太多熟悉的印記，
這印記來自於他們的家族，在他的記憶中，
父親都是以整個家族的榮譽為重，沒有任何的私心。
顏拓疆記得自己選擇離開，就是因為無法認同他們的想法，
每個人都是平等的，他憑什麼要為其他人的命運負責？

馬永卿聽到這聲音立時嚇得俏臉失去了血色，她心中對吳傑畏懼到了極點，更因親眼見識過吳傑神鬼莫測的手段，認為就算顏拓疆也不可能是吳傑的對手，一想到吳傑在自己的身上下毒，她的呼吸馬上變得緊迫起來。

顏拓疆兩道濃眉擰結在一起，他並未放下心中警惕，那顆手雷仍握在掌心。

老于頭擔心顏拓疆為了免除後患而痛下殺手，依然倔強地擋在洞前，不屈的眼神已經暗示為了救命恩人不惜和顏拓疆對抗的準備。

顏拓疆道：「你讓開！」聲音雖然不大卻充滿了不可一世的威壓。

老于頭沒有理會他，他的手卻握緊了槍柄。

顏拓疆一雙虎目中迸射出陰冷的殺氣，連身處一旁的宋昌金都感覺到陡然一寒，忍不住打了個激靈，他悄悄朝老于頭遞了個眼色，暗示這老傢伙不要執迷不悟，否則極可能會白白搭上了一條性命。顏拓疆此前曾經虎落平川，而現在卻是猛虎出閘，他需要一個機會去發洩，而眼前的老于頭恰恰很不巧地出現在他的對立面。

一道灰色的身影已經出現在老于頭的身後，輕輕拍了拍他的肩膀，聲音平淡道：「不用緊張，你讓開就是。」

老于頭知道救命恩人已經成功脫困，這才打心底鬆了口氣，悄悄讓到了一旁，目光仍然沒有離開顏拓疆，他已經下定決心，只要顏拓疆膽敢對恩人不利，自己會毫不猶豫地站在恩人的陣營之中。得人恩果千年記，人雖然老了，可頭腦並不糊塗。

讓所有人詫異的是，當顏拓疆看到對方的面容之時，擰結的眉頭舒展開來，緊繃的唇角難得地露出了笑容，他用少有的親切語氣道：「小傑，是你？」

此時其餘幾人方才知道他們過去是認識的，而顏拓疆的這聲親密呼喚也讓馬永卿想起了一件事，吳傑在自己體內下毒的初衷卻是要救出顏拓疆的，他對顏拓疆本無惡意，一個人怎會付出這麼大的代價去救一個萍水相逢之人？

吳傑的臉上卻沒有任何笑意，細窄的長劍已經重新藏鋒於竹杖之中，輕輕在地上點了一下，朝顏拓疆走近了一些，輕聲道：「三哥別來無恙！」從他對顏拓疆的稱呼中，其餘幾人馬上明白了他們兩人之間親密無間的關係。

他們之間有個不為人知的秘密，當年吳傑在蒼白山蒙難之時，顏拓疆尚未離家，是他們兄弟和卓一手一起救了吳傑，當時還年輕的他們性情相投，因而結拜為兄弟，卓一手最大，顏拓海老二，顏拓疆老三，吳傑是老么。

顏拓疆的唇角露出淡淡的笑意，回應道：「四弟！」

馬永卿因為驚詫而瞪圓了雙眸，兩人之間的關係讓她感到意外，可稍一推敲又覺得合情合理，馬永卿不由得又想起吳傑在體內下毒的事情。

偏偏此刻吳傑向她走來，馬永卿因為害怕而慌忙藏在了顏拓疆的身後，儘管她知道吳傑是個瞎子。

吳傑道：「嫂子果然還是念著三哥的情意。」

顏拓疆呵呵笑了一聲，然後他招呼眾人儘快離去，在走出一段安全距離之後，將那顆握持良久的手雷丟入了地洞之中。蓬的一聲爆炸聲傳來，隨之洞穴崩塌，周圍的泥沙向洞中湧去，轉瞬之間將洞口掩蓋了個乾乾淨淨，那些未死的殭屍只怕是跟不上來了。

宋昌金舒了口氣，可他忽然又想到這條地道並不止一個出口，那些怪人十有八九是從老營盤進入地道的，而地道的另外一端卻是通往新滿營城內，內心頓時變得又沉重了起來。

幾人依次從地裂壕溝中爬了上去，顏拓疆先將妻子扶了上去，又準備幫吳傑一把，卻被吳傑拒絕，竹竿兒在地上輕輕一點，已經凌空飛躍到了上方，顏拓疆暗讚吳傑的身手，雖然雙目失明，可武功身手比起自己還要厲害許多。

吳傑的雙耳在陽光下微微抖動了兩下，他轉向東南的方向，低聲道：「你們有沒有聽到摩托車的聲音？」

向來認為自己耳力超群的老于頭也沒聽到動靜，舉起望遠鏡，順著吳傑所指的方向望去，卻見一輛摩托車載著兩人朝他們的位置飛快駛來。

老于頭證實有人到來之後，顏拓疆和宋昌金馬上端起了武器。

吳傑卻揚起手來，平靜道：「不用怕，自己人。」

當羅獵和顏天心出現在他們的面前，他們方才相信吳傑的判斷，由此也明白了一個道理，**一個人失去眼睛並不代表著你比他看得更遠**。

顏拓疆是所有人中最為欣慰的一個，重返自由之後，他不僅找回了妻子，而且還得到妻子懷孕的消息，現在又看到侄女兒平安歸來，感覺什麼財富權力似乎已經沒那麼重要。

雖然馬永卿重新回歸到顏拓疆身邊，顏天心對她卻沒什麼好臉色，男人對女人總會比女人更加寬容，可顏天心也沒有時間去追究她過去的錯誤，悄悄將叔叔叫到了一邊，將自己瞭解到的狀況告訴他。

吳傑還是過去那般少言寡語，只是和羅獵打了個招呼之後，就獨自一人在不遠處的沙坡上坐了，不知是在休息還是在冥想。

羅獵和宋昌金、老于頭都是第一次見面，禮貌性地跟他們打了個招呼，宋昌金心中只想著如何逃走，正琢磨著怎樣和顏拓疆說起這件事，打招呼時明顯透著敷衍，反倒是羅獵覺得此人有些面善，似乎在哪裡見過。

顏拓疆和顏天心交談了一陣子之後，主動向吳傑走了過去，在吳傑的身邊坐下：「四弟，這次多虧你了。」

吳傑對他的態度卻有些冷淡：「如不是他們幫忙，我可沒有救你的本事。」

顏拓疆訕訕笑了笑道：「都怪我識人不善，竟然被馬永平那個小人利用。」

吳傑道：「英雄難過美人關，更何況你不是什麼英雄。」

顏拓疆向來性情傲慢狂躁，可在吳傑面前卻非常沉得住氣，即便是吳傑當眾嘲諷於他，他都絲毫沒有生氣，呵呵笑道：「我不是英雄，你才是。」

吳傑道：「你究竟作何打算？」

顏拓疆轉身向形單影隻煢煢而立的馬永卿看了一眼，而後壓低聲音道：「沒什麼打算，經過這次的事情，我什麼都已經看淡了，只想找個沒人認識我的地方，過幾天安生日子。」說這句話的時候他並沒有直視吳傑，雖然明知道吳傑是個瞎子，卻仍然擔心看到他臉上鄙夷的表情。

吳傑道：「你變了。」

「人都會改變，你也不是當年。」

吳傑道：「以為離開就能躲開這一切？新滿營的爛攤子誰來收拾？」

顏拓疆抿了抿嘴唇，幾經努力方才開口道：「她懷了我的骨肉，我必須要承擔這個責任。」

吳傑早在劫持馬永卿的時候就已經知道她懷孕的事情，對顏拓疆的退縮他早有預料，沉聲道：「承擔責任？你需要承擔的只怕不僅僅是這個責任吧？你應當知道龍玉公主的事情。」

顏拓疆不由自主地握緊了雙拳，低聲道：「只是一個傳說。」

吳傑道：「是不是傳說你應該清楚，你當初為何要背井離鄉？」

顏拓疆臉上的表情漸漸轉冷：「那是我的家事！」

吳傑道：「連雲寨為何會傳承八百餘年？為什麼每一任寨主到最後都會神秘失蹤？」

顏拓疆怒視吳傑，他竭力控制自己的憤怒：「我再說一遍，連雲寨的事情和外人無關！」

吳傑道：「你也是外人！」

顏拓疆因他的這句話而愣在那裡。

吳傑道：「你當初之所以離開，根本不是因為連雲寨容不下你，而是因為你害怕承擔本該屬於你的責任。」

顏拓疆從牙縫中擠出一句話：「你給我住口！」有些事是他永遠不敢回頭去面對的，吳傑說得沒錯，他當初之所以選擇背井離鄉，是因為他不願承擔父親交給他的責任，守護他們的神山聖域。

吳傑並沒有被他的氣勢嚇住，依然平靜道：「此次你的族人千里迢迢來到這裡，不僅僅是為了投奔於你，也是為了護送龍玉公主的遺體回鄉。這其中發生了不少的波折。」說到這裡他停頓了一下道：「具體的詳情我不清楚，顏天心知道的更多，可是我只知道老大另有圖謀，為了得到龍玉公主的遺體，他不惜出賣信任他的人。」

顏拓疆用力搖了搖頭，試圖驅散因吳傑這番話而產生的一些雜念，他站起身來：「你們的事，我不想管，不想問，你們要做什麼只管自己去做。」

顏拓疆最終還是決定離開，這個決定顯然出乎了顏天心的意料之外，顏天心因此也推斷出吳傑和顏拓疆的那番談話並未起到任何的作用，她並不甘心，仍然試圖努力說服這位久別重逢的親叔叔。

顏拓疆望著雙目中充滿期待的顏天心，從心底歎了口氣，低聲道：「天心，你什麼都不用說，我明白。」

顏天心道：「我必須要說，你並不明白，你離開連雲寨的這段時間發生了太多的事情，我爹死了，臨死之前他被黑煞附身失去了理智，我以為爺爺已經死了，可是他卻一直都帶著族中的前輩默默守護在九幽秘境之中。」

顏拓疆的內心被一隻無形的手攥住，他感覺自己的呼吸都變得艱難起來：「人死不能復生，我們也無能為力。」

顏天心道：「爺爺臨終之前交給我一幅羊皮卷，我未能真正理解其中的含義，後來將羊皮卷交給了卓先生……可是他背棄了我的信任。」

顏拓疆歎了口氣道：「天心，有些事是上天註定，並非人力所能改變，你當真相信一位死去多年的西夏公主可以復生？」

顏天心道：「無論怎樣，我都要嘗試一下，我要找回她的遺體，也許這是唯一能夠扭轉乾坤的機會。」

顏拓疆道：「我只怕幫不上你什麼。」

顏天心道：「我要找到西夏天廟，卓先生應當會去那裡，只有找到他才可能找到龍玉公主的遺體，才可能搞清這一切的真相。」

顏拓疆凝望著顏天心，發現在侄女的身上有太多熟悉的印記，這印記來自於他們的家族，在他的記憶中，父親從來都是以整個家族的榮譽為重，沒有任何的私心，這讓他在對待兒女的問題上格外嚴苛，哥哥也是一樣，為了族人他們可以犧牲一切。

顏拓疆記得自己之所以選擇離開，就是因為無法認同他們的想法，每個人都是平等的，他憑什麼要為其他人的命運負責？

顏天心從叔叔漠然的目光中已經得到了答案，她的表情開始變得失望。

顏拓疆道：「我幫不了你。」他的目光投向一直在不遠處躊躇的宋昌金道：「那個人興許有些辦法，這些地道都是他所挖掘，你們找不到比他更熟悉這一帶的人物。」

宋昌金從顏拓疆的注視中已經察覺到不妙，他本想轉過身去迴避對方的眼神，可偏偏顏拓疆在此時向他招了招手道：「老宋，你過來。」

宋昌金打心底不想過去，可對顏拓疆又心存畏懼，不得不硬著頭皮向他走了過去，陪著笑臉道：「剛好我也有事要找大帥，您看這邊也沒我的事情了，我正準備跟諸位道個別。」

顏拓疆道：「不急，我這位侄女兒要找西夏天廟，勞煩你給他們帶個路。」

宋昌金馬上苦著臉道：「不是我不情願，而是我當真不知道什麼西夏天廟，大帥，您就別為難我了。」

顏拓疆道：「這一帶的皇陵古墓，宮闕遺跡，哪一個你沒有探查過？」

宋昌金歎了口氣道：「大帥，我又不是考古學家，您真當我什麼都懂？」

顏拓疆冷笑道：「考古學家未必懂得，可摸金宗師羅紫陽的寶貝兒子自然懂得。」

宋昌金被他當眾戳穿身分，表情頓時顯得尷尬。言者無心聽者有意，羅獵聽到羅紫陽這個名字的時候，內心不由得一怔，他姓羅，他的爺爺羅公權自號紫陽居士，而且隨著他對爺爺生前事蹟的瞭解，知道爺爺當年曾經從事過摸金盜墓的行當，後來見到小叔羅行木之時也提到了這一點。摸金一門中能夠稱得上宗師的少之又少，宗師級別又姓羅的只有一個，這世上不會如此湊巧吧？

羅獵望著宋昌金，其實在最初見到此人的時候就感覺有些面熟，聽顏拓疆的這番話之後，猛然醒悟起來，宋昌金的面部輪廓根本就像極了爺爺，難怪自己從一開始就覺得在某處見過他，可羅行木又說過，他們兄弟幾個全都遭了難，難道羅氏兄弟之中還有人躲過了劫數，仍然活在這個世界上？

羅獵已經不是昔日的懵懂少年，在經歷羅行木事件之後，他明白即便是親戚也未必可以全心信任，更何況他現在又已經知道了自己的真正身世，他的親生父親是沈忘憂，換句話來說他和羅家並無任何血緣關係。

顏拓疆並未改變他的想法，帶著馬永卿第一個離開。

宋昌金起初不敢走，至少他不敢跟著顏拓疆一起走，等到顏拓疆兩人離去之後，他也就沒了忌憚，滿臉堆笑地向幾人拱了拱手道：「天下無不散的宴席，咱們就此別過。」

他轉身要走，卻發現吳傑鬼魅般出現在他的面前攔住前方去路，宋昌金知道對方的厲害，心想我惹不起你還躲不起嗎？趕緊轉向離開，不曾想迎面又被羅獵擋住，宋昌金道：「什麼意思？老于，人家這是不想讓咱們走啊！」他的手落在了腰間槍套之上。

顏天心的聲音在身後響起：「不怕死的話你只管嘗試一下。」

宋昌金眼角瞥了一下老于頭，發現老于頭居然遠遠站在一旁，心中明白這老傢伙被吳傑救了性命，如今是鐵了心要還人家這個人情了，現在自己是孤家寡人，真要是發生了衝突沒有人會站在自己這邊。好漢不吃眼前虧，馬上揚起雙手，笑道：「別誤會，咱們都是朋友，我說你們也真是，大帥能走，我為什麼不能走？是不是覺得我好欺負？」

羅獵居然點了點頭道：「是！」

宋昌金聽到他的回答真是哭笑不得了，歎了口氣又道：「幾位別勉強我，我真不知道西夏天廟在什麼地方，聽都沒聽說過。」

顏天心道：「我有地圖。」

宋昌金道：「那還用我？」

顏天心揚起手中譚天德倉促手繪的那幅地圖，這幅地圖繪製得實在是太不專業，再加上她本來就對這一帶的狀況並不熟悉，所以還需找個懂行的人幫忙。

羅獵走過來，伸出手臂搭在宋昌金肩膀上：「宋老闆，咱們單獨聊兩句。」

宋昌金心想自己跟這位年輕人可沒那麼深的交情，羅獵將他帶到一旁，低聲道：「宋先生可是泉城人？」

宋昌金為之一怔，他可沒有丁點的齊魯口音，馬上就猜想到可能是顏拓疆暴露了自己的一些資料，羅獵又道：「咱們明人不說暗話，您是不是行字輩？」

這句話直達宋昌金的內心，宋昌金本以為自己的身世極其隱秘，這世上少有人知道，可先是顏拓疆查出了他的家庭背景，而現在這個年輕人又直接道出了他的班輩，宋昌金真是有些納悶了。

羅獵道：「我也姓羅……」他也不拐彎抹角，直接將自己的身世悄悄告訴了宋昌金，羅獵心中認定宋昌金必然和自己有著很深的淵源，或許就是自己一直認為已經去世的叔伯之一。

宋昌金聽完之後裝出雲裡霧裡的樣子，搖搖頭道：「都不知你說些什麼。」

羅獵卻從他突然改變的心跳節奏上察覺到宋昌金在聽到自己吐露身世之後是心潮起伏，現在他之所以這樣說無非是不想承認和自己之間的關係，他不願承認，羅獵也沒有勉強，淡然一笑道：「您只需知道如果咱們不阻止這場災劫，任何人都不可能獨善其身。」

宋昌金狡黠一笑道：「嚇唬我？」

羅獵搖了搖頭，然後在地面上寫了三個字。

宋昌金低頭望去，當他看清地上的三個字，臉上的笑容倏然隱去，羅獵所寫的三個字正是爺爺羅公權的大名，這三個字是用夏文所書，羅獵認為宋昌金之所以不肯承認身分還是因為他對自己的身分無法確定的緣故，所以才會想出這樣的辦法，也算是一種試探。

宋昌金抬頭看了看天空，想了一會兒道：「這世上什麼事情都有得商量，不過要看你能不能出得起價錢。」

羅獵從他突然緩和的語氣就已經知道宋昌金的防線有所鬆動，微笑道：「不知宋先生想要什麼條件？」

宋昌金壓低聲音道：「你要把大禹碑銘完完整整地寫一遍給我。」

羅獵在他開口之前已經猜到他十有八九會這麼說，聽到這樣的條件也沒有感到意外，毫不猶豫地點了點頭道：「我會將自己所知道的一切傾囊相授。」

宋昌金道：「不急，有的是時間。」

羅獵卻因他的這句不急而生出不少的迷惘，想當初羅行木為了得到大禹碑銘的秘密，可謂是無所不用其極，從宋昌金的表現來看他對碑銘的渴望遠不如羅行木，又或是他的性情要比羅行木沉穩得多？當然也不能排除還沒有到需要碑銘的時候。

顏天心看到宋昌金居然被羅獵勸得改變了念頭，不禁有些奇怪，好奇道：「你怎樣說服了他？」

羅獵神秘一笑道：「**這世上沒有談不妥的交易，只有給不了的價錢。**」

吳傑雙手拄著竹杖一動不動地立在那裡，凝固得如同一尊風化的雕塑。老于頭來到他的身邊道：「恩公，要出發了。」

吳傑嗯了一聲然後道：「以後不必稱呼我恩公。」

老于頭嘿嘿笑了起來。

吳傑道：「你有什麼打算？」

老于頭道：「只要不嫌我礙眼，我就跟著你們一起去。」停頓了一下又道：「那些怪物若是跑出來，恐怕所有人都要遭殃。」他曾經親身經歷了被怪物攻擊，正因為此，他對可能的後果要比多數人清楚。

羅獵此時也來到了吳傑的身邊，雖然五人都決定一起前往尋找西夏天廟，可是他們目前只有一輛摩托車，這輛摩托車不可能同時將五人載走。

宋昌金對周圍的地形極其熟悉，他先看了看羅獵提供的地圖，這份地圖乃是譚天德手繪，應當說畫得很不專業，更談不上什麼標準，宋昌金看了一會兒從中梳理出一個大致的路線，提出先去找交通工具然後再考慮下一步行動。

馬永平雖然搞不清到底是什麼狀況，可是他對城內狀況的處理卻是極其果斷，對感染者出沒的南陽街和西門展開了一場炮火清洗，新滿營的這一天一夜都在炮聲隆隆中度過，在經過馬永平的二次清洗之後，城內明顯平靜了下去，被困在城內的百姓在陣陣炮聲中戰戰兢兢著，他們老老實實地守在家中，沒辦法逃走也不敢出門，剩下的只有默默祈禱，祈禱這場劫難儘快過去。

顏拓疆在秘密金庫的事情上並未做文章，這讓馬永平得以順利得到了顏拓疆的大筆秘密財富，本以為阻擋在自己前方的所有困難都已經迎刃而解，卻沒有料到突如其來的感染者事件又讓他焦頭爛額。

馬永平雖然知道此事非同小可，可他並不認為事情已經發展到不可控制的地步，眼前的局面源自於他最初對後續發展的考慮不足，他本以為戒備森嚴的地牢居然出現了漏洞，居然會被那些已經喪失意識的感染者從中逃出去。

馬永平現在所做的事就是亡羊補牢，他對槍炮的威力深信不疑，認為自己完全有能力掌控眼前的局面，在得到顏拓疆的秘密金庫之後，他第一時間就給他的部下發放了軍餉，而且此前答應過的論功行賞也予以兌現。重賞之下必有勇夫，對多半士兵來說，他們當兵的目的就是為了討生活，只要能夠拿到軍餉，誰來統領他們，誰來當這個大帥又有什麼分別，反正也不會輪到自己。

滿清的滅亡之後，道義和忠誠在很多人的心中也開始漸漸褪色，或許這正是朝代更迭，權力變遷所帶來的併發症，多半人的心中都因這場變革而迷惘。

亂世出英雄，自古以來這個道理被驗證過無數遍，歷史的變革，社會的動盪在造就出種種不穩定的同時，也創造出了無數的機會，只要你先人一步，只要你看到機會並把握住機會，那麼你就能夠站在浪潮的頂端。

伽利略曾經說過，給我一個支點我可以撬起整個地球。馬永平從這句話中感悟到的不僅僅是科學道理，這也讓他看透了人生，偉人之所以成為偉人，是因為他們找到了合適的支點，再找到一根足夠堅韌擁有足夠長度的杠杆。

周文虎前來向馬永平稟報南陽街最新情況的時候，馬永平正在看書，看的是三國演義，看到呂布和貂蟬的一節，馬永平不覺想起了馬永卿，外人眼中自己的這位妹妹，其實是他青梅竹馬的戀人，馬永平合上書卷，感覺自己就是呂布，而馬永卿就是貂蟬，顏拓疆就是董卓。他本應該幹掉顏拓疆，可是他很快就意識到現實和演義中的故事並不相同。

至少馬永卿並沒有像貂蟬對待呂布一般對待自己，從馬永卿對待顏拓疆的態度他就能夠看出馬永卿的心態已經發生了變化，她不想顏拓疆死，如果她不肯跟顏拓疆走，如果她不配合，顏拓疆本不應該有逃走的機會。

周文虎原沒打算打擾馬永平的清淨，可來到他身邊半天，本指望著他能夠發現自己，可等了這麼久也不見馬永平跟自己說話，明顯忽略了自己的存在，只能咳嗽了一聲，借此來提醒馬永平自己已經來了。

馬永平這才回過神來，將書本輕輕放在茶几上，在他的心底深處自己是個讀書人，如果不是恰巧出生在這樣一個亂世，興許他會走上另外一條道路。馬永平的話言簡意賅：「有事？」

周文虎點了點頭，將軍餉的發放情況簡單稟報了一遍。

馬永平道：「你辦事我放心。」在這一點上他要比顏拓疆表現得更加民主，他懂得適當地放權，懂得讓身邊人去承擔更多的事情，也唯有如此才會讓他們產生主人公的感覺，才會讓他們嘗到權力的好處，才會讓他們更加緊密地團結在自己的周圍。

周文虎道：「將軍，南陽大街那邊按照您的吩咐清理，只要是疑似感染者我們全都予以清除，目前正在進行第三遍搜索，相信不會再有什麼麻煩了。」

「西門那邊的情況怎麼樣？」

周文虎道：「同樣的辦法，因為西門那邊沒多少百姓，所以更徹底一些。」

馬永平長舒了一口氣，感覺心頭輕鬆了一些，他有些後悔，自己當初就不該扣留什麼棺材，那玩意兒終究是不吉利的，在黑水寺出事之後，他更不該將感染者帶回城內，疾病蔓延之後他如果當機立斷地將感染者全部剷除，就不會付出這麼大的代價，好好的一條南陽大街就這麼毀了。要知道在出事之前，南陽大街是整個新滿營最繁華的地方。

馬永平道：「不可掉以輕心，你幫我仔細排查一下，那天參與黑水寺行動的人還有多少，全部隔離起來。」

周文虎點了點頭，忽然又想起了一件事：「將軍，咱們派出去追捕顏天心的一支隊伍離奇失蹤了，帶隊者是方平之。」

馬永平搖了搖頭，其實此前他已經聽譚子聰說過老營盤的事情，他不想在這件事上花費太多的精力，即便是老營盤同樣發生了感染事件，那又如何？目前他必須先保證城內的安全，在確保新滿營的隱患全部被清除之後，方才能夠考慮下一步該如何去走。在心中斟酌了一下又道：「城內的事情務必要慎之又慎，在疑似感染者全部清除之前，不允許任何人進出新滿營。」

周文虎嘴上雖然沒說，可心中卻認為這次馬永平過於謹慎了，他小心翼翼道：「其實未必要清除掉所有可疑的人，畢竟他們之中的多半人都只是疑似感染，不如將他們先進行隔離，如果隔離一段時間沒有發瘋，就可以排除危險。」

「多久？你到底清不清楚發生了什麼？」馬永平厲聲問道。

周文虎噤若寒蟬，被馬永平陡然爆發出的戾氣震住，有些本想說出的話已到唇邊又被他咽了回去。

馬永平短暫的爆發之後，很快就意識到自己對待這位老友的態度本不該如此強硬，歎了口氣道：「非常時期非用非常之法，文虎兄，我也是逼不得已而為之。」

周文虎點了點頭，正準備告退，卻見馬永平的侍衛官匆匆從外面走了進來，通報有位日本客人前來拜訪。

馬永平和周文虎都感到詫異，新滿營這裡很少有外國人過來，更不用說日本人，皆因顏拓疆執政之時極其排外，對進入新滿營的一切外國人嚴密盤查，在七年之前因為一夥俄國人試圖進入西夏古皇陵盜墓，沒等他們挖通墓道就被發現，顏拓疆震怒之下，命令將六名外國盜墓者和十名當地雇傭的嚮導勞工全部秘密處決，自此以後少有外國人前來新滿營，應當是被顏拓疆的鐵腕嚇怕。

這兩日正處於全城宵禁的非常時刻，一切人員禁止出入城門，可就在這種嚴密戒嚴的條件下仍然有日本人前來拜訪，不知他是如何進入新滿營的？新滿營的戒嚴之事目前由周文虎全面負責，馬永平望著周文虎的目光中自然多出了幾分問詰的味道。

周文虎慌忙解釋道：「興許他早已在新滿營。」其實他心中明白，即便是這個日本人早就來到了新滿營，他也脫不了審核不嚴的責任。按照新滿營以往的規矩，任何外國人進入城內都必須立刻上報。

還好馬永平並沒有追責的意思，點了點頭道：「讓他進來。」和顏拓疆不同，馬永平從不把外國人視為洪水猛獸，雖然他也目睹在近些年國人受盡外國列強的凌辱，可是他始終認為這怪不得別人，要怪只能怪自己太弱。

馬永平也曾經考慮過自己取代顏拓疆之後應當如何去做，他絕不會像顏拓疆那般自我封閉，會利用他的頭腦和知識把握時代的脈搏，其中就包括學習外國的先進科技，有了這樣的想法自然在對外政策上有所緩和。

前來拜會馬永平的日本人名叫藤野忠信，三十歲左右的樣子，擁有著日本人並不常見的魁梧身材，短髮濃眉，方面大耳，走路虎虎生風，整個人帶著一股不怒自威的氣勢。

在侍衛官的帶領下來到馬永平的面前，左手拎著黑色皮箱，右手向馬永平主動伸了過去，面無表情地問候道：「馬將軍好，在下藤野忠信。」

馬永平留意到藤野忠信的右手帶著手套，雖然白色手套纖塵不染，可是在跟別人握手的時候仍然不捨得脫下，明顯有不敬之嫌，馬永平心頭不悅，他對日本人不反感並不代表自己是個媚日派，打量了藤野忠信一眼，並未將手伸出去，要讓這廝碰了一個不軟不硬的釘子。

「藤野先生第一次來中國？」馬永平的問話並不友好。

藤野忠信伸出去的手仍然懸在半空，平靜道：「聽說中華乃是禮儀之邦，現在看來不過如是。」

周文虎怒道：「大膽！你知不知道這是什麼地方？」他的手落在腰間槍套之上，作勢要拔槍。

藤野忠信輕蔑地看了他一眼道：「什麼地方並不重要，重要的是面對怎樣的一群人。」

馬永平悄悄向周文虎遞了一個眼色，面對如此狂傲的傢伙有必要給他一個下馬威，讓他清楚自己的處境，日本人又如何？只要激怒了自己，在新滿營想要讓他消失還不容易。

周文虎馬上明白了馬永平的意思，迅速將手槍拔了出來，槍口指向藤野忠信，怒吼道：「你不怕死嗎？」

藤野忠信雙目盯住周文虎，他並沒有說話，可周文虎卻感到內心如同被一隻無形的大手攥住，這隻大手用力擠壓，在短時間內將他內心腔室裡的鮮血全都擠壓出去。瞬間周文虎全身失去了力量，他的手一軟，甚至連手槍都拿捏不住，噹啷一聲落在了地上，頭暈目眩，軟綿綿向地上倒去。

侍衛官慌忙扶住了他，同時開始呼救，聽到求助聲的侍衛從外面擁入，十多人呈半圓形狀將藤野忠信包圍在中心，十多個烏洞洞的槍口同時對準了他，只要馬永平一聲令下，他們就會毫不猶豫地將這個日本人變成馬蜂窩。

藤野忠信的唇角露出一絲不屑的笑容：「這就是你們中國人的待客之道？馬將軍，我若是想對你不利，就憑這些人根本攔不住我。」

馬永平此時聽到了刀聲，然後看到最右側的侍衛頭顱整個斷裂下來，齊齊整整有若刀削，鮮血如湧泉般從斷裂的腔子裡噴射出來。那顆人頭嘰哩咕嚕一直滾到了馬永平的腳下，讓所有人震驚的是，整個過程中藤野忠信並未出手。

馬永平內心一沉，在親眼目睹周文虎莫名中招，又看到一名手下稀裡糊塗地掉了腦袋之後，馬永平甚至懷疑這個日本人會不會懂得妖術。

藤野忠信道：「馬將軍，不要誤會，我沒有惡意，如果不是你們出手在先，我也不要用這樣的方法來證明自己的話。」

馬永平望著腳下的那顆腦袋不由得有些膽寒，藤野忠信沒有撒謊，就憑他剛才露的兩手，自己的這些膿包手下還真攔不住他。馬永平強裝鎮定道：「你找我究竟有什麼事情？」

藤野忠信道：「合作！」

如果在剛見面的時候藤野忠信說這句話一定會遭到馬永平的哂笑，可現在馬永平卻不得不重視起來，既然是合作，那麼就意味著是友非敵。

藤野忠信道：「新滿營這兩天發生了一些事情，馬將軍一直都在努力封鎖消息吧。」

馬永平不由得又警覺起來：「我們的家事無需外人過問。」

藤野忠信道：「紙包不住火，真正發生了什麼情況，您的這些部下恐怕並不知情吧？」

「大膽！」馬永平怒吼道。

藤野忠信並沒有被他的聲音嚇住，陰森的目光卻讓馬永平的內心為之一顫，這個日本人的身上帶著一股無法形容的邪氣。

藤野忠信道：「馬將軍是否願意和我單獨說幾句？」

馬永平猶豫了一下，終於還是點了點頭，他揮了揮手，示意眾人全都出去，剛剛從地上被人攙扶起來的周文虎有氣無力地勸說道：「將軍……」

馬永平道：「退下！」雖然他從心底感到害怕，可是在這麼多的手下面前也不能太過露怯，再者說他對藤野忠信為何找自己合作也深感好奇，他的直覺告訴自己，藤野忠信應當不會對自己不利。

馬永平的感覺並沒有發生偏差，所有人離去之後，藤野忠信來到馬永平身邊的太師椅上坐下，開門見山道：「將軍炮擊西門和南陽大街，裡面無論是百姓還是牲畜格殺勿論，手段夠狠。」

第六章

老狐狸

顏天心真是佩服這廝的臉皮，
將一件喪盡天良的事情說得這樣冠冕堂皇。
羅獵卻知道宋昌金開煙館的目的只是為了隱藏身分，
真正的目的卻是要在新滿營尋寶。

馬永平雙手握緊太師椅的扶手，他意識到對方應當知道自己不少的秘密。

藤野忠信道：「若非這樣極端的手段也控制不住事態的發展，可即便是將軍這樣做，仍然於事無補。」

馬永平冷冷道：「都不知你在說什麼？」

藤野忠信道：「那些人形如殭屍，除非頭部中彈才會進入真正的死亡狀態，而且不怕疼痛勇往直前，根本就是一群喪失意識的死亡軍團，你以為你的軍隊能夠打贏這場仗嗎？」

馬永平靜靜打量著眼前的日本人，他此次前來如果為的是在這件事上跟自己合作，倒不妨聽聽他的條件。

藤野忠信道：「我可以幫你解決這場危機。」

馬永平心中暗忖，不知這日本人是不是在說大話，其實現在的情況已經被自己基本控制住了，炮轟西門和南陽大街之後，目前還未聽說過有新的感染者出現。

藤野忠信似乎看穿了他的想法，低聲道：「這場感染的威力遠超你的想像，也並非是你能力所能控制，等到七月十五，所有的死者和亡靈全都會從地底破土而出，到時候你和你的軍隊就會面臨滅頂之災。」

馬永平道：「你還真會危言聳聽。」

藤野忠信道：「這個世界上有太多你不瞭解的事情，我可以看透人心，那個周文虎心底對你是不滿的，早晚都會背叛你。」

馬永平皺了皺眉頭，認為藤野忠信在對自己使用反間計，想要離間他們之間的友情。

藤野忠信此時擺了擺手，就在他們的正對面倏然出現了一個窈窕的身影，這是一個身穿白色武士服的忍者，周身籠罩得嚴嚴實實，只有一雙眼睛暴露在外，手中握著一柄明如秋水的太刀，剛才就是這把太刀斬斷了那士兵的脖子。如果不是親眼所見，馬永平絕不相信這世上果真有可以隱形之人，他曾經聽人說過，日本忍術中有一門隱身功夫，想必就是這個了。

那女忍者向藤野忠信抱了抱拳，然後身體原地旋轉，竟然又在馬永平的眼皮底下消失。馬永平感覺脊背後方躥升出一股涼意，他現在是真正有些害怕了，藤野忠信果然沒說大話，他若是想對自己不利，再多人也攔不住他。整理了一下紛亂的心情道：「你想怎樣合作？」

藤野忠信道：「我要找一個叫吳傑的瞎子。」

馬永平馬上想起了那個在眾目睽睽之下將馬永卿劫走的郎中，點了點頭道：

「倒是有那麼一個人。」

藤野忠信道：「你幫我找到他，我幫你解決這些殭屍。」

應當說藤野忠信的條件並不算苛刻，甚至可以說在某種程度上馬永平還占了他的不少便宜，馬永平並沒有花費太多的時間猶豫，就決定跟他合作。

離開之前，羅獵一行特地去了老營盤，因為那些地底的殭屍不會無緣無故鑽入地道，按照宋昌金的說法，一定是那些殭屍發現了位於老營盤下方的入口。在他們離開這裡之前，應當將出口炸掉，這樣一來就能夠除掉後患，避免將士從裡面爬出，繼續對他們進行追蹤。

有宋昌金和老于頭同行一切就變得順利了許多，他們兩人對周圍地形非常熟悉，並沒有花費太大功夫，就帶著他們找到了附近的牧區，讓所有人感到心安的是，目前牧區一切正常，並未看到有感染者出現。

顏天心並不開心，雖然她在羅獵面前儘量裝出若無其事的樣子，可仍被羅獵看透，羅獵本想勸解幾句，不過想到顏拓疆的臨陣脫逃，還是打消了這個念頭。故意轉移顏天心的注意力道：「那羊皮卷上都寫的是什麼？」

顏天心道：「一些預言，神碑現，龍女出，群山崩，江河枯，保太平，歸故土。」

羅獵聯繫起此前在蒼白山經歷的一切，神碑現指的就是那座懸空漂浮於九幽秘境熔岩湖上的禹神碑，龍女應當就是躺在冰棺中的紅衣少女，也就是西夏國龍玉公主，他們脫離九幽秘境的那場火山噴發恰恰呼應了群山崩的描述，至於江河枯，或許是預示著一場乾旱就要來臨，想要保全太平，需要將龍玉公主的遺體送歸故土。

顏天心之所以選擇率領連雲寨這麼多人來到這裡，不僅僅是為了躲避可能存在的戰禍，投奔她的叔叔，更是為了避免羊皮卷內的可怕預言，為蒼生免除一場劫難。

因為自身的獨特基因，也因為那顆智慧種子潛移默化的影響，羅獵的頭腦和眼界早已超人一等，這些在他過去看來玄而又玄的東西，現在看來都有其存在的可能，一些所謂的神秘現象，無非是他們目前還無法用科學的理論去解釋。一如父親告訴他的九鼎之說，如果那和中華文明密不可分的九鼎當真是九艘天外飛船，那麼人類的認知將會被完全顛覆，人類的歷史或許會因此而改寫。

顏天心道：「你還記不記得咱們在蒼白山所遇的巨猿？」羅獵點了點頭。

顏天心道：「羊皮卷上有一幅畫畫的就是一個小女孩在逗弄一隻小猴兒，那女孩可能就是龍玉公主。」

羅獵點了點頭，顏天心是在說那頭巨猿很可能就是當年龍玉公主所飼養的寵物，龍玉公主死後，白猿就始終守護在主人身邊，數百年來從未離開，又因九幽秘境獨特的地理環境而發生了變化，生長成為如此巨大的生物。

顏天心咬了咬櫻唇道：「其實離開九幽秘境之後，我時常感到害怕，擔心自己也會變成羅行木那個樣子。」

羅獵笑了起來。

身後突然響起了宋昌金的聲音，他有些不識趣地加入到本屬於兩人之間的私密談話中去：「羅行木還活著？」

羅獵對此並不奇怪，畢竟宋昌金就是羅家的子孫，而且很可能就是他的三位伯父之一，按照羅家兄弟的順序和年齡來推算，宋昌金極有可能就是老三羅行水，自己的父親羅行金是老四，而他恰恰叫宋昌金應當不是偶然。

顏天心道：「死了！」

宋昌金哦了一聲，卻沒有流露出絲毫的憂傷。

羅獵道：「你見過他？」

宋昌金搖了搖頭道：「沒見過，你是我認識的第一個姓羅的。」

羅獵知道他這句話背後的深意，微微一笑，並不介意。宋昌金在馬臀上用力抽了兩鞭，和羅獵和顏天心並轡而行，在買到馬匹之後，羅獵和顏天心也將摩托車棄去不用，改換乘馬，雖然速度上有所放慢，可是馬匹的耐久力要比摩托車可靠得多，摩托一旦油箱耗盡就成了一堆廢鐵。

臨近黃昏有些起風了，迎面乾熱的風夾雜著細小的沙粒打在臉上，顏天心遮上面紗，羅獵也將口罩戴上了，又遞給了宋昌金一個。

宋昌金戴好口罩，發現這會兒功夫吳傑和老于頭已經將他們甩開了近一百米的距離，他低聲道：「那瞎子不簡單。」

羅獵提醒他道：「這話最好別被他聽到，不然我也幫不了你。」

宋昌金呵呵笑了一聲道：「你大老遠的來這裡做什麼？不毛之地，鳥不拉屎，千萬別告訴我你是為了來拯救天下蒼生。」

顏天心不滿地瞪了宋昌金一眼：「不要將每個人都想得跟你一樣市儈。」

宋昌金並不介意，又笑了一聲道：「我可不是什麼聖人，我看羅先生也不像。」

羅獵微微一笑並沒有回應。

宋昌金道：「我若是沒有猜錯，你這次是為了顏掌櫃過來的吧？」

顏天心聽他揭穿兩人之間的關係，不由得俏臉一熱，啐道：「你這張嘴巴還真是閒不住。」

宋昌金道：「這世上緣分是極其難得的事情，遇上了一定要珍惜。」

顏天心譏諷道：「一個開煙館的何時變成了絮絮叨叨的老夫子？」

羅獵道：「以宋先生的境界應當知道開煙館可不是一個積德的行當。」

宋昌金道：「你這是拐彎抹角地罵我缺德？」

顏天心暗讚了一聲好，開煙館販賣煙土，危害國人，不知讓多少人家破人亡，妻離子散，宋昌金絕不是一個好人，如果不是因為他有些用處，自己是不會跟這種人為伍的。

宋昌金道：「任何東西既然存在就有它的合理性，我來開煙館之前，新滿營大大小小的煙館幾十家，為了攫取更大的利潤，他們不擇手段引人入甕，我來之後，諸多煙館合為一家，我所招呼的只是一些有癮且無法戒除的老煙槍，其實我若不賣，自有他人來做這個營生，我佛有云，我不入地獄誰入地獄？所以我才硬著頭皮將這生意做了下來。」

顏天心真是佩服這廝的臉皮，將一件喪盡天良的事說得這樣冠冕堂皇。羅獵卻知宋昌金開煙館的目的只是為了隱藏身分，真正的目的卻是要在新滿營尋寶。

羅獵道：「宋先生在新滿營這麼多年，可曾挖到什麼好東西？」

換成過去宋昌金或許會斷然否認，可對羅獵這個親生的侄兒他竟生出一種莫名的好感，他歎了口氣道：「我來新滿營的確是為了尋寶，根據我掌握的資料，古西夏國的王宮就在新滿城下，只可惜這個消息有誤，我辛苦了這麼多年，還是一無所獲。」

羅獵道：「你因何要挖一條從新滿營到老營盤的地道？」他憑直覺判斷這位伯父並未說實話。

宋昌金道：「辛苦了這麼多年，總不能空手而歸，皇宮找不到，皇陵也成。」

談話間已經越過沙丘，在他們的前方出現了大片圓錐狀的土丘，其中九座宏偉高聳的就是西夏皇陵，周圍大大小小的二百多座是陪葬墓，這片墓葬群被稱為東方金字塔，在中國乃至在世界上都堪稱墓葬群中的奇蹟。

吳傑勒住轠繩，緩緩抬起頭，他聽到了來自空中的遙遠雕鳴。老于頭舉目望去，卻見黃昏黯淡的穹頂之上，有一個小小的黑點，如果不是吳傑的這個舉動他根本不會覺察到，內心中對吳傑更是佩服。

羅獵縱馬來到吳傑身邊：「這裡就是西夏皇陵了。」

宋昌金拿起那幅譚天德手繪的地圖看了看道：「如果地圖無誤，天廟就應當隱藏在皇陵的中心。」

吳傑道：「大家小心，儘量不要分開，相互之間彼此照應。」他有種不祥的預感，這種感覺仿若危險來臨，可是又不同於以往，吳傑努力感知著周圍的一切，內心中卻只有一個縹緲虛無的形象，他低聲問道：「你有什麼發現？」這句話顯然是在詢問羅獵。

羅獵搖了搖頭，自從走入這片戈壁，他時常會出現誤判，轉頭向顏天心望去，卻見顏天心呆呆坐在馬上，雙目直愣愣望著夕陽落下的方向。

顏天心喃喃道：「她在那裡！」

幾人循著顏天心的目光望去，卻沒有任何的發現。

顏天心看到天地間，一個紅色的倩影正緩步向他們走來，正是冰棺中的少女，白嫩的雙足走在被夕陽染紅的黃沙之上，東風習習，衣袂飄飄。那少女雖然離得極遠，可是顏天心卻可以清晰看到她的模樣，眉目如畫卻面無血色，越發映襯得唇如烈焰，泛著藍色幽光的雙眸盯住顏天心，唇角露出詭異的笑容。

顏天心因她的笑容感到內心一緊，整個人宛如從萬米高空突然墜落，空虛到了極致。

「天心！」羅獵的呼喊聲及時將顏天心拉回到現實中來，當他發現顏天心的情緒不對之時馬上打斷她的思緒，以免顏天心陷入幻境不能自拔，這種狀況他們在九幽秘境之時就曾經遭遇過一次，顏天心看到的場景應當源於她的想像。

吳傑也察覺到顏天心剛才的表現有些反常，輕聲道：「你看到了什麼？」

顏天心眨了眨眼睛，再看天盡頭哪還有什麼紅衣少女，頹然道：「想來是我看錯了。」

吳傑道：「魔由心生，這世上許許多多可怕的事情都源自於你的內心。」

顏天心心中暗奇，吳傑雖然目不能視，可卻要比很多的人都要明白。

宋昌金道：「人嚇人嚇死人，天就要黑了，我看咱們還是就地紮營，等明兒天亮之後再進入陵區，你們看如何？」

顏天心因為剛才所看到的幻象心情沉重，也對此行可能遭遇的風險重新估量了一下，夜晚前往陵區絕不是一個明智的行為，於是點了點頭。

對吳傑來說白天黑夜本沒有什麼分別，可他雖然表面孤僻，但並不是一個毫不顧忌隊友之人，目前他們五個畢竟是一個團隊，應當尊重多數人的意見。老于頭是出於報恩的目的而來，儘管如此他也不會盲目拿性命去冒險，在幾人達成一致意見之後，馬上著手紮營。

他們雖然購置了一些物品，可因為此行的距離不遠，並沒有攜帶太多的行裝，唯一的帳篷自然就分配給了隊伍中的唯一女性顏天心。老于頭利用枯枝升起一堆篝火，用吊鍋煮了小米粥，大家吃著烤餅，喝著小米粥，啃著牛肉乾倒也得到了難得的安逸和調整。

羅獵主動要求負責值守，其他人各自去休息，坐在篝火旁，翻開掌心刀的秘笈，自從在圓明園地宮得到這套刀譜之後，羅獵就未曾中斷過研習，羅獵的飛刀技法是在美利堅馬戲團中學來，他在飛刀方面的悟性很高，所以才會無師自通，年紀輕輕就修成一流刀法，在這方面羅獵沒有師承，自然談不上什麼套路，這套刀譜可謂是集最為精深的刀法於大成，羅獵的基礎本就牢靠，在得到這本刀譜之後有若在眼前開拓了一個全新的世界。

給予羅獵最大啟示的地方在於以氣馭刀，如果修成之後，非但可以將內力貫注於刀身之上，還可以自如控制飛刀的飛行軌跡。

羅獵看得正在入神之時，宋昌金悄悄來到他的身邊坐下，將一個酒囊遞給了他。

羅獵笑了笑，將刀譜收好，謝絕了宋昌金的好意：「我不喝酒。」

宋昌金道：「上好的馬奶酒，不喝可惜了，還不知以後有沒有機會喝到。」

羅獵聽出他話裡的意思並不樂觀，朝前方皇陵的剪影看了一眼道：「你擔心會有危險？」

宋昌金搖了搖頭道：「不是擔心，是一定……」他停頓了一下又道：「你有沒有聽說過陰兵？」

羅獵點了點頭，他不但聽說過還親眼見到過，在九幽秘境就曾經遭遇了以顏闊海為首的護陵武士，他們就是傳說中的陰兵吧，就在昨晚他們還和譚天德那群土匪並肩戰鬥，擊退了一些重甲騎兵團的進擊。

宋昌金道：「西夏皇陵存在了這麼多年，都沒有被毀去，絕不僅僅因為地處偏僻的緣故。」

羅獵道：「你是說這裡有陰兵守護？」

宋昌金道：「有人曾經親眼在這一區域目睹一支西夏兵團，成千上萬。」

羅獵道：「一支如此規模的軍隊靠什麼存活？又是如何隱藏起來的？」

宋昌金道：「這世上有很多的事情解釋不通，你既然是老羅家的人，就應當看過三泉圖。」

羅獵沒看過什麼三泉圖，甚至連聽都沒有聽說過，他搖了搖頭。宋昌金頗為奇怪，有些詫異道：「老羅家就你一根獨苗，為何沒有將三泉圖傳給你？」

羅獵道：「三泉圖是什麼？」

宋昌金道：「三泉圖乃是一幅老羅家祖上傳下來的圖譜，這本圖譜中記載了形形色色的奇怪生物，機關暗道。」他停頓了一下又道：「羅家的祖上是做什麼的你應當知道。」

羅獵照實回答道：「我在遇到羅行木之前並不知道羅家過去從事什麼行當。」他並不知道爺爺羅公權乃是摸金門裡的一代宗師，在他的印象中爺爺是個古板嚴厲不苟言笑的老學究。

宋昌金道：「看來他果然是想金盆洗手了。」

羅獵道：「我聽說一件事，據說老羅家曾經有五個兒子，卻都先後遭遇不幸，老爺子將所有一切都歸咎到羅家祖上昔日所從事的行當上，所以就此金盆洗手隱姓埋名。」

宋昌金道：「洗得乾淨嗎？」

他凝視著羅獵，心中已經斷定羅獵就是他的侄兒。

羅獵道：「你是三伯對不對？」

宋昌金這次居然沒有否認，歎了口氣。

羅獵道：「我聽說你被土匪劫走，後來遭遇了不測。」

宋昌金道：「劫走是事實，撕票卻是假的。」這番話等於已承認他的身分。

羅獵道：「爺爺知不知道？」

宋昌金抿了抿嘴唇，凝望熊熊燃燒的篝火沉默了下去，過了好一會兒方才道：「他又豈會在乎我的死活。」

羅獵雖不知過去到底發生了什麼，從宋昌金的態度上也能猜到他們父子兩人曾經發生過不快。在羅行木死後，他本以為羅家再無親人，想不到在西北邊陲居然又遇上了一位早已宣告死亡的三伯羅行水，心中自然而然地感到親切和欣慰。

宋昌金道：「往事不堪回首，羅家只剩下你我了。」

羅獵點了點頭道：「你對這片皇陵熟不熟悉？」

宋昌金有些敏感地看了他一眼道：「什麼意思？」

羅獵笑道：「你不要誤會，我是說您在新滿營那麼多年，應該搜集了這裡的不少資料。」

宋昌金道：「小子，你是不相信我會對皇陵無動於衷，認為我留在這裡的目的就是盜墓對不對？」

羅獵道：「看來您還是誤會了。」

宋昌金哼了一聲道：「誤會？你小子才多少年的道行，老子若是看不穿你的那點心思等於白活了那麼多年。不錯，我的確有過這樣的心思，可是這一帶非常的邪門，放著那麼多的皇陵在這兒，打主意的門中高手不在少數，可但凡動手者，無一能夠得到善終。」

羅獵道：「這麼邪門？」

宋昌金道：「孫長青，徐當午，這可都是摸金門裡頂尖兒的人物，十幾年前先後看中了這片地方，可結果呢？兩人先後都死在了這裡。」羅獵聽到這些事並未流露出太多的忌憚，宋昌金突然壓低聲音道：「近一百年，前來盜墓者不計其數，可真正活著從這裡走出去的只有一個，你猜猜這個人是誰？」

羅獵聽他說到這裡，心中隱然猜到此人自己應當認識，他猜測道：「你是說我爺爺？」

宋昌金點了點頭道：「不錯，就是他，他是唯一進入西夏皇陵能夠活著離開的，可離開之後就選擇金盆洗手，對於其中的經歷隻字不提，而且他好像也沒從裡面帶走任何的東西。」

羅獵道：「你怎麼知道他進去過？」

宋昌金道：「難道你不覺得奇怪，他金盆洗手之後，老羅家仍然災禍連連，應當是中了某種詛咒。」

羅獵連爺爺羅公權曾經是摸金門一代宗師的事情都不知道，自然不會聽說這些事，可宋昌金言之鑿鑿，又由不得他不相信，羅獵道：「你幼時被劫，這身摸金的本領又是從何學來？」

宋昌金道：「龍生龍鳳生鳳，老鼠的兒子會打洞，我說我這方面的本領與生俱來，你信是不信？」

羅獵聽他說得有趣，不禁笑了起來。

宋昌金道：「別笑，你也有這樣的本事。」

羅獵心中暗忖，如果不是遇到了親生父親沈忘憂，到現在他也不知道自己其實和羅家並無血緣關係，往事俱已，知道內情的人都已離世，當年究竟發生了什麼事情已經沒有人能夠為自己解答，想要搞清這些事，或許只能依靠智慧種子植入自己體內的記憶甦醒，如果其中不幸沒有這方面的記憶，那麼自己將永遠無法找到答案。

宋昌金用一聲咳嗽吸引了羅獵的注意力，他拿起一根枯枝折斷，扔入了篝火中，然後警惕地向周圍看了看，低聲道：「咱們既然是一家人，就不該說兩家話，小子，你跟我說老實話，你們找西夏天廟到底要幹什麼？」

直到現在羅獵都猶豫要不要把真實的情況告訴宋昌金，思前想後還是不可跟他說實話，以宋昌金狡猾的個性，如果得知了真實的狀況，很可能會知難而退。

羅獵正準備給他一個合理的藉口之時，內心之中警兆突生，霍然站起身來：「有人來了！」

宋昌金並沒有聽到任何的動靜，他以為羅獵聽錯，羅獵已經拿起了望遠鏡，借著皎潔的月光向正南的方向望去，卻見遠方有幾匹馬踩著月光朝這邊走來。

宋昌金也拿起了望遠鏡，通過望遠鏡證實了羅獵的感覺，不由得暗自讚賞，這小子的感覺真是出眾，羅家果然是人才輩出。宋昌金通過望遠鏡看到共有五匹馬，可因為距離過遠，看不清對方的模樣。

宋昌金道：「要不要把他們叫醒？」

羅獵搖了搖頭，從對方奔行的速度可以看出那些人並無異常，應當不是殭屍，他們也是朝著這邊的方向而來，看來選擇了跟他們一致的路線，羅獵首先就想到了譚天德，因為他們的地圖是譚天德提供，在這片空曠無人的戈壁灘上，平日裡很難遇到一個人，更不用說在月上中天的深夜。

隨著對方越走越近，羅獵從幾人的身形之上竟看出了幾分熟識，尤其是縱馬行進在中間的那個，體態魁梧，像極了張長弓，羅獵想想又不太可能，張長弓身在白山，怎麼會出現在這裡？

宋昌金端起了步槍，準備瞄準那些不速之客。

羅獵伸手將他的槍桿抓住，沉聲道：「不必驚慌，可能是咱們自己人。」

吳傑此時也來到了他們的身邊，輕聲道：「有人來了嗎？」

羅獵點了點頭，吳傑的感知力絕不弱於自己，他將自己的猜疑告訴了吳傑。

吳傑道：「你喊一聲不就知道了。」

宋昌金此時已揚聲叫道：「來者何人？」他的聲音隨著夜風遠遠送了出去。

深夜趕路前來的那群人正是張長弓幾個，從譚天德那裡得知羅獵和顏天心去尋找西夏天廟，於是幾人和譚天德達成了協定，他們幫忙帶上譚子聰，譚天德則為他們引路，前來尋找羅獵。

張長弓等人並不認得宋昌金，自然也不可能從聲音中辨識出他的身分，其實在羅獵這方發現他們的同時，他們也看到了遠處篝火的光芒，按照譚天德的說法，在篝火處露營的人很可能就是羅獵他們，畢竟中了殭屍病毒的人害怕火光，不可能在曠野中燃起篝火。更何況羅獵手中有他手繪的地圖，沿著這條路線前來的人應該不多。

張長弓揚聲道：「羅獵在嗎？」他中氣十足，聲音隨著夜風遠遠送了出去，羅獵聽得清清楚楚，他鄉遇故知，內心中的驚喜難以形容，一旁吳傑也已經從聲音中判斷出了來者的身分，心中疑慮盡去，打了個哈欠道：「大半夜的也不讓人安生，羅獵你朋友很多啊。」說完轉身接著去休息了。

素來沉穩的羅獵此刻卻無法冷靜，他翻身上馬迎上前，看到不但是張長弓來了，一同前來的還有陸威霖、阿諾、鐵娃，當然也看到去而復返的譚天德父子。

老友相見甚歡，對羅獵來說現在正是缺人手的時候，幾位老友的到來無異於雪中送炭。

和幾位老友見面之後，沒顧得上寒暄就已經留意到一臉愁苦的譚天德，譚天德手中還牽著一匹馬，那匹馬背上趴著的那人正是他的寶貝兒子譚子聰。羅獵還未看清譚子聰的模樣就已經猜到譚天德去而復返的原因，輕聲道：「譚老爺子遇到麻煩了？」

一行人回到營地，譚子聰被從馬背上抬了下來，他的身體已經僵硬，喉頭時刻發出陣陣壓抑的低吼，過去英俊的面孔扭曲變形，顯得極其猙獰，譚天德之所以選擇為張長弓幾人帶隊，是因為他心底深處認可羅獵的能力，認為羅獵或許有辦法解救自己的兒子。

羅獵對感染者並無救治的辦法，他並沒有隱瞞譚天德。

得知這個消息之後，譚天德難掩心中的失望，望著不遠處在地上翻滾掙扎的兒子，他的內心在滴血，這個冷血殘暴的大盜也不忍看到兒子如此的痛苦掙扎，他心中甚至掠過就此結束兒子痛苦的念頭。

譚天德道：「他已經一天滴水未進了……這樣下去我看他支撐不了太久。」在張長弓幾人抵達之後轉身去休息的吳傑，此時又出現在他們的身邊，低聲道：「留下他的性命只會造成更多的感染。」

譚天德抬頭望著這個瞎子，內心中的悲傷和痛苦突然如火山般噴發出來，大吼道：「他是我兒子！」

幾人望著這個縱橫大漠數十年的強盜頭子，都生出一種同情，雖然知道他們父子是罪有應得，可父愛拳拳，在這一點上誰也沒有資格去鄙視他，恥笑他。

吳傑道：「也不是無藥可醫。」

譚天德聽他這樣說，宛如溺水的人抓住了一根稻草，激動萬分道：「您……您有辦法？」

吳傑道：「聽說你手繪了一幅天廟的地圖，你找得到天廟嗎？」

譚天德馬上就明白對方是在跟自己談條件，他從來都是一個不見兔子不撒鷹的角色，繼續道：「你有辦法嗎？」為了救治兒子譚天德可不惜一切代價，他平素多疑，生怕吳傑利用自己迫切救治兒子的心理做文章，心中暗自打定了主意，如果吳傑膽敢欺騙自己，他不惜和這群人同歸於盡。

吳傑遞給他一顆藥丸道：「這是我配製的藥丸，雖然無法徹底將他治癒，可是能夠幫助他穩定情緒，至於最後能不能治得好，要看他的造化了。」

譚天德道：「怎講？」

吳傑道：「我知道有個人應該有這個本事。」

「誰？」

吳傑並沒有回答他的問題，不過羅獵幾人都已經猜到他所說的那個人應當是卓一手。

譚天德道：「我帶你們找到天廟入口，你要救我兒子！」雙目盯住吳傑，雖然明知道吳傑看不到自己的眼神。

吳傑道：「讓你兒子留下，他禁不起折騰了。」

譚天德道：「我給你們指路，我留下來照看兒子。」

吳傑卻搖搖頭道：「老于，你留下來照看他兒子，譚掌櫃需要辛苦一趟。」

譚天德明白對方根本不信任自己，這樣的安排等於設置了雙重保險，不怕自己做什麼手腳，暗歎這瞎子厲害的同時又想到，自己已經沒有了其他的選擇，眼前唯有陪同他們一路去探險，將這條路走到黑了，若是自己失敗，兒子自然也就沒救了。

譚天德安頓好兒子之後，已經是黎明時分，他下定決心帶隊出發，尋找當年曾經誤入的洞穴。他們將馬匹都交給了老于頭統一照應，選擇步行進入陵區。

吳傑拄著竹竿默默跟在隊伍最後，張長弓落後了幾步，和他並肩而行，畢竟張長弓這次前來是為了求醫，瞎子還在白山眼巴巴等著他們回去救命。

吳傑聽張長弓說完此行的目的，根本沒有任何的表示，在張長弓看來，這裡的事情如果處理不完，吳傑肯定是不會跟隨自己前往白山的，雖然心裡為陳阿婆的病情擔心，可也沒有什麼辦法，總不能將這邊的事情放下。生死有命富貴在天，也不是全無道理。

羅獵向幾位新加入的夥伴詳細介紹了這邊發生的事情，他們都是同生死共患難的兄弟，對羅獵的話自然深信不疑，陸威霖一雙朗目灼灼生光，已經開始期待這場即將展開的大戰。鐵娃畢竟年齡還小，對任何事都保持著強烈的好奇心，阿諾喝了幾口酒之後就變得天不怕地不怕，大著舌頭道：「殭屍，殭屍！我只聽過沒見過……呃……見過一個……」他指著前面引路的譚天德。

張長弓瞪了他一眼，這貨口無遮攔，若是讓譚天德聽到定然會感覺傷口上撒鹽。張長弓生性沉穩，聽羅獵介紹之後道：「你是說正常人被咬之後，也會被感染？」

羅獵點了點頭，陸威霖道：「就像過去的鑽地鼠。」

羅獵道：「那時只有一個，這裡可能存在幾百甚至幾千那樣的感染者。」

陸威霖道：「爆頭可以讓他們喪失戰鬥力嗎？」

羅獵道：「應該可以。」

阿諾道：「那不就簡單了，只要有弱點，咱們就能夠解決掉這些怪物。」

一直默默走在羅獵身邊的顏天心卻道：「還沒到最壞的時候，一旦龍玉公主徹底覺醒，這世上就再也沒有人能夠阻止。」

宋昌金支稜著耳朵聽他們幾人的對話，聽到龍玉公主的名字不禁驚呼道：「龍玉公主？你說的可是西夏國夏崇宗的寶貝女兒，那位能夠通靈的小公主？」

顏天心沒有搭理他。

宋昌金不想在她那裡碰釘子，悄悄找上了自己的侄兒，壓低聲音道：「你跟我交個底兒，到底是不是她？昊日大師的寶貝徒弟？可以預知凶吉禍福，呼風喚雨，通靈仙界的那一個？」

羅獵心中暗忖，宋昌金居然知道的不少，關於龍玉公主的事情，正史並未記載，以自己對中華歷史的瞭解都不清楚，也是在去了蒼白山之後才從顏天心那裡得知，這段歷史本來是在女真族和西夏人的有限範圍內代代相傳，宋昌金是自己的三伯，毫無疑問是漢人，他怎會知道？羅獵不由得想起了羅行木，羅行木應該並不知道宋昌金仍然活在世上，從目前瞭解到的狀況來看，他們兩人之間應當並未有過交集。

羅獵點了點頭道：「應當就是她。」

宋昌金一臉迷惘道：「不對啊，龍玉公主明明葬在蒼白山……」

不等他說完羅獵就道：「她的遺體被找到，而且已經送到了這裡。」

宋昌金倒吸了一口冷氣道：「你真沒看過三泉圖？你當真不知道門中的忌諱？」看到羅獵一臉迷惘，宋昌金頓時意識到這小子應當對三泉圖一無所知。

羅獵卻從宋昌金問話中得到了不少的啟示，三泉圖所記載的東西應當不少，十有八九龍玉公主的事情也被記在其中，不然宋昌金不會表現得如此敏感。這位三伯和爺爺之間也絕非像他自己所說的那樣，興許父子兩人早已相認，只是瞞著他人罷了。仔細一琢磨，應當很有這個可能，如果爺爺當真是摸金一帶宗師，那麼他得罪的人必然不在少數，為了保護後代，有這樣的做法也可理解。

宋昌金臉上頓時流露出莫名惶恐，他停下腳步，搖了搖頭道：「我不去！」

眾人都是一怔，顏天心對他一直沒什麼好感，冷冷道：「現在說不去是不是太晚？」

鐵娃不屑地看了他一眼道：「膽小鬼！」

宋昌金才不會在乎其他人的想法，直愣愣盯著羅獵：「她的屍身你是否見過？」

羅獵點了點頭。

「是不是千年不腐，栩栩如生？」

顏天心頗感詫異，畢竟外人並無親眼見到龍玉公主遺體的機會，就算是她的那些手下也不知道實情，宋昌金又是從何得知？

宋昌金道：「這是一條有去無回的死路啊，我不想去，你們最好也別去，大家好歹……相識一場，我實在不忍心見你們送命。」

譚天德冷哼了一聲道：「有什麼好怕，腦袋掉了不過碗口大的疤。」為了救回兒子的性命，就算讓他用性命去換，他也在所不惜。

張長弓等人都已經知道譚天德的土匪身分，雖然此人惡名在外，可也不失為一條響噹噹的漢子，不怕死的硬漢在任何時候都會獲得尊重，相比較而言，宋昌金這種臨陣脫逃的膽小鬼自然就讓人唾棄了。

宋昌金才不在乎別人的鄙視和唾棄，跟性命相比兩者根本算不上什麼，看到這群人執意前往，他心中不由得暗歎，忠言逆耳，你們一心求死怨得誰來。

然而並不是所有人都同意宋昌金離去，吳傑道：「既來之，則安之，選擇了這條路就得走下去。」

宋昌金道：「你想強人所難？」

吳傑點了點頭道：「你知道了那麼多的秘密，總得付出一些代價。」

宋昌金已經能夠感受到凜冽的殺氣悄然向自身包圍而來，這神秘莫測的瞎子他能夠從大帥府重兵包圍之下劫走馬永卿，又能從殭屍圍困之下從容救人突圍而毫髮不傷，此人若是動了殺念，恐怕自己萬難倖免。更何況這群人中沒有人會站在自己的立場上，就算親侄兒羅獵也不會。識時務者為俊傑，走是死，留也是死，若是死前能夠見證一下三泉圖中的預言倒也不算什麼壞事。

想到這裡宋昌金呵呵笑了起來：「開個玩笑，活躍一下氣氛，何必那麼緊張？」他指了指羅獵向眾人道：「你們知不知道，他是我親侄子，我就算丟下你們，也不能丟下他。」

眾人將信將疑，可是看到羅獵並未反駁，等於默許了他們之間的關係，更覺得這天下之大無奇不有。

羅獵的心情卻變得越發沉重起來，宋昌金已經不再隱瞞他們之間的關係，說明宋昌金對此行極其悲觀，認定了他們有去無回，所以保守秘密已經沒有任何的意義。

譚天德並不在乎他們之間的關係，在他眼中宋昌金只不過是一個煙館的老闆罷了，和自己的強取豪奪不同，此人更加不擇手段。譚天德最為關心的就是自己的兒子，時間拖得越久，兒子的處境就越危險，他反倒成了最焦急趕路的那個，催促道：「走吧，太陽就要出來了，不想在這裡變成烤羊，就儘快找到天廟。」

所有人都以為有了譚天德這個識途老馬引路，他們找到天廟自然不會花費太大的功夫，可是真正走入這片皇陵之後，很快譚天德就在其中迷失了方向，他記憶中的入口已經變成了平地，根本找不到任何的洞窟。

譚天德也慌了神，烈日下汗流浹背，嘴唇也乾涸蛻皮，他環視周圍，因強烈陽光而瞇起了雙目，喃喃道：「應當是在這裡，我不會記錯，我不會記錯的。」

羅獵道：「多少年沒來這裡了？」

譚天德自從在這裡遭遇天廟騎士之後就再也不敢涉足這片區域，可是他絕對相信自己的記憶力，這裡周圍環境歷經這麼多年並未改變，就在前方三座王陵之間，曾有一座破敗的廟宇，現在卻神秘消失了，乾乾淨淨，沒有留下一片瓦礫。

宋昌金道：「這裡我也來過，哪有什麼天廟，沒有一棵草，沒有一隻鳥，不毛之地，鳥不拉屎，哈哈……」他的笑聲在四周迴盪，久久無法消失，連宋昌金自己都被嚇了一跳。

羅獵環視周圍，正如宋昌金所說，這裡就是一片不毛之地，除了夯土形成的陵墓，其餘的建築物附屬建築如闕門、碑亭、月城、內城、獻殿、內外神殿、角樓早已因年月久遠和風雨侵蝕坍塌損壞，他們所處的地方更是一大片空曠的地帶，舉目四顧找不到任何的廟宇類建築遺跡。羅獵道：「你當時誤入天廟是在什麼時候？」

譚天德道：「晚上！」

羅獵皺起眉頭，暗自思索，難道只有在晚上天廟才會顯露出來？

吳傑冷靜道：「大家三人一組四處搜索一下，看看有無發現，不要放過任何的異常。」

譚天德馬上就領會了他的意思，他們雖然為了尋找天廟而來，可最終的目的並不相同，自己是為了尋找那個能夠救治兒子的卓一手。

羅獵和顏天心、陸威霖一組，陸威霖走了幾步就已經感到嗓子冒煙，取下水壺接連灌了幾口水道：「你們能夠確定卓一手會來這裡？」

顏天心點了點頭，雖然將羊皮卷交給了卓一手，可是其中的內容她大概都是記得的。

陸威霖道：「這世上當真有人會死而復生？」

羅獵道：「或許根本就沒死。」

陸威霖沉默了下去，他不由得想起了在圓明園地宮內遇到的文豐，別人都以為文豐早就死了，不曾想他仍然在暗無天日的地下活著，還變成了一隻怪物。他深深吸了一口氣，瞇起眼看著沒有一絲雲的蔚藍天空道：「你們有沒有聞到？」

「聞到什麼？」顏天心問。

「死亡的味道！」

羅獵道：「死亡無處不在，聞多了也就習慣了。」

陸威霖哈哈笑了起來，這對他來說笑得如此開心還是很少有的事情。

因為聽到陸威霖笑聲的回音，宋昌金沒來由打了個冷顫，他和吳傑、譚天德一組，這樣的分組還是吳傑主動提出的，宋昌金對這個瞎子充滿了忌憚，其實他本想和羅獵一組，畢竟那是他的親侄子，羅獵在所有人中也是對他最友善的一個。宋昌金抱怨道：「人嚇人，嚇死人，笑得跟夜貓子似的。」

吳傑道：「不做虧心事不怕鬼敲門，你怕啊！」

宋昌金嘴上強硬道：「我身正不怕影子斜。」說話的時候不由自主地向地面上看了一眼，發現自己的影子明明是斜著的，並不是活見鬼，因為一個上午已經不知不覺在搜索中過去，喘了口粗氣道：「休息一會吧，咱們都轉了一上午，腳都燎泡了。」這話是衝著吳傑說的，因為他看出譚天德比任何人都要執著。

吳傑這次沒有對他的話置若罔聞，在一座陪陵的陰影處站了，還是沒有喝水。宋昌金也走入陰影中，這樣的條件下吳傑的膚色顯得越發蒼白，宋昌金有些討好地將水壺遞給吳傑，剛剛舉起手，吳傑就已經察覺到了他的舉動，淡然道：「不用！」

宋昌金再次用高深莫測來形容吳傑，此人雖然目不能視，可什麼事情都瞞不過他。既然已經拿起了水壺，也樂得做個好人，轉而遞給了譚天德。

譚天德年事已高，這些年來都過著養尊處優的生活，如果不是為了兒子，他是不會付出這樣的辛苦，甚至不可能支持到現在，接過宋昌金遞來的水壺，大口大口灌了下去。

宋昌金忍不住提醒他要喝慢些，在饑渴的狀況下大量飲水也可能造成身體的不適。

譚天德放下水壺，抹乾唇角，將水壺還給了宋昌金，沙啞著喉嚨道：「謝謝！」

宋昌金道：「不客氣，我和譚掌櫃也算是老相識了。」

譚天德點點頭，他的確和宋昌金早就認識，宋昌金的煙土想要在這一帶暢通無阻，不但需要顏拓疆這個地方軍閥的首肯，也需要自己的同意，譚天德不抽大煙，可是他管不住自己的那幫手下，這些年宋昌金沒少從他的手下人那裡賺錢。

宋昌金道：「譚掌櫃當真去過天廟？」

譚天德表情木然道：「只是誤入了一片破爛廢墟，當時遇到了一群古代騎士，他們逢人就殺，而且不畏刀槍……」他閉上雙目努力回憶著當初的細節，他不會記錯，應該就是在這片地方，可是為何找不到那片廢墟？

宋昌金道：「該不會是做夢吧？」

譚天德霍然睜開雙目，宛如刀鋒的兩道目光看得宋昌金內心為之一顫，他並沒有想到這個已經失勢的強盜頭子仍然擁有這樣咄咄逼人的目光，這目光也讓宋昌金重新審視譚天德的實力，虎老雄風在，為了他的寶貝兒子，譚天德已經無所畏懼。

宋昌金拚命擠出一個笑容道：「開玩笑的，嘿嘿……」

譚天德道：「跟我開玩笑的人都已經死了。」

宋昌金尷尬地無法繼續說下去。

吳傑開口道：「活著更好。」

阿諾原本將毛巾打濕搭在頭上，現在已經被完全曬乾，他感覺陽光透過毛巾透過他的黃頭髮炙烤著他的腦袋，整個大腦似乎就要沸騰起來，不禁抱怨道：「太熱了，老張，有沒有什麼發現？」

張長弓搖了搖頭，習慣了蒼白山蒼莽森林的他當然不喜歡這光禿禿的戈壁，他仍然記得此次前來的目的：「希望儘快結束這邊的事情，陳阿婆還等著吳先生回去治病呢。」

鐵娃道：「金毛叔，不如您接著給我講吸血鬼和殭屍的故事吧。」遇到譚子聰之後，途中阿諾就給他講一些歐洲中世紀傳說，吸血鬼、狼人、殭屍之類的故事，鐵娃聽得正上癮。

阿諾把頭上的毛巾拽了下來，用力搧了兩下道：「不用講，估計咱們馬上就看到了。」

張長弓啐了一聲道：「你少嚇唬小孩子，你說的那些東西都是你們那邊的怪物，我們中華大地可沒有。」

阿諾呵呵笑道：「你們這邊有什麼？孫猴子，豬八戒？」他對中華文化越發熟識了。

鐵娃聽得有趣，雙目灼灼生光道：「見不到吸血鬼、殭屍，遇到孫悟空豬八戒也行，哪怕是遇到一隻妖怪也好。」畢竟是小孩子家心性，非但沒有覺得害怕，反而對周遭一切感到格外新奇。

張長弓道：「若是遇到一個美女蛇，狐狸精怎麼辦？」

阿諾道：「我，我去，這種事情當然不可以讓小孩子去。」

鐵娃笑道：「金毛叔叔很像是豬八戒呢。」

前方看到三道身影，卻是羅獵那一組，兜了個圈子也像他們一般一無所獲，六人聚在一處，彼此都搖了搖頭，一起來到陰影下休息，羅獵看了看時間，已經是下午兩點，距離天黑大概還有六個多小時。

阿諾道：「你們說那譚天德會不會騙咱們？」

陸威霖搖了搖頭道：「應當不會，他兒子的性命危在旦夕，又豈敢冒險。」

眾人都表示認同，羅獵轉向顏天心道：「顏掌櫃，你有沒有什麼關於天廟的資料？」

顏天心知道羅獵是在問羊皮卷內有沒有標注天廟的具體方位，她其實早已在記憶中搜索了無數遍，羊皮卷內並沒有明確標注天廟的位置，只是給出了一個大概的範圍，結合卓一手曾經透露的一些資料，天廟應當是用來祭祀的場所，位於西夏皇陵的可能性最大，顏天心照實道：「我知道的並不比你們多。」

張長弓道：「譚天德一口咬定，應該不會有錯。」

阿諾道：「那也未必，他因為兒子，頭腦都不正常了，或許精神錯亂呢？」

陸威霖道：「耳聽為虛眼見為實，他既然是親眼所見，就不應該有錯。」

顏天心因為陸威霖的這句話而心中一動，她輕聲道：「親眼看到的也未必是真的，比如海市蜃樓！」

幾人同時將目光轉向顏天心，每個人都聽說過海市蜃樓的現象，在這片地方又時常會發生那種狀況，不排除譚天德當年所看到的天廟就是海市蜃樓的幻象。

張長弓道：「如果真的是海市蜃樓，咱們恐怕就撲了個空。」

羅獵道：「就算是海市蜃樓，譚天德對當年遭遇天廟騎士的事情說得非常確定，而且我們也親眼目睹了那些身穿鐵甲的西夏騎士。」

阿諾道：「咱們在蒼白山也見過古代武士，事實呢，還不是有人裝扮的？」

羅獵想了想，低聲道：「我現在最擔心的就是卓一手沒來這裡，咱們幾乎搜遍了這裡的多半區域，根本沒有找到任何線索，只要有人來，就會留下痕跡。」

張長弓點了點頭道：「不錯，我敢確定這一帶已經很久沒有人來了。」在這方面他有絕對的發言權，遇到羅獵之前，張長弓是一個極其出色的獵人。

阿諾道：「我就說嘛，譚老頭年齡這麼大，腦袋都不清楚了，再加上他兒子事情的刺激，整個人瘋瘋癲癲的，讓他帶隊肯定要誤入歧途。」

顏天心道：「也不盡然，他可不糊塗，更不會拿他兒子的性命冒險。」

鐵娃忽然指向前方道：「你們看！」

幾人抬頭望去，只見左前方的皇陵之上，一道奪目的光芒閃爍，羅獵幾乎在第一時間就判斷出，那道光芒是因為太陽光照射在皇陵上的某部分產生反光的緣故，產生反光的部分應當極其光滑，才會發生鏡面反射的效果。

鐵娃主動請纓道：「我爬上去看看。」

羅獵沉聲道：「不急，等等再說。」

阿諾道：「那裡一定有古怪。」他的話沒說完，皇陵之上出現第二道反光。

張長弓則認為這種狀況並不鮮見，即便是在普通的山巒之上也會看到反光的情景，興許陽光恰巧照射在構成皇陵的某個金屬構件上，又或是光滑的石塊上，興許是瑪瑙玉石，誰知道呢。

羅獵專注望著反光的地方，隨著太陽的西移，在他們的角度已經可以看到三個閃爍的發光點，陽光照射到東南側的皇陵之後，三個反光點將光線投射到了對側，恰恰是在他們所在陪陵的陰暗面，讓他們感到驚奇的是，在陪陵陰暗的部分同樣產生了反光，這就排除了張長弓所認為巧合的可能。

他們雖然無法在陽光燦爛的天空中捕捉光線的軌跡，可是卻能夠尋找光線在陰影處的落腳點。

那道反光幾經反射，最終消失在一座不起眼的陪陵前方，說是陪陵卻只剩下了一個夯土的基座，風沙早已將地面的大部分侵蝕一空，可以想像，在這座陪陵未曾消失之前，光線射到陪陵之上必然還會繼續折返到其他的地方，只是因為這座陪陵的消失，線索完全中斷了。

六人在這座陪陵基座前停步，阿諾有些沮喪：「好不容易找到的線索，就這麼中斷了。」

羅獵凡事樂觀，微笑道：「至少我們距離目標進了一步，大家周圍看看。」

「他們過來了！」依然是鐵娃有所發現，他開始以為是吳傑三人，可定睛望去，那三個身影極遠，就在天地交接的地方，三個模糊的身影向他們走了過來。

羅獵幾人也看到了那三道身影，他們無不感到奇怪，誰也沒想到吳傑三人會走這麼遠，而且已經脫離了陵區的中心地帶。

顏天心秀眉微顰，她第一時間意識到有些不對，吳傑他們根本就沒可能走那麼遠，可如果不是吳傑他們幾個，那又是誰？

第七章

龍玉公主的幻象

顏天心緩步走向瑪莎，瑪莎不斷憤怒掙扎尖叫著，
顏天心有些奇怪，如果瑪莎想殺自己，在新滿營時就有機會，
為何當時她沒有選擇報仇，顏天心望著瑪莎，
卻從她的雙眸中捕捉到一絲不易覺察的詭異神情，
眼前倏然閃現出龍玉公主的幻象，內心倏然一沉。

羅獵已經看清，從天邊走來的並不是三人，而是一支數千人的軍隊，那三人應當是將領。陸威霖拿起望遠鏡看去，任他怎樣調節焦距，雖然可以拉近距離，可遠方的影像極其模糊，陸威霖本以為是自己的望遠鏡出了問題，可其他人看到的情況也是一樣。

顏天心道：「海市蜃樓，那些人根本就不是真實的。」包括顏天心自己都未曾親眼目睹過海市蜃樓的景象。

這會兒吳傑三人也已經來到了他們所在的地點會合，譚天德老馬識途，一眼就辨認出遠處的影像來自於海市蜃樓，他雖然在甘邊寧夏生活多年，可目睹海市蜃樓也不超過五次，望著遠方飄忽不定的影像，在那群軍隊的後方浮現出一座規模宏大的神廟，譚天德顫聲道：「天廟……那就是天廟……」其實不用他說，其他幾人也已經看到了天廟。

羅獵雖然過去未曾親眼目睹過海市蜃樓，可是他卻知道海市蜃樓的成因，是因為光線在密度分佈不均勻的空氣中傳播的時候發生全反射而產生。經常發生於海面或沙漠之中。海市蜃樓看到的景象通常會真實存在於現實之中，正因為此，羅獵很快就否定了海市蜃樓的可能，他想到了另外一種成因，如果他們所處的地方附近擁有磁場，那麼磁場會在某種特殊的情況下記錄影像和聲音，猶如大自然的錄影機或答錄機。

張長弓道：「是真是假，走過去看看不就知道了？」

吳傑道：「只怕你這輩子也走不到地方。」儘管他看不到海市蜃樓的幻象，正因為如此，他才不會被幻象所迷惑，在所有人中是最清醒的一個。

譚天德道：「我記得那裡，就是那裡，我去過，那軍隊就是天廟騎士。」他的聲音中透著激動又夾雜著惶恐。

阿諾有些後悔道：「早知如此應當騎馬過來。」

顏天心感覺到一縷長髮掠過腮邊，她伸手將亂髮攏在耳後，意識到開始起風了。風說起就起，剛才還是紋絲不動的悶熱，這會兒就變得狂風肆虐，風席捲著沙塵幾乎在瞬間就混沌了整個天地。

他們利用手頭所有可以抵禦沙塵的裝備將自己包裹嚴實，繞行到右側陪陵避風的一面，風沙起，幻影散，剛才還清楚映在他們面前的軍隊和天廟已經消失得無影無蹤。

譚天德向吳傑道：「就是那個方向，我記得，當時我看到了火光指引。」

羅獵戴上了風鏡，在風沙漫天的時候尋找他所說的火光幾乎是不可能的，這風沙遮天蔽日，連天空中的烈日都被覆蓋，更何況火光。

宋昌金趁著眾人躲避風沙的時候都沒有留意自己，悄悄向後方退去，方才走了兩步，就感覺到後心被一物抵住，吳傑不含任何感情的冰冷聲音於風中響起：「你可以再走一步試試看。」

宋昌金的身體僵在原地，在吳傑面前他可不敢有任何冒險的舉動。

羅獵看到了一束光，雖然光線微弱，可那束光清清楚楚地存在著，張長弓也看到了那束光，憑經驗判斷，那束光應當來自於手電筒，他和羅獵交遞了一下眼神，又向阿諾招了招手，四人分從不同路線出發，悄然向那束光靠近。

陸威霖和顏天心在週邊負責接應。

羅獵看到風沙中三個模糊的身影在向他們靠近，這絕不是海市蜃樓的幻影，他做了個手勢，三人分別對付一個。

三人利用廢墟隱藏好身形，看到對方三人越走越近，張長弓和羅獵率先啟動，兩人分別抓住距離自己最近的兩人，不費吹灰之力就將對方摁倒在地，阿諾的行動不及兩人迅速，那第三個人反應了過來，伸手去摸武器。

阿諾擔心對方掏出武器，猛地撲了上去，一個餓虎撲食將對方壓倒在地面上，牢牢抓住對方的雙手，將對方壓在身下方才感覺到對方的身體軟綿而富有彈性，竟然是個女子。那女子屈膝狠狠頂在阿諾的襠下，痛得阿諾悶哼一聲，力量一鬆，對方趁機從他的身下掙脫開來，舉槍準備射擊，卻被及時出現在她身後的陸威霖用槍托砸在了腦後。

那女子軟綿綿暈倒在地，陸威霖從地上撿起了手槍，向阿諾搖了搖頭，譏諷這貨的身手實在是太遜了。阿諾顧不上反駁，捂著褲襠一臉的痛苦，連爬起來的力氣都沒有了。

還是鐵娃過來將阿諾攙扶起來，阿諾緩過氣來，怒從心生，衝上去想找那女人算帳。

顏天心卻發出一聲驚呼，在她揭開那女子面紗之後發現，這女子竟然是此前悄然離開的瑪莎，沒想到她也出現在西夏皇陵。另外兩人都是瑪莎同宗同族的塔吉克人，那兩人不懂得漢語，聽不懂羅獵的問話。不過還好瑪莎並沒有暈厥太久，就醒了過來。

瑪莎清醒之後發現剛才襲擊他們的是羅獵幾人，也是心中稍安，她簡單訴說了自己的別後經歷，只說是離開羅獵他們之後就去城內找在新滿營經商的老鄉，請他們幫助自己返回故鄉，這兩天新滿營戒嚴，好不容易才從城內逃了出來，沒想到途經這裡又和羅獵幾人遇到。

羅獵點了點頭，讓他們不用擔心，他也沒有詳細追問，顏天心悄悄將他拉到一旁，低聲道：「她分明在撒謊，這裡並非她西去的必經之路。」

羅獵其實也聽出瑪莎的話裡充滿了破綻，只是當時並未在人前揭穿，他看了看周圍道：「那兩名塔吉克族人都受了傷，我已經讓張大哥他們盯緊一些，以防萬一。」越演越烈的感染者事件讓羅獵不敢掉以輕心，如果那兩名塔吉克人只是普通的受傷倒還不怕，萬一他們是被殭屍咬傷，那麼用不了多久，兩人的症狀就會顯露出來。

譚天德從頭到尾都沒有和瑪莎三人搭話，不過一雙眼睛偶爾會向瑪莎飄過去，羅獵從中捕捉到陰冷的光芒。

瑪莎倒是沒有對譚天德產生特別的注意，她的漢語有些生硬，兼之對陌生人有很強的戒備心，除了羅獵的問話之外，她很少搭理其他人。

風沙沒有停歇的徵兆，他們已經分不清東西南北，只能在躲在一座坍塌陪陵的角落中躲避風沙。羅獵看了看時間，現在已經是六點半了，用不了太久夜幕就會降臨，內心中不由得產生了一種緊迫感，到現在為止，除了海市蜃樓中看到天廟的驚鴻一瞥，就再也沒有其他的線索。

羅獵向不遠處的瑪莎望去，瑪莎和她的兩名族人在一起和他們的團隊刻意保持著一定的距離，雖然羅獵並不懂得他們的語言，可是從他們閃爍的眼神能夠判斷出他們應當有事瞞著自己。

羅獵向阿諾低聲耳語了幾句，阿諾點了點頭，過了一會兒他主動來到瑪莎身邊，樂呵呵道：「瑪莎，剛才真是不好意思，有沒有弄疼你？」

瑪莎雙眸閃爍了一下，並不準備理會這個金髮碧眼的傢伙，阿諾笑道：「我希望能夠跟你做朋友。」

瑪莎冷冷道：「我的朋友足夠了。」

阿諾碰了個釘子仍然沒有灰心，向瑪莎身邊兩名對自己充滿警惕的塔吉克人看了一眼，然後又道：「他們都受了傷，讓吳先生幫他們看看，吳先生醫術高明。」

瑪莎道：「謝謝你們的好意，心領了。」她停頓了一下，朝羅獵和顏天心的方向看了一眼道：「等風沙過後，我們就離開。」這句話更像是說給羅獵聽的。

夜色悄然而至，風沙卻並未因黑夜的來臨而停歇，反倒越發迅猛了，這樣的天氣狀況下繼續尋找天廟顯然是一件極其危險的事情。

顏天心又看到了紅色的身影，漫天的風沙中現出一個巨大的漩渦，龍玉公主從風沙的漩渦中一步步向她逼近，顏天心有些緊張地抓住羅獵的大手，用力閉上雙目，羅獵掌心的溫度讓她很快就驅走了眼前的幻影，重新回到現實中來。

羅獵看得出她的緊張，輕聲道：「我在這裡。」

顏天心點了點頭，她再次想起魔由心生的話，幽然歎了口氣道：「我總是管不住自己胡思亂想。」

羅獵卻突然皺起了眉頭，他聽到風中隱約有女子的哭聲傳來。羅獵的第一反應就是自己產生了錯覺，可是他看到吳傑緩緩站起身來。

吳傑幾乎和羅獵在同時聽到了女子的哭聲，哭聲來自於他們的左後方，悲悲切切，斷斷續續。風掠過戈壁，會因地形的不同而產生不同的聲音。張長弓是所有人中第三個聽到哭聲的人，但是他卻擁有超人一等的識別力，這和他的獵人生涯有關，不是風聲，也不是鳥獸的聲音，肯定是來自於人類，而且是一個女人。

在這樣的時間和地點聽到女人哭泣原本就是一件極其詭異的事情，張長弓道：「我去看看！」

羅獵搖了搖頭道：「可能是個圈套！目的就是要把咱們分開。」

吳傑雖然沒有說話，可是他認同羅獵的判斷。

他們的注意力全都被這哭聲吸引之時，瑪莎卻緩緩站起身來，突然揚起手槍瞄準了顏天心就要射擊，阿諾一直留意著瑪莎，倒不是因為對她特別警惕，而是因為他被瑪莎的外貌所吸引，趁機多看幾眼，所以他成了第一個發現瑪莎要對顏天心不利的人。

阿諾出手極其果斷，一把抓住瑪莎的手臂，將槍口推向上方，呯的一聲槍響，將眾人嚇了一跳。

兩名塔吉克族人也沒有料到瑪莎會突然向顏天心開槍，看到瑪莎被阿諾制住，他們第一時間想衝上去幫忙，不等兩人啟動，陸威霖手中雙槍已經瞄準了兩人的額頭，冷冷道：「你們最好老老實實坐在那裡。」

阿諾將瑪莎制住，瑪莎雙目圓睜，尖叫道：「是你殺了我父親！是你……」

羅獵心中一怔，顏天心殺死德西里不假，可在當時的情況下德西里已經感染了殭屍病毒，顏天心是不忍心瑪莎親手殺掉父親所以才出手代勞，根本就是出自善意。

顏天心並沒被瑪莎的仇恨嚇怕，緩步走向瑪莎，瑪莎仍然在不斷掙扎著憤怒尖叫著，顏天心只是有些奇怪，如果瑪莎想殺自己，在新滿營的時候就有機會，為何當時她沒有選擇報仇而是選擇離開？顏天心望著瑪莎，卻從她的雙眸中捕捉到一絲不易覺察的詭異神情，眼前倏然閃現出龍玉公主的幻象，內心倏然一沉。

羅獵同樣產生了疑問，瑪莎的行為並不能用正常的道理來解釋。

顏天心用槍口指向瑪莎，一字一句道：「你不是瑪莎！」

瑪莎發出一聲長笑，她聲音腔調突然改變：「你們都會死，誰都逃不掉！」

宋昌金被瑪莎詭異的樣子嚇了一跳，顫聲道：「莫不是中邪了？」

譚天德握槍走了過來，冷冷道：「仔細檢查一下她身上是否有傷口，我看她十有八九已經被感染了。」

阿諾主動請纓道：「我來……」話沒說完，就已經遭到顏天心鄙視的目光，他那點兒小九九早已被其他人看得一清二楚。

吳傑揚起手中的竹杖輕點在瑪莎的後心，瑪莎感到身軀一麻，頓時失去力量，吳傑道：「她應當不是被感染，只是精神被人控制罷了。」

羅獵心中一動，其實催眠術也是控制人精神意志的一種方法，他想起了顏天心此前多次產生的幻象，看來在他們看不到的地方始終有人正嘗試控制他們中的某一位成員，顏天心的意志力要比瑪莎強大，所以在幾次控制顏天心沒有成功的前提下選擇了瑪莎。

遠方的哭聲仍在繼續，阿諾聽得有些毛骨悚然，喃喃道：「莫不是女鬼？」

張長弓此時卻留意到鐵娃失蹤了，驚聲道：「你們誰看到鐵娃了？」

眾人剛才的注意力先是在遠方女子的哭聲中，而後又被瑪莎所吸引，反倒忽略了鐵娃何時不見的事。就連感知力最為敏銳的吳傑和羅獵，對此都未曾覺察。

他們原本的對策是按兵不動以不變應萬變，可是在鐵娃失蹤之後，他們卻再也無法保持無動於衷，雖然知道這有可能是隱藏在暗處的敵人故意分化他們隊伍的行為，但既便如此也要派人在附近搜索。

張長弓道：「我去找找！」

羅獵道：「我和威霖跟你去，其他人原地駐守，儘量聚在一起，不可分開，以免被敵人找到機會。」

聽到敵人兩個字，所有人都是心頭一沉，意識到果然有敵人來到了附近。宋昌金道：「我看大家還是不要分開，如果你們出去尋找正遂了對方的心意，他們就是要尋找機會把我們分開，然後逐個擊破。」

宋昌金的話雖然聽著有幾分道理只可惜無人理會，他很快就意識到自己在這一集體中的地位，說出去的話還不如一個屁的動靜大，於是乾脆閉上了嘴巴。

阿諾用肩頭扛了他一下道：「你若是走失了，絕沒有人去找你。」

宋昌金咧嘴一笑，心中明白這高鼻深目的黃毛說的都是實話，也不反駁，用被單把腦袋整個蒙在裡面，既然都不待見老子，乾脆我裝鴕鳥。

顏天心並沒有說話，只是向羅獵看了一眼，關心與牽掛盡在不言中。

張長弓向阿諾道：「待會兒你把酒壺打開。」他的鼻子非常靈敏，只要在一定的範圍內就能夠循著酒味兒找回他們的營地。

雖然風沙瀰漫，可是張長弓仍然從地上找到了不少的腳印，這些紛亂的腳印大都是他們留下的，張長弓俯身研究了一會兒。

陸威霖道：「鐵娃會不會像瑪莎一樣？」他的意思是，那個潛在的神秘敵人既然能夠控制瑪莎，同樣可以控制鐵娃，在剛才的狀況下，如果有人強行帶走鐵娃，他們會有所覺察，鐵娃失蹤的過程中沒有發出任何的聲息，也沒有引起任何人的注意，這就實在有些奇怪了。

羅獵道：「不排除這個可能。」他的內心守住空明，盡可能感知著周圍的一切，突然他產生了一個強烈的意識，似乎有一雙眼睛正躲藏在黑暗中窺探著他的一舉一動。

張長弓終於找到了一串逐漸延伸到遠方的腳印，他們循著腳印向前方行去。

羅獵看了看周圍，除了風沙看不到可疑的人影，那種被人偷窺的感覺突然減弱了許多，似乎對方察覺到了羅獵產生了警覺，及時隱蔽了起來。羅獵意識到自己可能遇到了一個空前強大的對手，瑪莎剛才的表現就是證明，她應當就是受到了此人的控制。

羅獵提醒張長弓和陸威霖道：「你們不要被外界的任何事情干擾。」其實他對兩位老友是極其放心的，張長弓和陸威霖都是意志堅定之人，他們強大的心理素質很少受到他人蠱惑。

從鐵娃的腳印能夠看出他應當是在眾人注意力轉移的時候悄悄自行離開的，腳印一直延伸到距離他們一里左右的地方，於一座王陵的前方消失，三人同時舉目望去，透過狂舞的風沙看到一個身影已經爬升到了王陵的中間位置。身形雖然模糊，可張長弓從攀爬的動作中卻已看出是鐵娃，他本想呼喚，卻被羅獵制止。

羅獵推斷出現在的鐵娃正處於意識模糊的狀態中，有如夢遊之人，他根本不知道自己在做什麼，如果現在突然將鐵娃喚醒，他很可能會從高處跌落從而產生危險。

羅獵沉聲道：「鐵娃只是一個誘餌。」

陸威霖點了點頭道：「不錯，如果他當真被人控制住了意識，那麼對方的目的應當不是為了劫持他，而是要利用他將部分人吸引到這裡，然後逐個擊破。」其實這一點他們早已意識到了。

張長弓道：「我去救人！你們為我掩護。」他說完已經沿著王陵向上攀爬。

陸威霖雙槍在手警惕地望著周圍，風沙限制了他的目力，他也因此而感到心中稍安，敵人何嘗不是一樣，在這樣的惡劣天氣中，並不適合遠距離狙擊，張長弓和鐵娃兩人相對就安全得多。

羅獵此時心中警示又生，他感覺到一雙眼睛在自己的背後窺探。就在同時，哭聲從他們的右側響起，兩人舉目望去，卻見一道黑影倏然出現在風沙之中，陸威霖想都不想，舉槍瞄準了那黑影，手指已經搭在扳機上，可是那黑影稍閃即逝，一向以槍法快準狠著稱的陸威霖甚至都沒有來得及反應，他眨了眨眼睛，看到剛才出現黑影的地方已經空無一人。轉臉向羅獵看了一眼道：「你有沒有看到？」陸威霖甚至懷疑自己剛才花了眼。

羅獵點了點頭，他也搞不清對方的身法為何會快到這樣的地步。

陸威霖倒吸了一口冷氣：「見鬼了。」

羅獵可不這麼認為，迫在眉睫的危機正在悄然靠近他們的身邊，一邊提防身邊的變化，一邊關注著張長弓的進程。

張長弓手足並用，過去的山林行獵生涯讓他翻山越嶺如履平地，區區一座王陵又怎能難住他，隨著和鐵娃之間距離的接近，張長弓的內心也越發緊張，擔心鐵娃會在此時突然驚醒，從這樣的高度跌落下去雖然不至於死也會重傷。

鐵娃睜著雙眼，一雙虎目卻黯然無神，手足沿著風化的岩石機械攀爬著，速度絲毫不次於平時清醒的時候，距離陵墓的頂點還有不到三米。

風沙瀰漫，從羅獵和陸威霖的位置已經看不清兩人的身影，沙塵將陵墓上方的三分之一部分完全掩蓋住。

鐵娃的動作卻陡然停頓了一下，他打了個激靈，頭腦終於回歸清醒，然而此時清醒過來對他絕算不上什麼好事，當鐵娃意識到自己的處境，整個人頓時一陣發懵，手足不由自主地卸去了剛才的力道，竟然抓不住沙石的縫隙，驚呼一聲，沿著傾斜的墓體滑落下去。

張長弓一直都在關注鐵娃的一舉一動，鐵娃失足滑落之後他在第一時間就反應了過來，在鐵娃即將擦身而過的剎那，一把抓住了鐵娃的手臂，鐵娃雖為成年可是身高已過六尺，體重也有一百四十餘斤，再加上墜落之勢，也只有張長弓這樣的神力方才能夠用單臂將他拽住。

鐵娃震駭之下周身都已經是大汗淋漓，張長弓大吼道：「鐵娃，醒來！」

鐵娃睜大了雙眼，內心中還未來得及慶幸，目光卻陡然又變得惶恐起來，驚呼道：「小心！」

其實不用鐵娃提醒，張長弓已經感知到了危險的來臨，一個黑色的身影出現在陵墓的頂點，周身包裹在黑色武士服之中，在張長弓營救鐵娃的同時，那黑衣忍者已經反手從身後抽出太刀，縱身而下，宛如一隻黑色大鳥般向攀附在墓體上的兩人俯衝而去。

「師父，我能行！」鐵娃的手足已經重新攀附在墓體岩壁之上。張長弓放開鐵娃就勢從他的腰間抽出一把劈柴刀，怒吼一聲舉刀迎向那撕裂風塵的銳利鋒芒。

太刀攜居高臨下之勢意圖一刀刺穿張長弓的咽喉，在距離張長弓頭頂還有三尺距離的時候，張長弓已經成功拔出劈柴刀，以寬厚的刀背上挑，抵擋在對方薄如蟬翼的鋒刃之上，太刀被這股巧妙的力道挑起，太刀只是先行背後還有殺招，在致命一擊被張長弓用粗笨的柴刀破去之後，對方左手揚起，一支鐵蒺藜近距離射向張長弓的面門。

這名忍者武功高強，在發動攻擊之前已經盡可能計算出可能遭遇的抵抗，由此證明他並未輕敵。

張長弓魁梧的身體極其靈活，在對方左手動作的剎那已經預感到對方還有後手，左手扣住岩石的縫隙，身軀擰轉，在千鈞一髮之時避開那鐵蒺藜，這樣一來劈柴刀自然放過了對太刀的短暫壓制，忍者手中的太刀重新獲得了自由，刀鋒一閃，直奔正面朝外的張長弓心口刺去。

一連三招全都是致人死命的陰招，這忍者的手段陰狠而高明。

關鍵時刻原本已擦著張長弓面頰掠過的鐵蒺藜突然發出噹的聲響，卻是已紮穩腳跟的鐵娃及時出手為師父解圍，抽出彈弓，鐵彈子瞄準了鐵蒺藜射了過去。

鐵彈子準確無誤地撞擊在鐵蒺藜上，讓鐵蒺藜改變了方向，風車般螺旋上升，弧旋射向忍者的面門。

忍者吃了一驚，刺向張長弓的太刀不得不選擇回收，以刀身拍擊那支原本屬於自己的鐵蒺藜，鐵蒺藜和刀身相撞，迸射出無數火星，忍者旋即單手抓住墓體岩壁，如同一隻黑色蜘蛛懸掛在岩壁之上。

鐵娃的及時出手讓張長弓從困境中徹底解脫出來，他也是單手抓住墓體岩石縫隙，身體緊貼在岩壁之上，冷冷望著自己右側距離不足三米的忍者。

鐵娃雙足踩在墓體風化的凹陷處，雙手得以解脫，鐵胎彈弓在手，皮筋扯得筆直，鐵彈子瞄準了忍者蓄勢待發。

張長弓道：「鐵娃，先走！」

他的話對鐵娃來說擁有著無上權威，鐵娃對師父的能力從沒有任何的懷疑，知道自己留下來也幫不上太大的忙，師父既然讓自己走就完全能夠應付眼前的局面，收回鐵胎彈弓，沿著傾斜的墓體向下滑落而去。

黑衣忍者已經自動忽略了鐵娃的存在，面對鐵娃的逃生無動於衷。因為他意識到眼前的對手極其強大，如果自己不全神貫注應對，略有分神就會敗在對方的手下，甚至會喪命於此。

張長弓並沒有馬上啟動，他不動對方也不敢動，張長弓的目的就是這個效果，讓鐵娃離開險境，自己方才能夠放手和對方一搏。

羅獵和陸威霖背靠背站著，向他們席捲而來的風沙突然幻化成人形，四名褐色武士服的日本武士從風沙中驟然現形，羅獵在對方未曾現形之前已經感覺到了殺氣所在，落在腰間的雙手倏然揚起，兩道光華分從左右射向目標，羅獵在得到掌心刀的刀譜之後，在其中下了很大的功夫，如果說過去羅獵的刀法是依靠天賦和勤奮修煉而成，在得到刀譜之後，他已經尋找到了此道中最為高明的理論。

想要短時間內獲得提升就必須要理論和實踐相結合，羅獵堅實的實踐和他自身超然的悟性在擁有理論之後更起到了一日千里的作用。雙手雖然在同時射出飛刀，飛刀飛行的角度和軌跡卻有微妙不同。

過去羅獵認為飛刀刀法的要素是速度、力量和準頭，在得到刀譜之後突然明白了一個道理，在這三方面的過度追求反倒讓太多人誤入歧途不得重點，飛刀只是一個殺人奪命的工具，就算你在這三方面已經達到了登峰造極的地步，最終結果還是要看遭遇了怎樣的對手，要根據對手的不同採用不同的應對刀法。

真正厲害的刀法是要出乎意料，要讓對方無法估算，甚至產生錯覺，如果能夠做到這些，才真正稱得上刀法高手。

一個人如果能夠改變時間，超越時間，那麼這個人就擁有了初步掌控時空的能力，那麼他就能夠應對多半的對手，羅獵是在睡夢中感悟到這個道理，如果他能夠在飛刀的飛行中控制飛刀的速度快慢，力量強弱，那麼這世上就很少有人能夠阻擋他的攻擊。

最初羅獵認為沒有可能，然而刀譜卻提示他有辦法讓對手產生這樣的錯覺，一旦對手掌握不住你的節奏，那麼對手就必然要在抗衡中敗下陣去。

兩名忍者面對兩柄飛刀同時揚起了太刀，他們也經過多年訓練，已經進入中忍之境，他們不但可以看清飛刀飛來的軌跡，而且清楚捕捉到了刀身，他們認為自己完全有能力一刀將之劈落。

人在擁有強大信心的時候也容易出現誤判，兩名忍者就是如此，他們出刀準備擊落飛刀的剎那，卻感覺那兩柄飛刀突然減緩了速度，因震驚和惶恐兩人的瞳孔驟然收縮。然而這只是他們的錯覺，羅獵並沒有控制時間和速度的能力，以他目前的境界所能做到的就是要通過精妙的手法來讓對手產生錯覺。

生死相搏的瞬間，任何的錯覺都會引發心理上的巨大波動，而任何細微的波動都會導致敗局。

兩名忍者同時出刀，又同時產生了猶豫，在他們猶豫的剎那已經錯過了擊落飛刀的最佳時機，兩柄飛刀瞬間已經射入他們的咽喉。

槍聲響起，陸威霖端起衝鋒槍，在這樣的距離下無需太精妙的瞄準，只需將彈夾內的子彈盡情傾灑出去，一名忍者已經中槍，另外那名忍者見到勢頭不妙，身軀疾退再度消失在沙塵之中。

陸威霖擔心這些忍者是殭屍病毒的感染者，更換彈夾之後照著每人的腦門又分別補了一槍。

羅獵看到從陵墓上方滑落下來一個身影，定睛一看卻是鐵娃，羅獵叫了聲鐵娃。鐵娃看到是他們兩個，驚喜地跑了過來，大聲道：「我師父還在上面。」

張長弓倏然發動，手中劈柴刀全力向那忍者投擲出去，劈柴刀風車般旋轉，攪動風沙直奔忍者面門而去，黑衣忍者抓在岩石縫隙中的左手突然一鬆，身軀沿著傾斜的石壁滑落，柴刀從他的頭頂掠過。

張長弓躺倒在岩壁之上，寬厚的背脊沿著傾斜的石壁下滑，顧不上粗糙砂岩對肌膚的摩擦，引弓在手，弓如滿月，三支羽箭連珠炮一般向那名急速下滑的忍者射去。

忍者雙足抵住岩壁，雙膝屈起又猛然繃直，身體竟然從崖壁之上彈射而起，躲過張長弓射向自己的羽箭。

張長弓心中一驚，這忍者難道不要命了？要知道他們距離地面還有相當的距離，仔細一看，方才發現原來那忍者的左手抓著一根繩索，繩索的另外一端乃是飛抓，飛抓牢牢嵌入岩石的縫隙中。

忍者身在半空之中，然後重新俯衝而下，右臂揚起瞄準張長弓的方向扣動機括，五支鐵蒺藜分從不同的方向弧旋射向張長弓。

張長弓望著空中呼嘯盤旋的鐵蒺藜絲毫不見慌張，箭扣弓弦，射出的羽箭鏃尖在空中化成五道寒光，分別擊中對方射出的鐵蒺藜，其中的一箭卻是用箭杆和鐵蒺藜相撞，撞擊之後羽箭改變了方向，直奔忍者的面門而去。

忍者揮刀擊中鏃尖，在他分神的剎那，張長弓又是一箭射出，這一箭瞄準的卻是牽繫飛抓的繩索，繩索應聲而斷。忍者失去了繩索的牽絆，猶在空中尚未盪回石壁的身軀驀然一沉，倉促之中，他以太刀刺向岩壁，這一刀並未如願刺入岩石的縫隙，刀鋒在岩石上劃出一條火星的軌跡，下滑五米左右方才刺入岩縫之中，太刀韌性絕佳，承載了一人的重量和下衝之力居然都未折斷，只是在巨大的牽扯之下彎曲如弓。

張長弓宛如下山猛虎般脫離岩壁撲了上去，在忍者尚未來得做出下一步轉移的時候，一腳向對方的頭頂踏去。

忍者沒料到張長弓如此大膽，倉促中想拔出太刀劈斬對手，可惜剛才的插入實在太過用力，刀身大部分被刺入岩縫中且牢牢鎖住，一時之間竟然無法抽離。

張長弓的這一腳已經來到近前，忍者慌忙撒開刀柄，只可惜已經來不及了，仍然被張長弓的大腳踏中了頭頂，這一來忍者下墜的速度成倍增加，張長弓卻借著這一踏之力，身軀得以緩衝，再度下降之時，一把抓住太刀的刀柄，右臂用力將太刀從岩縫中抽離出來，然後俯衝而下。

其實太刀插入岩縫之處距離下方地面只不過十米左右，正常人落下也不至於摔死，更何況下方還有一層黃沙，黑衣忍者壞就壞在先被張長弓踏了一腳，下墜速度增加了一倍，又失去了平衡，四仰八叉地跌落在地面上，摔得他七葷八素，骨骸欲裂，沒等他從地上爬起來，就看到一個鐵塔般的身影從空中落下，正是張長弓二度襲來，一雙大腳狠狠踏在那忍者的小腹之上，忍者被他這一踩，身體的兩端向上翹起，腰椎骨骼發出一聲脆響，竟然被張長弓硬生生踩斷。張長弓下手毫不猶豫，反手一刀，雪亮的刀鋒從忍者的頸部切過，將那忍者的腦袋整個切了下來，那顆腦袋宛如皮球一般蹦蹦跳跳一直滾落到羅獵的腳下。

鐵娃看到師父平安歸來激動地叫了聲師父，張長弓朝他笑了笑。

羅獵的臉色卻倏然一變，一揚手，寒芒向鐵娃的身後激射而出，張長弓和陸威霖都是一怔，他們當然知道羅獵不會傷害鐵娃，可鐵娃的周圍並沒有敵人，難道羅獵看走了眼？

鐵娃的身後傳來一聲尖叫，嚇得鐵娃慌忙回過神來，身後空無一人，只是在不遠處的地面上看到數滴血跡，此時鐵娃方才意識到剛才有敵人悄然溜到他的身後，如果不是羅獵及時發現，恐怕他此刻已經是身首異處了，內心中後怕不已。

羅獵也沒有看到敵人，只是他超強的感覺起到了作用，看到地上的血跡他就知道自己的判斷並沒有失誤，讓羅獵不解的是對方竟然可以在他的面前隱匿行藏，難道這個至今沒有現身的忍者擁有隱身術？

四人重新回到一處，張長弓沉聲道：「咱們還是儘快回去，說不定這是他們的調虎離山之計。」

羅獵對吳傑擁有著很強的信心，他低聲道：「不妨事，有吳先生在那裡。」

吳傑拄著竹竿兒站在風沙之中，他很少和其他人交流，可是他卻能夠清晰感知到在場人的一舉一動，地面在微微顫抖著，這細微的震動也無法將他瞞過，吳傑道：「有人來了……」停頓了一下又道：「很多人！」

顏天心道：「所有人拿起武器。」

瑪莎這會兒甦醒了過來，望著身邊的顏天心，卻想不起來剛才自己究竟做了什麼，顫聲道：「怎麼了？發生了什麼事？」顏天心此時已經顧不上向她解釋。

其他人也感覺到了周圍的動靜，他們想要看清周圍的動靜，可眼前風沙太大，根本看不清來的是誰，只感覺齊刷刷的腳步聲來自四面八方。

宋昌金掏出手槍，卻發現阿諾仍然在關注著自己，不禁苦笑道：「你盯著我作甚？這種時候還怕我逃跑？」

阿諾道：「最好別跑。」

譚天德畢竟經驗豐富，單從四面八方傳來的腳步聲中已經判斷出有大部隊前來，他還聽到了機動摩托的聲音，譚天德雖然還看不清對方到底是誰，可心中已有了一個初步的判斷，來人應當是馬永平的部隊，畢竟在這一區域擁有機動部隊的只有他。

羅獵四人在包圍圈形成之前回到了同伴的身邊，看到鐵娃被平安救回，阿諾也是鬆了口氣，向羅獵道：「咱們好像被包圍了。」

羅獵點了點頭道：「新滿營的軍隊。」

顏天心有些詫異道：「新滿營的軍隊怎麼會知道咱們的行蹤？」

陸威霖冷哼了一聲道：「那還用問？一定是咱們之中有了內奸！」

宋昌金察覺到陸威霖盯著自己，哭笑不得道：「你盯著我作甚？難不成你還懷疑是我在通風報訊？」

吳傑冷冷道：「也不無可能。」宋昌金始終都想脫離集體逃出去，很可能早就知悉了眼前的狀況。

宋昌金看到多半人都朝自己投來質疑眼光，真是百口莫辯，環視眾人，目光最終還是落在羅獵身上，指著羅獵道：「他是我親侄子，我怎會害自己親人？」

這下輪到羅獵哭笑不得了，宋昌金最早可不願承認兩人之間的關係，現在卻因為成為眾矢之的而急著跟自己攀親。羅獵道：「我可不瞭解你。」

宋昌金頓時傻了眼，這小子莫不是要落井下石？

張長弓道：「想問出實話還不容易，我來！」

宋昌金看到這魁梧漢子向自己氣勢洶洶走了過來，內心中不由得一陣慌張，趕緊向羅獵求救道：「大侄子，我親侄子，你可得幫我證明，我從頭到尾都跟你們在一起，怎麼出賣你們？我連個放屁的空都沒有，怎麼去通風報訊？」

羅獵將他拉到一旁，低聲道：「不是我不肯幫你，可這事兒實在古怪，大家現在都認定了你是內奸，你若是想澄清此事唯有做點什麼證明自己。」羅獵一直都將宋昌金的舉動看在眼裡，這廝雖然跟在這個團隊之中，可從頭到尾都是出工不出力，可若說他是內奸也沒什麼可能，畢竟他從中得不到任何的好處。

宋昌金道：「怎麼證明？被他們抓住我一樣要死，這還需要證明？」

羅獵道：「你在這一帶經營那麼多年，連新滿營的地下都被你挖出一條地道，這西夏王陵你不會沒來過吧？」

宋昌金何等狡猾，從羅獵的話音中已經聽出他在暗示自己什麼，乾咳了一聲道：「兵來將擋水來土掩，對方既然人多勢眾，咱們就不可正面抵抗，我看還是先找個地方躲起來再說……」

譚天德道：「往哪裡躲？」這裡雖然王陵墓葬眾多，可總不能藏到墓葬裡面，就算現在開始挖洞也來不及了。

宋昌金道：「若是大家信得過我，就跟我來。」

一個黑色身影宛如孤狼一般傲立於鐵娃剛才攀爬的那座王陵之上，從他的角度看下去，瀰漫的風沙宛如海浪般翻騰起伏，數百座大小不等的陵墓如同浮在風沙海面上的一座座島，若隱若現，浮浮沉沉。

他的唇角倔強地抿起，雙目中流露出些許的錯愕：「你受傷了？」

一個白色的窈窕身影毫無徵兆地出現在他的面前，女性忍者右手捂著左肩，她的肩頭仍然插著一柄飛刀。

藤野忠信的目光並未因她的受傷而有任何波動，出手如電，從她的肩頭摘下那柄飛刀，然後以同樣快捷的速度為她點穴止血，盯住那柄飛刀沉聲道：「羅獵來了？」

周文虎做出了一個分散包圍的手勢，隨同他前來的一千名士兵開始對這片區域展開包圍。包括周文虎在內的所有人都對馬永平的這次任務執行得並不情願，開始他們以為出城是為了剿滅老營盤的感染者，可後來才明白這次出征是為了配合日本人的行動，周文虎知道馬永平和藤野忠信達成了協定。軍人服從命令乃是天職所在，可為了服從命令而和日本人合作是讓多數有血性的軍人所不甘心的。

自從甲午風雲之後，國內對日本人的反感情緒日益強烈，在顏拓疆掌權之時更是放言要將踏入甘邊寧夏的日本人全都清理出去，顏拓疆最恨就是日本人，曾經不止一次說過日本人全都是強盜都是竊賊，可以說顏拓疆雖然喪失了權柄，可是他的影響力仍在。

周文虎的副手趙魯新禁不住歎了口氣道：「馬將軍讓咱們服從命令聽指揮，可總得讓咱們知道在做什麼？」

周文虎擠出一個笑容道：「魯新，少發牢騷，咱們只需執行命令就是……」

趙魯新道：「跟日本人合作？跑到這西夏王陵來幹什麼？」

周文虎看了看周圍，壓低聲音道：「將軍也是迫不得已，這幾名日本人掌握了驅除瘟疫的方法。」直到現在他們仍然統一將城內出現殭屍的事情稱之為瘟疫，事情的真相只有少部分人清楚。

趙魯新道：「你以為他們會那麼好心？將軍是不是被日本人騙了？」

周文虎有些無奈地歎了口氣道：「多做事，少說話，總而言之，有些事輪不到咱們過問，……就算是想過問，咱們也沒那個本事。」

一名士兵前來通報道：「報告長官，包圍圈已經形成，目標人物全部被我們圍困在包圍圈內。」

周文虎滿意地點了點頭，斟酌了一下，發出第二道命令，讓手下人逐漸收縮包圍圈，不到緊要關頭一定不要動用武器，力求將所有目標人物全部活捉。

宋昌金拍了拍一座廢墟的基座，點了點頭道：「就是這裡，來，大家過來幫忙。」

張長弓和阿諾率先走了過去，跟著宋昌金一起將基座上的石塊移開，不一會兒功夫就在他們的面前出現了一個可容納一人通過的洞窟，阿諾看到這黑漆漆的洞口忍不住道：「老宋，你果然狡猾透頂，早就知道這裡有洞是不是？」

宋昌金嘿嘿笑道：「黃毛，我多大年紀？吃的鹽比你吃的米都多。」說話間就朝洞內鑽了進去，方才邁進去一條腿，就被張長弓從裡面拽了出來，宋昌金一臉鬱悶，忙著解釋自己是要進去探路。

張長弓壓根不信任他，抄起手電筒第一個鑽了進去，宋昌金跟在後面第二個鑽進去，知道這幫人之所以不讓自己第一個進去，是擔心他趁機跑了，一進入這地洞就叫屈道：「人和人之間還能有點信任嗎？我就是探路，好歹咱們還是合作關係，連起碼的信任都沒有。」

第八章

白骨洞

鐵娃貼在牆壁上，避免被爆炸的震動掀翻在地，
一個東西搭在他的肩頭，鐵娃定睛望去，
卻是一隻白森森的手掌骸骨，嚇得鐵娃大叫了一聲，
抓住那手掌扔了出去，手掌掉到了前面的殉葬坑內，
撞擊到其他的骨骼，發出清脆的碎裂聲。

羅獵和顏天心最後進入了洞口，幾人又合力將移開的石塊重新拉回原位，現在天黑那些軍人發現不了他們的影蹤，可等到天亮，或許就會發現這個洞口。

顏天心小聲對羅獵道：「宋昌金太狡猾，這裡一定是他過去留下的盜洞。」想不到她這麼小的聲音都被宋昌金聽到，宋昌金道：「我說侄兒媳婦，咱這話可就不對了，我可壓根沒來過這裡。」

顏天心被他一聲侄兒媳婦叫得俏臉發熱，還好地洞內黑暗，別人看不到她的窘態。

鐵娃道：「信你才怪，你要是沒來過，怎麼知道這裡會有一個洞口？」

宋昌金呵呵笑道：「這孩子怎麼說話的？以為我和你們一樣沒見識？不是我吹，只要我打眼一看，哪裡有墓，哪裡有穴，哪裡藏風納氣就清清楚楚明明白白，這叫道行！」

吳傑道：「孫猴子道行再強也逃不出如來佛的掌心，我勸你還是別搞花樣，踏踏實實帶路，先帶著我們從這裡走出去。」

宋昌金對吳傑最為忌憚，雖然明知道吳傑什麼都看不到，可是卻總覺得自己的一舉一動都瞞不過對方，暗自吸了口冷氣，然後道：「這地兒可不是我挖的，西夏王陵這麼大規模的墓葬群，瞎子都知道地下埋著的寶貝不計其數，盯上這地兒的人多了。」

羅獵道：「這條地洞通往哪裡？」

宋昌金道：「一個殉葬坑，沒什麼東西，都是些獸骨，不過那頭倒是有一個盜洞跟外界相通，算起來應該可以逃出軍隊的包圍圈。」

提起外面的軍隊，譚天德的心情越發沉重，他開始後悔，為什麼要將兒子留在外面，不知兒子是不是被軍隊發現，如果被軍隊發現，他們看到兒子現在的模樣，一定不會給他留活路，想到這裡譚天德連呼吸都開始變得困難起來，他恨不能現在就衝出去尋找兒子。

陸威霖押著瑪莎和那兩名塔吉克族人，此時頭頂傳來沉重的腳步聲，應該是軍隊正從他們的頭頂經過。眾人不約而同停下了腳步，他們抬頭望著上方，因為軍隊大規模的通過，頭頂灰塵簌簌落下。

宋昌金喃喃道：「不少人啊，馬永平這次還真是興師動眾。」

羅獵卻感覺此事有些不同尋常，畢竟新滿營內部的事情還未解決，馬永平現在是泥菩薩過江自身難保，又怎麼有精力顧及他們？羅獵並不認為他們幾個能夠吸引馬永平的注意力，甚至連顏拓疆和馬永卿都不能夠，他想到了剛才出現的幾名神秘忍者，目光不由得向吳傑望去。吳傑此前從北平匆匆離去，就是因為他的身分被藤野俊生識破，他也曾經親口告訴自己，當年他曾經殺死了藤野俊生的兒子藤野三郎，而他的一雙眼睛也是被藤野俊生奪去，難道那些忍者的到來和吳傑有關？只是為何日本人會和新滿營的軍隊同時出現？

深入腹地搜查的士兵很快就將消息回饋回來，他們的包圍圈內空無一人，原本鎖定的十多名目標竟然離奇失蹤了，周文虎覺得不可思議，除非這群人有飛天遁地之能，否則又怎麼可能從包圍圈內憑空消失，飛天顯然是不可能的，可是逃入地下的某處潛藏起來的可能性極大。周文虎當即就命令所有人在附近一帶展開地毯式的搜索，不可放過任何的細節，而此時天公作美，風沙漸漸平歇，為他們的搜索行動提供了便利條件。

人多力量大，他們並沒有花費太多的時間就在一座陪陵廢墟的邊緣發現了一個洞口，周文虎得到稟報之後馬上來到那洞口前方，士兵們已經在洞口前圍成了一圈，率先來到這裡的趙魯新向周文虎道：「這洞很深，看來應當是過去盜墓賊留下的盜洞。」

周文虎借著火光向洞內望去，看到這洞口直徑大概有一米左右，一個成人通過絕無任何問題，內心中躊躇了一下，黑水寺的事情雖非親見，可他也聽說了，如果不是馬永平執意派人探洞，也不會發生後來一系列的恐怖事件。

趙魯新看出周文虎還在猶豫，低聲道：「要不我帶幾個人先下去看看？」

周文虎搖了搖頭，在沒有搞清具體狀況的前提下，他不會讓自己的朋友盲目冒險，想起了此前臨來之時馬永平的叮囑，他從腰間掏出了信號槍，馬永平命令他若是遇到非常之狀況，就馬上發出信號，到時候自然有人會過來處理。

馬永平雖然沒有明確告知周文虎是什麼人會來，可周文虎卻知道來的應該是日本人，遇到危險何必讓自己的弟兄去探路，就讓那幫日本人去解決吧。馬永平扣動扳機，兩顆紅色信號彈先後被射向夜空之中。

信號彈的光芒映紅了藤野忠信的面龐，這讓他的面容多出了幾分鮮亮，身在王陵的頂端可以清晰看到下方那群軍人的一舉一動，這也是在風沙平息之後的事情，藤野忠信並未看清羅獵等人是如何從他們的眼皮底下消失。

羅獵那幫人並不容易對付，這是在他損失了幾名得力手下，連最厲害的助手也被羅獵所傷之後方才得出的結論，然而這個結論似乎有些晚了。藤野忠信準備發號施令的時候，一直守在他身邊的女忍者道：「那瞎子還未出手。」表面上聽起來在告訴他一個事實，其實是在委婉地表達對他的關心。

藤野忠信轉身看了一眼因失血而面容蒼白的她，低聲道：「百惠，他們不是我的對手。」說這句話的時候，他散發出一股強大的自信，然而這並不能抵消百惠的疑慮，她和羅獵幾人交手過，對他們的實力已經有了切身的體會。

停歇不久的風從她的身後忽然吹起，百惠沒來由打了個冷顫，轉過頭去，借著月光，看到遠方有一支黑壓壓的隊伍正向這邊飛速馳來，藤野忠信也察覺到了這一變化，他極目遠眺，確信自己看到的絕不是幻象，迅速拿起了望遠鏡，放大數倍的視野中出現了一支數百人的重甲騎兵隊，武士和坐騎的身上都披著厚重的甲冑。

甲冑在月光下閃爍著深沉的反光，光芒因奔馳的速度在暗夜中拖拽出一條條光的軌跡，藤野忠信倒吸了一口冷氣，嘉和百惠用力眨了眨明澈的雙目，除了在圖畫中，她還從未見過這樣的景象，這支軍隊本不該存在於這個時代。

信號彈的光芒在夜空中完全消失，周文虎有些失望地看了看天空，趙魯新似乎早就預料到了這個結果，不屑地哼了一聲道：「早就知道日本人最不可靠，凡事還得靠咱們自己。」

周文虎向洞口處又看了一眼，轉身看了看身邊的士兵，那些士兵因他的注視一個個將頭垂了下去，不用問就知道沒有人願意主動下去冒險。

趙魯新再次請纓道：「還是我帶人下去看……」他的話沒有說完，就被洞內一聲淒慘的吼叫所打斷。這聲音彷彿來自地獄，嚇得圍在洞口的士兵爭先恐後地向後方退去。

周文虎和趙魯新強行鎮定，兩人雖然沒有被這聲吼叫嚇退，一顆心卻已經提到了嗓子眼兒，趙魯新斷定這聲音就是從地洞中傳來，剛才還想進去探查的念頭頓時被這嗓子吼得煙消雲散，強裝鎮定向身後已經後退的士兵瞪了一眼道：「全都是廢物……有什麼好怕的？」他的聲音明顯在發顫。壓低聲音向周文虎道：「我看，咱們還是別進去了。」

周文虎道：「什麼聲音？」

趙魯新道：「管他什麼聲音，往裡面丟幾顆手榴彈，把洞口炸塌，省得有怪物衝出來。」

周文虎居然認同了他的這個建議，他揮了揮手，再不管什麼日本合作者，讓手下人集中將十多顆手榴彈扔入洞口之中，爆炸聲此起彼伏，那王陵廢墟被炸得坍塌下去，只是洞口非但沒有被廢墟蓋住，爆炸反倒將洞口進一步擴大。

煙塵瀰漫，恐怖的聲音消失不見了，一名負責觀察周圍情況的士兵跌跌撞撞跑了過來：「報……報告，有……有一支騎兵隊伍向咱們衝……衝過來了……」

周文虎愣了一下，他想不出在這片地區還有哪一支勢力膽敢向他們發起挑戰？不過他也沒時間去搞清這件事，擺在他眼前迫在眉睫的問題是要列隊迎敵。

宋昌金帶領眾人沿著這條地道快步而行，在他們經過殉葬坑的時候，傳來接二連三的爆炸，爆炸引起地面的震動，讓頭頂落下大塊的沙石，他們一度以為這地洞會坍塌，而他們很可能會被活埋在這裡，還好這最壞的情況並沒有發生。

鐵娃貼在牆壁上，避免被爆炸的震動掀翻在地，一個東西搭在他的肩頭，鐵娃定睛望去，卻是一隻白森森的手掌骸骨，嚇得鐵娃大叫了一聲，抓住那手掌扔了出去，手掌掉到了前面的殉葬坑內，撞擊到其他的骨骼，發出清脆的碎裂聲。

羅獵用手電筒的光束指向左側殉葬坑，他們正處於殉葬坑中間的甬道內，左右各有一個殉葬坑，每個殉葬坑的大小都有二十平方左右，裡面白森森的屍骨堆積如山，從骸骨的外形來看，多半都是牲畜的，其中也有人類。

前方傳來一聲尖叫，卻是後知後覺的瑪莎此時方才看清周遭的情景，這才做出了如此強烈的反應。

阿諾樂呵呵湊了上去，討好地說道：「瑪莎，不用怕，我在呢。」

宋昌金頗為不屑地哼了一聲道：「**這世上最安全的就是死人，只有死人不會**

傷害你。」

鐵娃剛才被骸骨嚇了一跳，不過他很快就適應了這裡的環境，心中雖然還有些害怕，可更多的是新奇，他好奇道：「宋先生，您過去一定見識過許許多多的古墓嘍？」

宋昌金頗為得意道：「那是當然。」說完之後又感覺有些不對，這不等於承認自己就是個盜墓賊？這孩子居然設立個套讓自己鑽。可看鐵娃一臉的憨厚，也不像是心機複雜的孩子。

鐵娃繼續道：「您見過鬼沒有？」

宋昌金這才明白他好奇什麼，不由得哈哈大笑道：「有沒有鬼我不知道，可我活這麼大年紀從來都沒有見過。」

顏天心道：「不做虧心事不怕鬼敲門，你做了這麼多的虧心事，也沒有鬼找上你？」

宋昌金咧開嘴笑了笑，低聲嘟囔道：「牙尖嘴利。」

久未說話的吳傑忽然道：「咱們好像少了一個人。」

周文虎指揮手下排列出迎擊隊形，他們雖然不知道對方是何種來路，可是隨著對方的不斷接近，已經可以估算出對方的人數大概在三百人左右，一支穿著盔甲的騎兵隊，如果不是親眼看到周文虎也無法相信居然還會有如此落後的一支遠古騎兵隊，什麼時代了？以為冷兵器能夠和他們的槍炮抗衡嗎？

「機槍手準備！」周文虎大聲喝道，一旦對方進入他們的射程，他們就要展開一場屠殺，對他們而言，這應當是一場送上門來的勝利，有了這場勝利他們回去也好向馬永平交代了。

地面突然劇烈顫動起來，他們本以為是騎兵不斷接近的緣故，可是突然之間身後傳來蓬的一聲巨響，這聲音來自於他們剛剛炸開的王陵洞穴之中，一道黑色的煙柱從洞穴之中螺旋上升，宛如暗夜之中升騰起一道巨大的龍卷。

這龍卷在空中迅速擴展開來，所有士兵幾乎在同時聽到了嘶啞怪叫，這不是龍卷，是一隻隻碩大的黑色蝙蝠，成千上萬組合成群，從地底洞穴中升騰而起。

這些蝙蝠一個個體型碩大，宛如野兔子般大小，翼展一米左右，這些士兵多半都來自於當地，可是眼前這麼大的蝙蝠他們都見所未見，聞所未聞。

周文虎看到這成千上萬的蝙蝠也失去了冷靜，他本想發號施令開槍，可是不等他開口，那些士兵已經亂了陣腳，瞄準天空中的蝙蝠紛紛開槍，蝙蝠群迅速分散開來，從夜空中俯衝而下，發出陣陣駭人的嘶鳴撲向下方的士兵，雖然有蝙蝠中槍，可是仍然無法阻擋這成千上萬蝙蝠的瘋狂攻勢，牠們飛撲在士兵的身上，尖利的獠牙刺入他們的身體，吸吮著他們的熱血。

陣營已亂，此時那支三百人的鐵騎衝到了近前，騎士們並沒有因為蝙蝠群的突襲而止步，他們揮動刀槍殺入已經混亂的陣營，摧枯拉朽般開始血洗，周文虎帶來的一千多名士兵竟然沒有反抗之力，現場已經淪為一片屠殺場。

離奇的是，蝙蝠似乎和那些騎士達成了默契，成千上萬的蝙蝠竟沒有一隻主動攻擊這些騎士。

藤野忠信通過望遠鏡默默觀察著下方的戰況，他的嘴唇抿得很緊，這讓他的表情顯得極其凝重，嘉和百惠小聲道：「咱們是不是該走了？」

藤野忠信忽然抽出太刀，刷的一刀揮出，雪亮的寒芒撕裂夜空，將一隻撲向他們的蝙蝠從中劈成兩半，那蝙蝠的屍體直墜而下，藤野忠信的雙目中迸射出灼熱的光芒：「鬼武士果然是真的！」

清點人數之後，發現他們之中的確少了一個成員，少的這個人是譚天德，他們在周圍尋找了一下，並未發現譚天德的影蹤，此地距離出口已經不遠。

宋昌金指了指前方，順著他所指的方向，可以看到一個傾斜向上的洞口，這裡就是他所說的盜洞出口。仍然是張長弓第一個爬出去探路。根據他們在地下穿行的距離來看，他們應該沒有走出太遠，甚至很可能還未走出軍隊的包圍，外面的戰鬥聲喊殺聲隱約傳來。

張長弓很快就折返回來，出口位於一座王陵的半腰處，張長弓趴在盜洞口看了看，外面又起了風沙，雖然看不清具體的情景，可是單從聲音也能夠判斷出戰況非常慘烈，這種時候出去顯然不是明智之舉。

既然暫時無法離開，就只能選擇在盜洞之中躲避。

宋昌金道：「打起來的兩幫是什麼人？」其實他知道其中一幫人來自新滿營，另外一方並不清楚，心中頗為奇怪，在這個地盤上還有誰膽敢公然挑戰新滿營的軍隊？

羅獵和陸威霖、張長弓三人又回頭去找譚天德，雖然譚天德算不上什麼好人，可畢竟他們現在結成了同盟，將他就此拋下也有些於心不忍。其實這條盜洞並沒多少可供藏身之處，最可能的就是那兩個殉葬坑，他們最初就懷疑譚天德在爆炸發生的時候失足掉了下去，可喊了幾聲也未見有人回應。

重新回到殉葬坑中間道路上，三人利用手電筒的光束仔細在兩旁殉葬坑搜索了一遍，羅獵揚聲道：「譚老爺子，您在嗎？」一連問了幾聲，還是無人回答。

陸威霖道：「興許是他自己藏了起來。」張長弓跟著點了點頭，剛才進入盜洞的時候他特地留意了一下，親眼看到譚天德進入了盜洞，譚天德又不是傻子，他不會離開盜洞自尋死路，只要他在盜洞內，就應當能夠聽得到他們的呼喚聲，除非譚天德想躲開他們，明明聽到了也不作出回應。

羅獵卻和他們兩人想的不同，從常理來論，譚天德根本就沒有躲開他們的理由。

張長弓的注意力被左側殉葬坑內的一物所吸引，雖然被許多零散的骨骼覆蓋，可仍然能夠看出那具骨架的巨大，憑藉狩獵多年的經驗，張長弓判斷出這具骨骼在生前一定是體格極其龐大的生物，他用手肘輕輕搗了搗羅獵，然後指向那具骨骼。

羅獵看清張長弓所指的骨骼也是一怔，那條骨骼的長度至少有三米，在他的印象中單一骨骼在三米的動物好像只有在蒼白山所遇的白猿，根據他們的推斷，當時那頭白猿之所以能夠生長得如此巨大，是因為九幽秘境內部的環境存在輻射的緣故，羅獵內心中的好奇不由得被勾起，他們正準備進入殉葬坑一探究竟的時候，頭頂突然產生了爆炸，卻是一顆炮彈擊中了王陵。

倒楣的是這顆炮彈剛好擊中了頭頂上方的盜洞，整個出口在爆炸中坍塌了。所有人不得不選擇後撤，宋昌金叫苦不迭道：「出口塌了，這下麻煩了，咱們只能從原路退回去了。」

吳傑關心的卻不是這件事，他沉聲道：「有沒有找到譚天德？」他對自己的感覺頗為自信，可是譚天德的突然失蹤沒有任何的徵兆，吳傑窮盡所有的能力去感受，也無法感受到譚天德的存在，他意識到自己超強的感知能力在進入這盜洞之後已經受到了影響。

出口坍塌只是一個意外，並不在宋昌金的預料之中，不過還好他們有退路，只不過是時間的問題，等到外面的戰鬥結束，他們就能夠沿著來時的道路返回，從剛才進入的地方重新回歸地面。

而現在他們所有人不得不暫時在此等待，等待地面的這場戰鬥結束。

宋昌金道：「既來之則安之，誰還有乾糧，我餓了。」

阿諾瞪了這貨一眼道：「當著那麼多的死人骨頭，你還吃得下？」

「為什麼吃不下？人是鐵飯是鋼，一頓不吃餓得慌，如果餓死了就變得跟他們一樣了。」鐵娃摸出半張餅遞了過去，宋昌金接過這孩子遞給自己的滿滿善意，臉上露出一絲微笑，笑瞇瞇道：「這娃兒不錯，你是不是還有事情想問我？」商人的眼中這世上任何的事情都是以交易為代價的，即便是孩子也不例外，不過這次他猜錯了，鐵娃可沒那麼多的機心。

遠處張長弓向宋昌金招了招手道：「宋老闆，你過來一下。」

宋昌金剛咬了一口餅，被他一叫居然噎到了，掏出水壺好不容易才將這口餅送了下去，撫了撫胸口道：「嚇死個人，好好地，叫啥子？」不緊不慢地來到張長弓的身邊，張長弓指了指左側殉葬坑內的巨大骨架道：「你見過這個嗎？」

宋昌金順著他所指的方向望去，當他看清那殉葬坑內的巨大骨骼，驚得甚至忘記了咀嚼，又揉了揉眼睛方道：「石頭嗎？」

陸威霖突然在宋昌金肩頭拍了一掌，嚇得宋昌金打了個哆嗦，手中的半塊餅也掉在了地上，怒道：「做什麼？」

陸威霖道：「少裝糊塗，這麼大件東西你敢說沒看到？」

宋昌金叫屈道：「我怎地就要看到？你們睜大眼睛看看，如果不是剛才爆炸引起的震動，這骨架也不會暴露出來，過去上面都蓋滿了骸骨，你當我有毛病啊？去殉葬坑裡面亂翻？」

阿諾也湊了上來道：「說不定你想到裡面去挖寶貝呢。」

宋昌金呸了一聲道：「屁的寶貝，你有沒有點常識？殉葬坑是做什麼的？這兩口殉葬坑裡面不是牲畜就是奴隸，能有什麼寶貝在裡面？」他一邊說著一邊仔細觀察著裡面的那骨骼，嘖嘖稱奇道：「真的好大啊，是根腿骨嗎？長度要有三米左右了，媽的，什麼東西如此巨大？」

羅獵悄悄觀察宋昌金的表情，從宋昌金的種種表現來看，他應當不是作偽，宋昌金說的話很有可能，畢竟剛才因爆炸而產生了多次震動，他們都險些被震倒在地，因震動而引起殉葬坑內的骸骨重新排列，暴露出原本被覆蓋在下面的巨大骸骨，這應當是最接近事實的理由。

鐵娃道：「不如下去看個究竟。」

孩子是最為好奇的，其實其他人心中也有這樣的想法，如果他們現在就能夠從這裡離開，或許不會多事，可反正現在也要留在這裡，閑著也是閑著，不如下去看個究竟。

正因為存在了這樣的心理，幾人一拍即合，決定由張長弓、鐵娃、羅獵和宋昌金四人下去。

宋昌金原本是不想跟著一起下去的，雖然心中也非常好奇，可他又明白這些人的心思，他們是擔心被自己坑了，所以叫自己下去陪綁，如果自己不肯就證明下面是個圈套，宋昌金向來覺得自己頭腦夠用，可縱然是諸葛亮都敵不過三個臭皮匠，更何況自己一個人要面對他們那麼多人，這些人中多半智謀不在自己之下，是福不是禍，是禍躲不過。

宋昌金認清現實之後也就沒了怨言，怨天尤人有個屁用？如果不想別人強迫自己，就要化被動為主動，當成是一次普通的冒險吧。

四人依次進入了殉葬坑，清理表面散亂的骸骨之後，那巨大的骨骼漸漸變得清晰起來，不是腿骨，甚至不是一根完整的骨骼，深處明顯斷裂，邊緣並不規整，在這條骨骼的下方還有一個白色的巨大球體，他們最初還以為是岩層，不過很快就判斷出這也是骨骼，某種生物的顱骨，這巨大的顱骨幾乎占滿了整個殉葬坑的底部，因為大部分還嵌入地下，所以無法窺得全貌，饒是如此羅獵也能夠推斷出這生物在活著的時候要比他們在蒼白山所遇的白猿巨大得多。

鐵娃很快就有了發現，驚呼道：「這裡有個洞口呢。」

幾人都被鐵娃的呼聲吸引了過去，湊近一看，並不是什麼洞口，鐵娃所說的洞口只是這頭骨其中的一個眼眶。

張長弓輕輕拍了拍眼眶的骨架邊緣，難以抑制內心的激動，這生物活著的時候又會是何等雄壯？大千世界果真無奇不有。鐵娃道：「是雕塑嗎？」至今他仍然不相信這世上會有這麼大的生物。

宋昌金笑道：「巨靈神。」

鐵娃道：「不是說神不會死嗎？」

宋昌金哈哈大笑起來，他的笑聲在殉葬坑內久久迴盪，讓人感到毛骨悚然，甚至連他自己也被笑聲嚇到了，宋昌金看到周圍幾人不滿的眼神，馬上意識到現在的確沒什麼值得笑的。

羅獵指向那黑乎乎的眼眶道：「回聲從裡面發出來，裡面是空的。」

宋昌金吞了口唾沫道：「你……該不是想進去吧？」

羅獵微笑點了點頭，證實了宋昌金的猜測。

宋昌金搖搖頭道：「要去你去，我可不去，死人頭裡走一圈實在太晦氣。」

羅獵道：「還沒進去，你怎麼就知道這是死人頭？」

宋昌金歎了口氣道：「雖大了一些，可瞎子也能看得出來。」他停頓了一下又道：「你去這大腦殼裡走一圈又有什麼意義？難不成你以為裡面藏著寶貝？」

羅獵沒有回答他，不過笑容卻越發明朗了，宋昌金暗自吸了一口冷氣，自己猜對了，羅獵一定是這樣認為的。

羅獵讓鐵娃在外面負責接應，他和張長弓陪同宋昌金一起從巨型顱骨的眼眶中進入，羅獵的好奇心已經完全被激起，趁著這次的機會，他一定要仔仔細細查探一下。

盜洞內詭異莫測，地面上卻又是血肉橫飛的另外一種場景，周文虎帶領的千餘名士兵在鋪天蓋地的蝙蝠攻擊下已經亂了方寸，他們舉起手中的武器四處開槍，命中率極低，射殺的蝙蝠不多，反倒誤傷了不少的戰友，那些士兵被蝙蝠咬中之後，雖然沒有發生新滿營內如同殭屍一般的變化，可是傷者很快就精神錯亂，他們居然瞄準自己人開始射擊。

周文虎意識到不對的時候，下令撤退已經晚了。那支三百人的重甲騎兵隊伍將他們的軍隊衝擊得七零八落，那些武士逢人便殺，周文虎好不容易組織起幾次反擊可很快就被瓦解。

士兵們已經喪失了鬥志，他們各自為戰，互相殘殺。周文虎帶著幾名親信士兵朝著正東的方向撤退，一則盡可能遠離重甲騎兵的追殺，二來這是他們來時的方向，如果沒頭蒼蠅一樣到處亂撞，只會越陷越深。

夜風呼號，風力在短暫的平息之後比起先前更加猛烈，狂風捲起黃沙讓周圍的能見度變得極低，這讓他們的逃亡之路變得更加艱難，蝙蝠的攻勢減弱，空中的攻勢正在逐漸撤離，而重甲騎兵卻仍然沒有放棄對這些士兵的追殺，風沙絲毫沒有影響到他們攻擊的效率。

周文虎的雙眼被沙塵所迷，眼淚直流，剛一恢復視力，就看到一名騎士高大的身影猶如天神降臨般毫無徵兆地殺到自己的面前，周文虎舉槍就射，子彈射中對方的甲冑，卻無法穿透，發出叮叮咚咚的撞擊聲，騎士周身不停泛起火星，他揚起長刀，猛然向周文虎的頸部斬去。

周文虎嚇得雙腿一曲，向後倒仰，刀鋒貼著他的鼻樑掠過，周文虎雖然僥倖躲過，可他身後的那名士兵就沒有那麼幸運，被一刀砍中胸膛，身體斷裂成為兩截，鮮血自腔子裡噴射出來。

周文虎連滾帶爬向前方逃去，逃出幾步，看到那騎士斬殺了兩名士兵之後，縱馬又向他追趕過來，周文虎嚇得雙腿發軟，單憑著他的兩條腿，是不可能逃過那騎士的追殺，周文虎從腰間摸出了手榴彈，拔出引線扔了出去。

蓬的一聲，手榴彈在騎士身側爆炸，爆炸的衝擊力將騎士連人帶馬震倒在地，同時也誤傷了一名新滿營的士兵。

周文虎顧不上轉身回去補上一槍，趁此時機繼續狂奔，因為看不清來路，和風沙中的一人重重撞在了一起，兩人同時悶哼了一聲，舉槍瞄準了對方，周文虎從對方的聲音中聽出他竟然是趙魯新，大聲道：「老趙嗎？」

趙魯新聽到周文虎的聲音竟然哽咽起來，他比周文虎的狀況更慘，左臂被齊肘斬斷，斷裂處仍然在不停流血，顫聲道：「是我……是我……」

周文虎衝上去將他扶起，趙魯新卻叫道：「快走，別管我……」

周文虎轉身望去，只見剛才被手榴彈炸倒的那名武士又從地上爬了起來，手中長刀斜指地面一步步向他們逼近。

周文虎咬了咬牙，他和趙魯新兩人感情深篤，自然不甘心將老友就此拋下，攙起趙魯新向遠處逃去，周圍其實也有他們幾名士兵，周文虎高呼讓他們前來掩護，可眼前的狀況下，他的命令已經起不到任何的作用，那些士兵全都是泥菩薩過江自身難保，誰還聽他這位長官的命令。

趙魯新看到周文虎仍然不肯放下自己，他大吼道：「娘的，都是你帶我們到這種鬼地方，給我滾，我不想見你。」

周文虎心中自然明白趙魯新如此罵自己的用意，因為他看出如果堅持兩人逃離，恐怕到最後一個都逃不掉，不如放棄一個，另外一個或許還有逃生的機會。

周文虎道：「回去也是死，老趙，我陪著你。」他轉身向那名重甲武士接連射出了幾槍。子彈無一例外地被對方堅硬的鎧甲阻擋在外。周文虎咬了咬牙，他放開趙魯新，從腰間抽出佩刀迎向那名重甲武士。

重甲武士的腳步在不斷加快，他揚起大刀向周文虎一刀劈落。

周文虎雙手舉起佩刀從身體的左下方弧旋向上斬去，雙刀交錯發出刺耳的撞擊聲，周文虎被對方強橫的力道震得虎口發麻，蹬蹬蹬接連後退幾步，跌倒在趙魯新的身邊。

趙魯新罵道：「蠢貨，你為何不逃……」

重甲騎士雙手擎刀再度向下劈去，周文虎雙臂仍然沒能從麻木中恢復，心中明白自己只怕無論如何都扛不住對方的全力一刀，這次只能是盡人事聽天命了，雙手橫起佩刀，雙目一閉，緊咬牙關，大吼道：「開！」

無論是周文虎還是趙魯新都清楚擋不住重甲騎士的一刀，他們兩人都必死無疑，重甲騎士全力劈下的一刀再度撞擊在周文虎的佩刀之上，震耳欲聾的撞擊聲和強大的劈斬力似乎要將周文虎連人帶刀楔入地下。

周文虎感覺身下一沉，他彷彿看到自己被劈成兩半的慘狀，可身體卻是突然一沉，身下的沙地因為這次沉重的撞擊而開裂，周文虎和趙魯新從突然出現的地洞中墜落下去。

羅獵從未有過這樣的經歷，進入另外一個生物的大腦，這種感覺前所未有，雖然這頭骨的主人早已死亡多年，三人如同走入了一個骨質的山洞，他們必須要小心腳下，因為腳下的道路凸凹不平，而且還有不少破裂的骨洞，這些破洞如同陷阱，邊緣銳利，稍不小心就可能因陷入其中而受傷。

羅獵用手電筒照射了一下前方，應該是顱內的部分了，寬敞得如同一間大廳，羅獵仔細觀察了一會兒，發現在對側的骨壁之上，有一個洞口，那洞口內似乎泛出藍色的幽光。羅獵關上了手電筒，藍色的光芒變得越發明顯了，他將自己的發現轉告給另外兩人。

宋昌金道：「應當是磷光，這腦袋再大也是骨頭，有磷光也是再正常不過的事情。」他的眼睛逐漸適應了黑暗，突然他停下了說話，因為他看到那骨洞的周圍閃爍著許多的文字，宋昌金錯愕地張大了嘴巴，他忽然又想到身邊還有其他人在場，自己不應該將這個發現告訴他們。

宋昌金很快就明白羅獵和張長弓中的任何一個目光都要比自己更加的敏銳，他能發現的事情，他們當然也不會疏忽。羅獵盯著那文字道：「西夏文，應當是西夏文。」

宋昌金忍不住看了這小子一眼，真是看不出他居然連西夏文都懂，如此說來老羅家一代更比一代強，自家老爺子是不是將壓箱底的絕學全都交給了他孫子？

羅獵對西夏文當然沒有太多的研究，他掌握的是夏文，可這並不代表著他沒辦法搞清圍繞洞口的那些字究竟代表了怎樣的意義，在他們臨時組成的團隊中有一個人對西夏文極其熟悉，那就是顏天心。

鐵娃趴在大頭骨的眼眶處，為羅獵幾人望風，如果他們在裡面遇到了什麼麻煩，他可以第一時間將消息傳遞給上方的同伴。

顏天心對這顆頭骨雖然也有些好奇，可是她此刻的注意力卻集中在另外的事情上，羅獵幾人進入殉葬坑後不久，前方就傳來一聲悶響，地面也震動起來，從動靜來看，應當是地面塌陷的聲音。

他們所在的地方只是當年盜墓賊挖出的盜洞，盜洞距離地面並不算遠，他們能夠感覺到上方戰鬥的情景，他們甚至擔心，上方的戰鬥會引起整個盜洞的垮塌。

吳傑的雙耳微微動了一下，低聲道：「前方塌陷了，我去看看。」他大步向前方奔去，顏天心擔心他一人有所閃失，將瑪莎三人交給阿諾照顧，和陸威霖一起快步跟上吳傑的步伐。

在距離他們二十餘丈的地方沙塵瀰漫，頂部出現了一個直徑約莫兩米的洞口，流沙不停從洞外湧入，用不了多久的時間，因塌陷而產生的洞口就會被黃沙掩蓋住。

吳傑停下腳步，陸威霖和顏天心子彈上膛，一左一右站在他的身邊，槍口瞄準了塌陷的區域，兩個灰頭土臉的身影從黃沙中爬起，他們相互攙扶著扒開黃沙向外攀爬。兩人尚未脫離黃沙的羈絆，後方黃沙四散開來，從黃沙中立起一個魁梧的身影，卻是一名身穿金屬甲冑的武士，那武士整個人都包裹在甲冑之中，連他的面部都蒙著面具，全身上下找不到任何的破綻。

前方兩人相互扶持而行，他們兩人正是周文虎和趙魯新，那武士手握長刀大步向兩人逼近。

顏天心和陸威霖兩人不約而同扣動了扳機，子彈向武士身上射去，兩人槍法都不弱，陸威霖更是難得一見的神槍手，可是他發現這武士臉上的面具竟然沒有開孔，換句話來說這武士目不能視，一時間找不到對方身體的弱點。

子彈接連不斷射在那名武士的身上，武士手中長刀不停揮舞，擋住一些子彈，仍然有一些子彈射在他的身體上，不過並未能夠穿透他身體的鎧甲，甚至無法阻擋他前進的步伐。

吳傑終於啟動，他示意兩人停止射擊，身軀如同大鳥一般飛起，越過周文虎和趙魯新的頭頂，阻擋在武士的前方，手中竹杖向武士的手臂纏去。

武士揮刀的動作雖然機械但是快捷有力，吳傑雖看不到對手，卻採用了最合適的應對方法，他並沒有動用竹杖內的細劍，而是用竹杖纏繞對方的手臂，以柔克剛，竹杖宛如靈蛇般攀上對方手臂，一纏一挑，將對方手臂撩起，就勢一杖抽打在對方的面門，啪的一聲脆響宛如爆竹，武士手臂一轉，向吳傑立身處劈去。

吳傑卻在對方刀鋒未到之前再度飛起，身軀旱地拔蔥凌空兩丈，於空中折返身軀，俯衝向下，竹竿居高臨下撞擊在武士的頭盔之上。

那武士二次攻擊落空，緊接著頭頂又被重重撞了一下，魁梧的身軀一個踉蹌向前方撲去。

吳傑憑藉鬼魅般的身法已落在了他身後，手中竹杖向後一橫，那竹杖如同長了眼睛一樣絆住武士的左腳，武士原本就失去平衡向前方踉蹌奔跑，這下被他突然一攔，再也控制不住身體的平衡，魁梧的身軀宛如一座小山般撲倒在了地上。

吳傑身軀後仰，竹杖抽出猛然抽打在那武士的頭顱之上，武士頭頂的面具頭盔被他這一抽分離開來，頭盔嘰哩咕嚕滾到了一邊，面具也落在了一旁地上，暴露出那武士的本來面容。

顏天心因為好奇，手電筒的光束射向那武士的面門，不曾想那武士的肌膚接觸到光柱之後竟燃燒起來，頃刻之間整個身軀燃起熊熊火焰，火焰從盔甲內躥升出來。

吳傑聞到一股皮肉燒焦的味道，已經猜到發生了什麼，只是他也沒有預料到會發生這樣的事情。

顏天心掩住口鼻，一是因為這味道實在太過難聞，二來是因為自己無心之失，竟然糊裡糊塗地將一個活口給燒成了灰燼。

陸威霖也是滿心好奇，他向顏天心手中的電筒望去，確信顏天心拿著的只不過是一個手電筒，而非什麼高精尖的致命武器，心中暗忖，想不到這凶悍頑強的武士居然怕光，難怪他將自己包裹得嚴嚴實實，一旦肌膚暴露在光線之下，整個人即刻就燃燒起來，看來任何人都有弱點。

周文虎和趙魯新兩人原本以為自己這次必死無疑，卻想不到絕處逢生，掉落陷坑之後又遇到了救星，趙魯新並未看到那武士燃燒成為灰燼的一幕就因失血過多而昏迷過去，周文虎還以為趙魯新已經死了，抓住他的雙肩用力搖晃著悲吼道：「老趙，你醒醒，你醒醒！」

吳傑冷冷道：「他還活著，你是不是想把他給晃死？」

周文虎這才清醒過來，雙目環視周圍，顏天心和吳傑他都是見過的，內心不由得一沉，這些人可不是他的朋友，確切地說應當是敵人才對，顏天心是顏拓疆的侄女，周文虎為虎作倀，幫助馬永平對付顏拓疆，還親自率人抓住了顏天心，至於吳傑，他曾經在大帥府接待過此人，也曾經帶人追殺吳傑。

周文虎暗叫不妙，心中期盼著他們千萬不要認出自己的樣子，畢竟現在自己灰頭土臉狼狽不堪，說不定他們認不出自己。可他這只能是一廂情願的想法，顏天心已經認出了他，不屑道：「我當是誰？原來是周副官。」

周文虎老臉一熱，還好臉上的沙塵夠厚，看不到他臉色的轉變。轉身向他陷入的那洞口望去，剛才陷落的地洞已經完全被流沙掩蓋，同時也隔絕了外面的喊殺聲和慘叫聲。

既然身分已經被識破，周文虎也就沒了蒙混過關的僥倖，歎了口氣道：「顏掌櫃，吳先生，多謝幾位的救命之恩，我和老趙兩條性命是你們救的，要殺要剮絕無怨言。」既然落到了這種地步，話就不妨說得硬氣一點，搖尾乞憐只會讓人家更加看不起。

顏天心可沒有跟他清算的意思，輕聲道：「你們也算命大，外面怎樣了？」

第九章

百靈祭壇

羅獵道：「你聽說過百靈祭壇沒有？」

宋昌金笑道：「我怎會聽說過？我又沒有來過……」

言多必失，明明是他帶路來到了這裡，
若說沒有來過就是自欺欺人了。

張長弓道：「這廝沒有一句實話，惹惱了我，
才不管你是不是羅獵的叔叔，先揍一頓再說。」

周文虎經她提醒想起自己在外面遭遇屠殺的那些部下，只怕帶來的一千餘名士兵已經所剩無幾了，想到這裡內心中又是痛惜又是慚愧，當著眾人的面就落下淚來，淚水在臉上留下清晰的兩道痕跡，更加顯得狼狽不堪。

陸威霖將槍收好，冷冷道：「哭有什麼用？你帶人圍剿我們的威風哪裡去了？」

周文虎心中暗忖，這群人多半是不會饒了自己，就算他們饒了自己，馬永平也不會放棄追究他的責任，一千多名士兵就這麼全軍覆沒了，總得有人承擔後果，他的手摸向手槍。

手指剛剛摸到槍柄就被狠狠抽了一下，卻是吳傑用竹竿教訓了他，吳傑道：「你若是想動什麼壞心眼，我會讓你生不如死，你如果想自殺，還是緩緩，要不你先殺了你的朋友，再自殺，我們可不想多照顧一個傷患。」

周文虎被吳傑的這番話點醒，看來他們沒有找自己清算的意思，不錯，自己可以一死了之，趙魯新怎麼辦？殺了他？周文虎做不出這樣的事，他黯然道：「幾位救了我們的性命，我周文虎並非恩將仇報之人，我若是對幾位心存歹念，讓我天打雷劈不得好死。」

陸威霖道：「你反正也不得好死。」

顏天心道：「恩將仇報的事情你也不是沒做過，周文虎，我權且相信你一次，大家既然都被困在這裡，還是暫且放下敵意，同心協力的好。」顏天心是因為看到周文虎對待趙魯新不離不棄，覺得此人還不是無藥可救，畢竟還有些人性，於是給他一個機會。而且她還想從周文虎這裡得到一些新滿營的情報，要知道周文虎深得馬永平的信任，掌握了不少的內部情報。

吳傑用竹杖敲了敲只剩下一個空殼的盔甲，陸威霖走進一看，盔甲內的武士肉體已經燒了個乾乾淨淨。

吳傑默默來到趙魯新身邊，摸出一顆藥丸塞到他的嘴裡，這是吳傑獨門秘制的傷藥，有迅速止血之功效，而後又讓顏天心幫忙將趙魯新的傷口清理之後，用烈酒消毒，而後再敷上金創藥，最後用白紗包紮了。

周文虎望著幾人的舉動，心中暗自感歎，想不到這幫人以德報怨，居然不計前嫌。

陸威霖從盔甲上還是沒看出線索，向周文虎道：「這些武士是什麼人？」

周文虎頭搖得跟撥浪鼓似的：「我也不知道，突然就出現了三百多名全盔全甲的騎士，他們不分青紅皂白逢人就殺。」

阿諾冷冷道：「他們不分青紅皂白，你們就講道理了？」

周文虎自知理虧，被他搶白也不反駁。

顏天心此時幫助趙魯新包紮好了傷口，摘下手套道：「好端端地你們追殺我們做什麼？是馬永平讓你這麼幹的？」

周文虎歎了口氣，現在隱瞞也沒什麼意義，於是將馬永平是怎麼和日方藤野忠信合作，又是如何派遣他們前來這裡圍追阻截，以及他們先遭遇蝙蝠群攻擊，而後又被重甲騎士屠戮的事情從頭到尾說了一遍。

眾人聽了個清楚明白，吳傑聽到藤野忠信的名字已經猜到和藤野俊生有關，想不到自己的行藏終究還是被他們發覺，這樁二十年前的恩怨塵封了那麼久，最後還是要面臨解決的時候。可多半人並不知道日方因何要和馬永平聯手找他們的麻煩，顏天心本以為周文虎率軍是為了追殺叔叔，現在方才知道背後另有隱情，輕聲道：「那些日本人為何要找我們的麻煩？」

周文虎搖了搖頭道：「不知道，我真不知道了，其實我和這些弟兄們都不想來，城裡的麻煩已經夠多了，到現在人心惶惶，風聲鶴唳，我們自顧不暇，哪還顧得上這些事情。」

顏天心道：「馬永平應該並不那麼認為。」

周文虎道：「對了，藤野忠信很有些本事，他手下有不少能人，我親眼見識過他手下的忍者能夠隱形殺人。」

陸威霖道：「忍術中的障眼法罷了，不足為奇。」

顏天心道：「馬永平精明過人，怎麼會輕易相信這些日本人？」

周文虎道：「我不知是真是假，藤野忠信告訴馬將……不，馬永平。」看到顏天心目光一凜，他慌忙改口。停頓了一下方才道：「藤野忠信說他能夠解決新滿營的麻煩。」

吳傑眉頭微微一皺，他從周文虎的這句話中已經聽出了重點，藤野忠信應當是以化解新滿營的危機為條件說服了馬永平合作。

鐵娃此時從遠處走了過來，卻是前來傳話，羅獵請顏天心過去。

羅獵請顏天心過去的用意就是識別骨洞周圍的文字，顏天心來到他身邊，仔細看了一會兒道：「不錯，的確是西夏文。」

宋昌金聞言驚喜道：「寫的是什麼？」他一問完，就遭遇到張長弓的冷眼，宋昌金訕訕道：「大家都是自己人，不用疑神疑鬼吧。」

依著張長弓的意思，此時應當讓宋昌金迴避，可羅獵認為宋昌金還有用處，有些事需要他的解答，並沒有讓宋昌金離開。

顏天心道：「從字面上看應當是百靈祭壇的意思。」

張長弓聽得一頭霧水，宋昌金的眼光陡然一亮，不過稍閃即逝，轉瞬之間又恢復了平靜，他本以為無人發覺他的瞬間變化，可沒想到羅獵始終都在關注著他，宋昌金意識到羅獵目光灼灼盯住自己的時候，不由得訕訕笑道：「大侄子，你盯著我作甚？」

羅獵道：「你聽說過百靈祭壇沒有？」

宋昌金哈哈大笑道：「我怎會聽說過？我又沒有來過……」言多必失，明明是他帶路來到了這裡，若說沒有來過就是自欺欺人了。

張長弓道：「這廝沒有一句實話，惹惱了我才不管你是不是羅獵的叔叔，先揍一頓再說。」

羅獵微笑道：「我這位大哥可是個暴脾氣，發作起來六親不認，好漢不吃眼前虧，您老人家再不說實話，我也護不住您了。」

宋昌金看到張長弓吹鬍子瞪眼的凶惡模樣，心中暗暗有些發怵，明知道羅獵跟他一個唱紅臉一個唱白臉，可真要是當著那麼多人被張長弓痛揍一頓，這張老臉也沒處擱了，馬上又換了一副面孔道：「哈哈，我老糊塗了，老糊塗了，明明是我帶你們來的，不過這裡我可沒來過。」

羅獵道：「您仔細想想。」

宋昌金故作沉思狀，想了一會兒，似乎恍然大悟：「倒是有些印象，三泉圖中好像提到過百靈祭壇，應當是西夏大祭司昊日所設立，據說當時是為了召喚亡靈，我知道的就這麼多。」

羅獵已經多次聽宋昌金提到三泉圖，從他的描述可以推斷出三泉圖乃是一本包羅萬象的奇圖。裡面應當是羅氏祖上歷代盜墓掘金之見聞，羅獵現在已經能夠斷定宋昌金就是他的三叔羅行水，根據羅行木所說，羅行水在幼年時被強盜劫持，後來被撕票。看來羅行木的消息並不準確，羅行水後來應當是僥倖躲過了一劫，而老爺子羅公權極有可能清楚此事，因為羅公權生前仇人眾多，索性將計就計，宣告羅行水遇害。

羅行水因此而以宋昌金的身分繼續活在這個世上，羅老爺子也沒有忘記這個寶貝兒子，將羅氏秘傳的三泉圖傳授給了他，羅公權金盆洗手之後，從此隱居於泉城，可羅家摸金盜墓的本事卻並未在他這一代中斷。

羅獵在得知自己真正身世之後，開始重新審視羅家，也開始重新考慮母親當初為何會嫁入羅家？這一系列事情的背後是不是還有其他的目的？羅家並不普通，羅家所擁有的也不僅僅是三泉圖，爺爺羅公權通曉夏文，自己則是他在夏文方面的唯一傳人，即便是羅行木都未得真傳。

想起爺爺對自己的養育之恩，羅獵心中一陣唏噓，如果讓爺爺知道自己並非羅氏血脈，卻不知他又會作何感想？羅獵自己不說，宋昌金永遠也不會知道這個親侄子其實並非是老羅家的血脈。

宋昌金和羅獵相識的時間雖不長，也能看出這位侄子跟自己並非一路，心中暗忖，你走你的陽關道，我走我的獨木橋，雖是叔侄，道不同不相為謀。

顏天心道：「昊日大師，你說的可是龍玉公主的師父嗎？」

宋昌金對西夏的歷史雖然有一定的研究，可他研究的部分大都是跟尋寶有關，至於古時候的人際關係他可沒興趣去搞清，所以被顏天心問得一怔，滿臉迷惘道：「什麼公主？」

顏天心知道他生性狡猾，讓這種人說實話很難，不過宋昌金無意中說出的百靈祭壇是昊日所設立，如果此事屬實，那麼倒是有一探究竟的必要，龍玉公主乃是昊日大師的愛徒，對百靈祭壇應當有所瞭解。

羅獵從顏天心的表情變化已經猜到她心中所想，低聲道：「你打算進去看看？」

顏天心點了點頭道：「既然到了這裡，若是錯過豈不遺憾？」

宋昌金聽他們準備要前往骨洞，慌忙勸阻道：「我看此事不妥。」

羅獵道：「有何不妥？」

宋昌金猶豫了一下終於還是道：「你畢竟是我唯一的侄兒，我不忍見你白白送死，**那昊日大祭司設立百靈祭壇的目的，就是用亡靈來延續自己的壽命。**」

顏天心聽他說得越發荒誕，毫不客氣地揭穿他道：「昊日大師早已亡故。」

宋昌金道：「我自然知道他死了，可據我所知，昊日自知大限不遠，就開始設立百靈祭壇，這百靈祭壇其實就是一個轉生陣，就是集齊百種生靈，攝取他們的魂魄，以百靈的魂魄來補充自身，從而達到逆天改命的效果。」

張長弓道：「既然昊日大祭司已經死了，就證明這百靈祭壇的轉生陣只是一個笑話，毫無用處。」

宋昌金道：「你們愛信不信，興許昊日死前並沒有找齊那百種生靈，興許他中間出了岔子，總而言之這種地方陰氣太重，咱們還是迴避為妙，何必主動去招惹這個麻煩。」

宋昌金越是勸他們不要進去，幾人越是覺得可疑，張長弓道：「這裡面莫不是藏著什麼寶貝，你拚命阻攔，害怕我們發現其中的秘密吧。」

宋昌金聽他這樣說不由得長歎一口氣道：「狗咬呂洞賓不識好人心，我好話說盡，你們愛聽不聽。」

顏天心估算了一下到骨洞的距離，羅獵取出飛抓，宋昌金看到他們心意已決，悄悄拉了拉羅獵的手臂道：「大侄子，你知不知道這顆頭骨是誰的？」

羅獵道：「你知道？」

宋昌金點了點頭道：「西夏當年之所以能夠戰勝回鶻，入侵大宋，靠的可就是這沙獸。」

「沙獸？」

宋昌金道：「生長於沙漠之中，可潛行於黃沙之下，身軀巨大，力可拔山，你在歷史書上沒看到過？」

羅獵心想歷史又不是神話，怎麼會記載這種玄奇古怪的事情，可這巨大的頭骨顯然是真的，**荒誕的並不是事情本身，而是歷史並未記錄當年真實的面貌**，許多的事、人和種種的生物全都被時光疏漏了，如果不是他們湊巧在西夏王陵的殉葬坑內發現了這巨大的骨骼，又怎能知道在西夏王朝最為輝煌的時候曾經存在過這樣的巨獸？

羅獵旋轉飛抓投擲出去，準確無誤地落在骨洞邊緣，他用力扯了扯，確信飛抓的落點足夠牢靠，完全可以承受住身體的重量，這才在身邊的骨樑上繫好打了個活結，他準備自己過去看看。

顏天心道：「我跟你一起去，我懂西夏文。」

羅獵點了點頭，目光投向宋昌金，宋昌金誤會了他的意思，慌忙擺手道：「我可不去。」

羅獵原沒指望宋昌金跟著進去，從宋昌金的心跳變化推斷出宋昌金對骨洞內的百靈祭壇應當充滿恐懼，羅獵率先沿著繩索攀援過去，在有可能出現的危險面前他總會選擇先行，顏天心看在眼裡心中暗自感動，有些關愛無需用言語表達。

兩人先後來到骨洞前方，顏天心再度確認了骨洞旁邊所刻的西夏文字，如無意外這裡面就應當是百靈祭壇。她小聲提醒羅獵，龍玉公主很可能就在附近。

羅獵雖然至今都不相信龍玉公主已經復活，可內心卻難免感到激動，若是當真能夠親眼見證西夏公主的復活，那將會顛覆目前所有的科學理論與常識。

兩人沿著骨洞向裡面走去，沒走幾步腳下的白骨已經變成了黑色的岩層，他們已經走出了那顆巨大的頭骨。

張長弓的聲音從外面傳來：「小心一些。」

羅獵笑道：「沒事，洞中有洞，或許這裡有一個出口呢。」

宋昌金道：「祭壇出口想必是地獄之門了……」話沒說完，右肋被張長弓曲肘撞了一下，撞得他劇痛難忍，張長弓故作歉然道：「不好意思，碰到你了。」

宋昌金吃了個暗虧，唯有咬牙忍耐。

張長弓道：「你當真沒進去過？」

宋昌金好不容易才把這口氣緩過來，狠狠瞪了張長弓一眼道：「我騙你作甚？」

羅獵和顏天心沿著黑石洞向裡面走去，走了幾步，牆壁上浮現出磷光勾勒出來的壁畫，壁畫的內容是一幅幅戰爭的場面，在對壘的兩軍中很快就找到了兩頭巨獸，如果不是在此前就見識過那巨大的頭骨，他們興許會認為這只是藝術上的誇張，現在看來畫面應當是寫實的。

顏天心從壁畫上方的西夏文字得知，這壁畫畫的是當年西夏和回鶻爭奪沙洲的場景。歷史上西夏正是通過和回鶻、大宋的征戰，從而鞏固了他們在河西的地位，建立起赫赫有名的西夏王朝。

西夏大軍在戰勝回鶻部之後對待俘虜手段殘忍，有幾幅壁畫專門繪製了屠城的場景。

羅獵對用來繪製壁畫的顏料頗感興趣，這其中一定摻雜了磷之類的夜光材料，所以才會在暗處發光，壁畫上雖然有不少的西夏文字，可羅獵並不通曉西夏文，所以並未投入任何關注，反正身邊還有顏天心在，她可以解讀給自己聽。

其中一幅壁畫應當是繪製了祭祀的場景，一個圓形的祭台之上擺放了形形色色的祭品，其中有人有獸，以羅獵的見識都不能識別全部。

顏天心喃喃道：「他沒有說謊，這裡果然有轉生陣。」

轉生陣乃是西夏古宗教中的秘術之一，通過設立轉生陣可以聚集靈氣，讓生命垂危之人補充活力恢復生命力，看來當年這位西夏國師，大祭司昊日也不能免俗，捨不得離開這花花世界，所以費盡心機設立了轉生陣，招來數百種生靈進行祭祀，祈求上天讓自己長命百歲，只可惜這轉生陣也沒有救回他的性命。

黑石甬道兩側壁畫延綿不絕，大大小小加起來要有百幅之多，羅獵沒時間逐一流覽，本想催促顏天心儘快通過，卻發現她望著那壁畫呆呆出神，羅獵知道這壁畫上不但有畫面，還有他看不懂的西夏文字，說不定這些文字之中蘊藏著極為重要的資訊，於是不再出聲，耐心守在顏天心身旁。

顏天心走得緩慢，似乎要將每一幅畫都看清楚，羅獵雖然耐得住性子，可外面的人已經等不及了，聽到張長弓洪亮的嗓音詢問道：「怎樣？你們沒事吧？」

顏天心因他的聲音而驚覺，看了看時間，距離他們進入甬道已經過去了四十分鐘，因為她看得太過專注，所以忽略了時間，歉然一笑道：「我只顧著看，連時間都忘了。」

羅獵微笑道：「不急，反正咱們現在也出不去。」

顏天心道：「這壁畫上的內容有許多和羊皮卷上類似。」

羅獵點了點頭，難怪顏天心看得如此仔細，比起羊皮卷他更關心卓一手的下落，這一路走來，羅獵仔細觀察了周圍的細節，並未發現有其他人來過的痕跡。

顏天心道：「咱們沒走錯，從百靈祭壇可以直達天廟。」

羅獵心中一喜，想不到他們誤打誤撞居然找到了通往天廟的正確道路。

兩人繼續向前方走去，手電筒的光束照向深遠的甬道內部，光束照不到頭，由此可見甬道幽深，如果再往前走，他們就會無法和同伴用言語聯絡，羅獵向顏天心道：「要不要叫他們一起進來？」

顏天心搖了搖頭道：「先找到百靈祭壇再說。」雖然從壁畫上找到了一些天廟的線索，可現在她還無法確認資訊無誤，只有找到百靈祭壇才能印證壁畫上的提示。

羅獵點了點頭，顏天心的想法不錯，在沒有確定方位正確無誤之前，興師動眾並不明智，可是他的內心卻感覺到一絲不安，羅獵不知為何會有這樣的感受，他暗自吸了口氣，摒除心中的雜念，盡力去感受周圍的一切動靜，至少在他能夠感知的範圍內，並沒有覺察到其他生命體的存在。

顏天心也覺察到了他的不安，主動握住羅獵的大手，卻發現羅獵的掌心濕糯糯滿是冷汗，關切道：「你怎麼了？不舒服嗎？」

羅獵搖了搖頭道：「沒什麼，就是……可能是害怕……」

顏天心因他的這句話笑了起來，在她心中羅獵是這世上最勇敢無畏的男子，這樣的人又怎會害怕？停下腳步，握緊羅獵的手掌道：「別怕，我會保護你。」

羅獵卻似乎聽到耳邊響起低沉的呼吸聲，禁不住打了個激靈，猛然直起身來，顏天心被他突如其來的反應嚇了一跳，重新打開手電筒，光束在周圍照射了一圈，發現周圍空空如也，除了他們哪還有人在？有些嗔怪地瞪了羅獵一眼道：「嚇死人了。」

羅獵的額頭上滿是冷汗，顏天心看到他的模樣又是好笑又是心疼，掏出手帕為他擦去額頭的汗水，柔聲道：「別怕，有我呢。」

羅獵看了看周圍，難道剛才自己聽到的呼吸聲只是錯覺？心中暗忖，此地絕非談情說愛的纏綿之所，還是儘快離開為妙。

顏天心當然知道羅獵膽色過人，兩人曾經多次一起經歷過生死考驗，也從未見羅獵怕過，她之所以這樣說不僅僅是為了安慰羅獵，同時也是在安慰自己，在顏天心看來，只要有羅獵在她身邊，這世上任何的事情都沒什麼好怕。

恐懼分很多種，最直觀的恐懼是看到或者聽到從而導致的直觀感覺，而羅獵這次的恐懼卻並非親眼目睹親耳聽到，這種恐懼來源於未知，毫無徵兆地就進入了他的內心深處，羅獵不喜歡這種感覺，這種被恐懼突然侵入意識之中的感覺。

從顏天心的表現來看，她應該沒有和自己同樣的感覺，否則她也不會表現出如此的鎮定，羅獵認為自己的這顆心臟已經足夠強大，儘管如此仍然讓這突如其來的恐懼弄得心潮起伏，他暗自平復了一下跌宕起伏的內心，微笑道：「我發現自己越來越依賴你了，只怕這輩子都捨不得離開你了。」

顏天心俏臉一熱，輕聲啐道：「油嘴滑舌，討厭！」心中卻因羅獵這句表露愛意的話如沐春風，若是羅獵這輩子都捨不得離開自己才好，能和他長相廝守，永不分開必然是這一生最幸福的事情。

熱戀中的情侶會賦予任何環境以浪漫的色彩，理智冷靜如羅獵和顏天心也不例外，望著顏天心清麗絕倫的俏臉，羅獵忽然覺得這陰森黑暗的地洞也沒什麼好怕，兩人攜手前行，默默感受著彼此掌心的溫度，只覺得這一刻已經是生命中最溫馨最幸福的時刻，羅獵內心中的那些恐懼也悄然消失得無影無蹤。

這條長度接近一里的黑石甬道終於到了盡頭，出口處被兩扇銅門封鎖，兩扇銅門之上分別雕刻著一名赤身裸體的人，男左女右，兩人上身與正常人無異，下半身卻是蛇身，又如兩條長蛇一般彼此交纏在一起。

顏天心放開了羅獵的大手，借著手電筒的光束將銅門上的圖案仔仔細細看了一遍，同樣的圖案在羊皮卷內曾經看到過，這對男女是古西夏傳說中的一對天神，他們還是兄妹，顏天心一度認為這對神祇就是中華傳說中的伏羲和女媧，不過現在也非追根溯源的時候，羊皮卷內記載了打開機關的方法。

顏天心撥動浮雕上的機關，歸位之後，只聽到銅門發出吱吱嘎嘎的聲音，糾纏在一起的蛇尾如同活過來一樣，其實那蛇尾就是門栓，因為門栓的打開而造成了蛇尾來回遊動的錯覺。

門栓全部打開之後，羅獵和顏天心分別推動一扇銅門，厚重的銅門因為下方有軌道的緣故推起來竟毫不費力，兩人擔心銅門後方藏有機關，所以不敢開啟太快，時刻提防意外的發生。銅門打開一道縫隙之後，從門縫中就透出一道淡綠色的光芒，隨著銅門的完全開啟，綠光也變得越來越強盛。

銅門後方是一條筆直的長橋，橋面寬度僅有兩尺，只能容一人通過，連兩人並行都非常困難，橋長二十米左右，橋面因年月久遠斷裂多處，最大的斷裂處約有五米，從橋面到下方大概有十米的高度，下方鋪滿白色的細沙。

如果仔細看，這細沙之中閃爍著星星點點的寒芒，那寒芒來自於金屬的尖端，如果不慎落入其中，就會被隱藏在白沙內的鋒芒穿透肉體。

羅獵提醒顏天心要小心，綠光來自於橋樑的另外一端，兩人縱跳騰躍，通過這損毀的長橋，長橋的那一端連著一個圓形的祭台，祭台是用一種綠色的石塊砌成，羅獵用手摸了摸，材質溫潤，有些像是碧玉，碧玉雖然不如白玉名貴，可是集中這麼多的碧玉建成了這樣一座祭壇，也是極其驚人的。

顏天心道：「碧玉本身不會發光，我看光芒應該來自於祭壇的內部。」

羅獵點了點頭，對她的觀點表示認同，沿著祭壇的階梯拾階而上，祭壇共分為九層，每一層上都擺放著累累白骨，羅獵想起百靈祭壇的名稱，心中暗忖，當初昊日大祭司用來祭祀的生靈又何止百名。

走上祭壇的第六層看到階梯兩旁竟然伏著兩具虎骨，讓羅獵驚歎的還在後面，顏天心指著右側道：「那是一具大象的遺骨嗎？」

羅獵順著她所指的方向望去，只見右側不遠處立著一具碩大的骨架，肉體雖然早已腐爛，可是兩根長牙卻表明了牠的身分，羅獵搖了搖頭道：「不是大象，應當是猛獁。」

這具骨骼要比成年象大得多，可猛獁在西夏國興盛的時候早已滅亡，羅獵由此推斷出這猛獁象並非是活祭，當年被擺放在祭壇之上的就是一具骨骼。縱然不是活物，可這樣完整的一具猛獁象化石也已經彌足珍貴。

羅獵沿著這層的祭壇轉了一圈，印證了他心中的猜測，猛獁象的化石並不是只有一具，在東西南北四個位置各有一具，所有猛獁象的化石都極其完整。

在第八層看到了一條長長的蛇骨，從長度和大小來看，這條蛇骨應當來自於森蚺之類的巨蟒，羅獵和顏天心對望了一眼，兩人雖然都沒有說話，可從彼此的目光中都看出對方的感歎和驚奇，這位被稱為西夏第一國師的大祭司昊日難道還是一個生物學家，單單從祭壇上所見的這些骨骸和化石來看，昊日的收藏就已經讓人歎為觀止。

羅獵的目光投向祭壇的頂點，也就是第九層，不知上方又藏有怎樣讓人驚奇的物種。

顏天心小聲道：「應當是人了。」人乃萬物之靈，正是人類創造了這個世界，在這個世界中沒有任何生物的重要性能夠和人類比肩。

羅獵點了點頭，對顏天心的猜測表示認同，事實也很快就驗證了這一點，在祭壇頂層的中心有一個直徑約三米的水池，池內已經乾涸，從池壁黑色的痕跡不難判斷出這池內曾經盛滿了血液，深度直達底層，池壁之上每隔一段距離就有環狀的小孔，共有九排。

羅獵推斷出這些小孔是為了方便從外面注入血液，用來祭祀的生物有序排列在祭台的各層，活祭之後，鮮血流入血槽，又從血槽導入排泄孔，經由這一個個的小孔注入血池之中。想要將血池注滿，需要的生物何止萬千。這百靈祭壇的確是血腥殘忍之地，當年昊日大祭司為了逆天改命，延年益壽不惜屠殺諸多生靈，雙手沾滿了血腥。

長生二字雖然尋常，古往今來卻讓無數人為之前撲後繼趨之若鶩，連秦皇漢武這樣的一代霸主也都無法免俗，更何況普通人？真正能夠看破生死二字的又能有幾個？

顏天心道：「血池裡不是應當有屍骨嗎？」血池不但是百靈祭壇的中心，也是昊日大祭司設立轉生陣的中心，根據剛才從壁畫上描繪情景來看，昊日大祭司應當將屍體浸入這血池才對，可是血池之中乾乾淨淨，除了池壁上一些陳舊的血液印記，根本看不到其他的東西。

羅獵道：「興許這位昊日大祭司已經飛升成仙，又或者他的屍骨和這滿池的血液一樣已經灰飛湮滅。」在羅獵看來一個人再厲害也抗衡不過時間，滄海桑田，斗轉星移，即便是山川江河都會被時間改變，更不用說人類。

顏天心道：「昊日大祭司去世的時候，龍玉公主才九歲，身在西夏，還沒有前往金國。」

羅獵明白她的意思，顏天心是在指出這百靈祭壇的設計者或許是昊日大祭司，可是在昊日大師死後，轉生陣的設立則是要依靠另外一個人，從他們所瞭解到的情況來看，這個人最可能就是龍玉公主。實在難以想像一個九歲的小女孩是如何組織並實施眼前的轉生陣，集結那麼多的生靈於百靈祭壇祭祀，用其鮮血彙集成為血池。

從他們剛才經過地方的骸骨來看，單單是眼前的血池就有數百人被活祭於此，羅獵眼前彷彿浮現出當年活祭之時的場面，心中毛骨悚然，他似乎看到滿臉稚氣的龍玉公主正站在祭台之上發號施令，一個稚嫩的少女為何擁有如此強大的內心。

羅獵抬起頭，借著手電筒的光束向上望去，卻見祭壇的上方卻是一個拱形的穹頂，這樣的風格在中式建築中並不常見，顏天心和羅獵幾乎在同時發現了狀況，穹頂原來應當是有壁畫的，可現在穹頂上方的壁畫全都被人為剝去，剝落的邊緣來看，痕跡新鮮，壁畫被破壞的時間並不算久。

顏天心和羅獵對望了一眼，並沒有說話，手悄然握住了槍柄，在他們之前顯然就有人到這裡來過，或許離去不久，或許那人仍在附近，在暗中窺探著他們的一舉一動。

羅獵開始對自己的洞察力產生了懷疑，除了心頭那種莫名壓抑的感受他並未感覺到任何的異常，難道這裡也和九幽秘境一樣，一旦進入這種環境，就會對人造成影響，讓思想和感覺變得麻痹？

兩人圍繞祭壇走了一圈，並未發現任何可疑的人，羅獵的目光重新回到層層疊疊堆滿祭壇的骸骨之上，手電筒光柱移動的時候，眼前倏然閃過一絲銀光，不由得心中一震，重新將光束聚焦到銀光閃亮的地方，應當是一根絲線。

羅獵開始以為是蛛絲，走近之後發現那並非是蛛絲，而是一根堅韌的金屬線，沿著金屬線追根溯源，發現這金屬線將所有的骸骨串聯在了一起，羅獵從未聽說過這樣古怪的事情，不過推測到這應當是轉生陣古怪儀式中的一種，可能是通過這根金屬線將所有的祭品連接在一起，聚集他們的靈魂。

金屬線貫穿了蛇骨的首位，然後又從血池的孔洞中穿過，向血池底部筆直延伸。

羅獵從行囊中取出繩索，顏天心知道他想做什麼，小聲道：「我跟你一起下去。」

羅獵搖了搖頭道：「還是一個人下去，方便照應。」找到合適的地方將繩索固定打結，然後向顏天心笑了笑道：「下面看起來空蕩蕩的，可我仍然好奇，這根細線到底通往何方？」

其實顏天心存在著一樣的好奇，雖然她心中很想陪伴羅獵一起下去，可理智卻告訴她應當聽從羅獵的安排，他們剛才已經反覆確認過，周圍並無潛伏的敵人，但是穹頂缺失的壁畫卻給他們兩人的內心籠上一層陰影，他們必須要做好萬全的準備。

纖細的金屬線堪比蛛絲，所以他們幾乎將之忽略，羅獵抓住繩索沿著血池的池壁下滑，越是接近血池底部感覺到溫度越低，金屬線在底部消失，被淹沒在陳舊的血塵之中，羅獵落腳的地方並非血池的真正底部，那些流入血池中的血液在凝固之後沉積乾涸讓底部抬高。

顏天心道：「怎樣？」

羅獵沒有說話，一手抓著繩索，一手輕輕敲了敲一旁的平面，看似乾涸整潔的平面發出空空的聲音，這只是薄薄的一層，羅獵暗自慶幸，幸虧他沒有魯莽地將身體的力量全都放在腳下，不然很可能會踏破這下方的血塵地層。

顏天心從羅獵的舉動已經推測到下方的情景，輕聲道：「空的？」

羅獵點了點頭，從身後抽出太刀，慢慢將刀鋒抵在了凝血層的表面，然後開始緩緩加力，在他的加壓下，刀鋒突破了凝血層，漸漸插入其中，在刀身進入三分之一的時候，羅獵手臂上感覺到一種突破感，他不敢輕舉妄動，過了一會兒方才向下滑動了一尺的距離，左手牢牢抓住繩索，刀鋒繼續刺入。

顏天心從上方用光束照亮羅獵刺入刀鋒的部分，沿著刀鋒和凝血層的縫隙，滲出一絲鮮紅的液體。

羅獵看得真切，那鮮紅色的液體在他的視野中漸漸擴展，從直觀的感覺來看，應當是鮮血，可羅獵又無法解釋，如果這血池是西夏時期建成，應當早已凝固乾涸，更何況在甘邊寧夏這原本就氣候乾燥的地域？羅獵無法用自己掌握的知識去解釋，甚至無法用常理去解釋，可這一切卻在他的眼前發生了。羅獵的目光定格在眼前不可思議的一幕上，鮮血從刀鋒的邊緣擴展到巴掌大的範圍，猶如一朵盛開的玫瑰花。

在此前的一段時間裡，時常會看到一些無法解釋的現象，可腦海中會有相應的回饋，往往會給出超出羅獵自身知識範疇的解釋，那是因為父親在他體內種下智慧種子的作用，而在最近一段時間，這種現象幾乎沒有發生過，父親臨終之前就曾經告訴過他，想要完全將其內部的能量吸收需要十年甚至更久的時間，羅獵對此倒沒有特別在意。

或許是少年經歷的太多，所以羅獵從心底更嚮往平靜的生活，然而事與願違，越期待什麼，往往越是無法得到。

「羅獵！」顏天心的驚呼聲讓羅獵瞬間回到現實中來，他看到那片血跡開始以驚人的速度向周圍擴展，與此同時，凝固的血塵層從太刀插入的孔洞向四周輻射開裂。

羅獵並未急於向上攀升，越是在緊急關頭他越是能夠做到超人一等的冷靜，下方的血液雖然擴展極快，可是並未發生噴湧現象，證明下方的壓力並不算大。

顏天心出於對羅獵的關切提醒他道：「你先上來再說。」她擔心情況會發生進一步的惡化。

羅獵點了點頭，慢慢將太刀抽回，可是在刀身回抽的時候卻猛然感到一種強大的拉力，這突如其來的拉力險些將羅獵從繩索上拉下去，羅獵反應極快，他在第一時間放開了刀柄，然後迅速向上攀爬。

顏天心從羅獵的舉動已經意識到了苗頭不對，舉起手槍瞄準血池的下方連續開槍，掩護羅獵撤離。

蓬！血花四濺，被拖入血池內的太刀從池內激射而出，宛如離弦的利箭一般向羅獵射去，危急之中羅獵手握飛刀向外橫削，以飛刀擋住太刀，太刀蘊含著強大的力量，雙刀交錯發出刺耳的震響，羅獵的右臂被震得麻木，整個右肩短時間內都失去了知覺，他詫異於這股力量的強大。

顏天心此時已經顧不上開槍，雙手抓住繩索拚命向上拖拽，試圖幫助羅獵儘快逃離險境。

血池內液面開始升騰，沉寂近千年的血池重新湧動起來，鮮紅色的血液在血池中蕩漾，宛如沸騰，森森冷氣向上躥升。

顏天心驚呼道：「羅獵，快上來！」

羅獵之所以停下攀爬是無奈之舉，他的右臂因格擋太刀，直到現在都沒有恢復知覺。血池的液面正以肉眼可見的速度上升，羅獵幾乎能夠斷定血池之中必有古怪。

顏天心用盡全身的力量拖拽著繩索，只可惜她勢單力孤，不由得後悔他們應當多一個人過來的，就在顏天心焦急不已之時，突然感覺雙臂一陣輕鬆，轉身望去，卻見吳傑不知何時來到了她的身後，吳傑沉聲道：「還不趕快拉他上來。」

顏天心喜極而泣，慌忙與吳傑合力向上拖拽繩索。

羅獵此時右臂也恢復了知覺，雙臂輪番抓住繩索向上攀爬，距離血池的邊緣也越來越近。

就在羅獵即將爬上祭台的時候，血池從中分開，一個巨大的身影從中騰躍而出，卻是一個通體無毛的古怪生物，獅子般大小，肌膚紅亮，四肢粗壯，利爪如金，尾部長達兩米，從血池之中騰躍上來，看不清五官面目的肉球一般的腦袋突然從頂部裂開，露出一張足以吞下一個成年人的血盆大口，大口的內部生有內外兩排白森森的利齒。

若是被牠咬中那還了得，羅獵雖然在逃亡之中，可是始終都沒有忘記提防血池內的動靜，在那怪物從血池底部騰躍而出的時候，羅獵就停止了攀爬，仰首將一顆手雷向那怪物的大嘴中丟了進去，這麼大的目標，這麼近的距離，對羅獵來說毫無難度。

那怪物一口將手雷吞了進去，手雷在牠的嘴裡爆炸，怪物的大腦袋被這顆手雷從內部炸開了花。屍首從半空中墜入血池，羅獵趁機爬上了祭台，轉身向血池內望去，不看則已，這一看觸目驚心，只見血池內有五六隻同樣的怪物，爭先恐後地從液面下冒升出來，沿著池壁向上攀爬，光滑的池壁對牠們的行動根本造不成任何的障礙。

這些怪物如履平地，以驚人的速度向上攀爬。

羅獵大聲道：「快逃！」

吳傑雖然看不到血池內到底發生了什麼，可是憑感覺也能知道危險來臨，他點了點頭道：「分頭走！」面對強敵之時選擇分頭走是最大程度避免全體犧牲的選擇。

可羅獵卻不那麼認為，血池中的怪物不知有多少，就算他們三人分開逃走，也有足夠的怪物對他們進行追擊。

其實逃生的路線只有一條，那就是他們剛才經過的殘破長橋，羅獵主動選擇斷後，吳傑雙目失明，顏天心又是一位女性，理當自己照顧他們。顏天心從進來的時候就抱定了和羅獵共同進退的心思，她自然不會先走。

吳傑率先踏上了長橋，雖然他並不情願被別人照顧，卻不得不承認自己目盲的事實。羅獵最後一個踏上長橋，回身望去，已經有近十頭怪物爬出了血池，牠們行進的速度奇快，奔在最前方的那個距離自己還不到十米。

羅獵一邊催促顏天心快逃，一邊掏出了手雷，從剛才那隻攻擊自己的怪物就能夠看出，牠們無論奔跑能力還是彈跳能力都遠勝於人類，長橋上的缺口難不住牠們。

羅獵還沒有來到長橋中斷，怪物已經踏上了長橋，羅獵丟出一顆手雷，手雷的目標並非是怪物，而是身後不遠處的橋面，爆炸讓已經破損的橋面徹底斷裂開來，裂口長達十五米，羅獵也沒有料到這顆手雷居然能夠達到這樣的效果，那怪物的彈跳力雖然絕佳，可是跳過十五米的距離恐怕也不能夠。果不其然，一隻怪物猛然騰躍而起，並沒有成功跨過這長長的缺口，失足墜落到下方，落在白沙之上，被隱藏在白沙內的槍叢刺了個千瘡百孔。

第十章

獨目獸

張長弓怒道：「說！這種時候你還掩飾什麼？」
宋昌金被他嗓子嚇得一哆嗦，顫聲道：「我沒見過，
可三泉圖上有記載，說這東西於百獸血液中孕育而生，
集百獸之長，性情凶悍頑強，我們此前所見的只是幼體，
還未長成，一旦長成體型會成倍增加，
而且周深覆蓋鱗甲，到時刀槍不入，無可匹敵。」

羅獵稍稍放下心來，看來怪物也非無所不能。

趁著喘息之機，羅獵剛好仔細觀察這怪物的模樣，這些怪物全身赤紅光滑無毛，上肢較下肢要短，不過前爪極長，左右各六，根根長度都在三寸左右，閃爍著寒芒宛如利刃。最奇特的是怪物的頭部，腦袋就像個紅色的肉球，乍看上去呆頭呆腦，可頭頂卻有一條紅色長縫，那是怪物的大嘴，也是牠最為可怖的部分。

顏天心在後方悄悄牽了牽羅獵的衣襟示意他儘快離開。

怪物圓乎乎的大腦袋左右搖晃了一下，在牠面部的部分裂開了一條紅色血縫，隨著縫隙的增大，露出一隻藍白分明的眼睛，卻是一隻獨眼怪獸。

顏天心看到這怪物打心底感到噁心，又拉了羅獵一下。

羅獵這才轉身繼續逃離，在羅獵逃走的時候，兩頭怪物長長的尾部交纏在一起，其中一頭怪物猛然擰轉身軀，竟然利用強壯的尾部將同伴拋了出去，那怪物身在半空中蜷曲如球，下降之時，四肢張開，利用尾部調節方向，成功越過前方的缺口，落在斷橋的對側。

羅獵此驚非同小可，沒想到這些怪物看似蠢笨，竟然擁有這樣的智慧，牠們竟然懂得審時度勢，而且會相互配合協作。現在這種時候，他們已經無心戀戰。雖然怪物不是鋼筋鐵骨，可追蹤而來的已經有二十多頭，血池內還不知有多少。

羅獵一邊逃，一邊向後方投擲手雷，可接下來的幾顆手雷收到的效果並不大，並未將橋面的裂口進一步擴大。

一頭怪物被手雷炸得險些跌下橋面，利爪抓住邊緣重新用力攀爬了上去，後面趕上的另外一頭怪物騰空躍起，雙足踏在牠的背上，再度騰躍而起，直奔羅獵的後背抓去。

羅獵聽到身後風聲颯然，已經知道怪物襲擊來到，身軀擰轉，就勢飛刀射出，這一刀直奔怪物面門中心的獨眼而去，噗的一聲，飛刀深深刺入其中，那怪物身體最為嬌嫩的部分就是眼睛，哀嚎著從空中跌落下去，雙爪不及抓住橋面，直墜而下，落入白沙內，又被其中隱藏的長槍穿透了身體。

然而危機卻並未就此解除，最早被長槍洞穿身體的怪物竟然從沙面上爬了起來，帶著滿身淋漓的鮮血向前奔去，以身體瘋狂地撞擊在前方的橋墩之上。

那橋墩原本就搖搖欲墜，被牠這一撞頓時傾斜倒了下去，橋墩撞擊在前方橋墩之上，一個接著一個，宛如多米諾骨牌一般開始倒伏，殘破的長橋這下全面斷裂。

吳傑已經成功越過長橋，聽到身後接連不斷的倒伏崩塌聲，這聲音也干擾了他對同伴處境的判斷。

羅獵和顏天心還沒有離開長橋，來自於底部橋墩的撞擊傾倒讓殘存的橋面不停崩裂凸起凹陷，顏天心腳下一空，身軀向下墜落，芳心不由得一沉，白沙內暗藏陷阱無數，別的不說，單單是那一根根朝上的矛頭就足以要了她的性命。

生死存亡的關頭羅獵騰躍而起，一把將顏天心的右臂抓住，顏天心抬頭望著羅獵，俏臉上浮現出一絲劫後重生的幸運表情，此時羅獵後方的橋墩已經向這邊傾倒而來，只要撞擊在他們下方的橋墩上，兩人就會同時落到下方。

羅獵用力將顏天心拽了上來，顏天心剛剛回到橋面，後方的橋墩就重重撞了上來，羅獵大吼道：「跳！」

兩人同時起跳，試圖抓住對側的橋面，按照他們的估計，他們應當可以穩穩抓住，可是在他們躍起之時，對側的橋墩竟然開始下沉，這讓他們的判斷出現了失誤。

橋墩下沉速度很快，兩人同時撲空。千鈞一髮之際，一道人影從空中俯衝而下，卻是吳傑轉身回來營救他們。吳傑撲向他們兩人，手臂分別攬住他們身體，在吳傑的衝擊力之下，兩人前衝的勢頭有所減緩，落在一截斷裂的橋面之上。

如果不是吳傑半路衝出，兩人恐怕就要直接落在下方的白沙上，那白沙內藏著無數尖銳的矛頭，就算兩人武功高強，倉促中也找不到可以立足之處，如果徑直落下去，縱然不死也得重傷。

吳傑為人外冷內熱，看似不近人情，可在生死存亡之際從不拋棄同伴。其實剛才他已經通過長橋，完全可以安全撤離，仍然義無反顧的選擇留下，奮不顧身地營救羅獵和顏天心，只是這樣一來，三人全都落入困境之中。

長橋已經完全斷裂，一根根聳立在白沙上的橋墩也不斷傾倒下沉，這白沙明顯在流動，沙面無法承載斷裂建築的重量，石塊落到沙面上就開始緩緩下沉。整個沙面都在不停的顫抖，羅獵四處望去，落在沙面上的橋樑殘段雖然不少，可是通過這些殘端並沒有可能脫離這片白沙。

因為知道白沙內暗藏機關陷阱，他們並不敢輕易踏上沙面，所以只能選擇橋樑的殘段立足，然而這只能是權宜之計，橋樑的殘段因重力漸漸沒入沙面之下，一旦全部消失他們就會寸步難行。

更麻煩的是，怪物接二連三地跳躍下來，牠們同樣選擇橋樑的殘段立足，這些怪物並沒有急於發動進攻，而是在可供立足的殘段上縱跳騰躍。

羅獵頓時意識到這些怪物的厲害之處，和牠們醜陋的外表不同，牠們擁有著一流的智慧，居然能夠根據環境來調整戰略，算準了羅獵他們必須要通過更換立足點來苟延殘喘，所以牠們只需佔領立足點，羅獵三人早晚都會主動送上門來。

顏天心提醒羅獵，開始被長槍洞穿身體的怪物在短時間內身上的血洞已經癒合，從表面上看牠已經完全恢復了正常，這種短時間內再生的能力羅獵曾經在孤狼佐田右兵衛的身上見到過。

吳傑已經將細劍從竹杖內抽離了出來，地玄晶打造的鋒刃閃爍著藍色光芒。

羅獵不知地玄晶鑄造的武器能否對這種前所未見的古怪生物擁有致命的殺傷力，但是除了放手一搏似乎也沒有其他的辦法，他將隨身匕首遞給了顏天心，取出三柄飛刀，準備背水一戰。

橋樑殘端下沉的速度明顯加快了，地面因為迅速的下陷而劇烈震動起來，白沙向上激揚而起，模糊了他們的視線，那些怪物也被這突然的變化嚇住，居然放棄了進攻，轉身向周邊牆壁攀援而去。

羅獵三人雖然暫時沒有被怪物圍攻之危，可是他們的處境並未有任何的改善，他們現在立足的橋面殘段長不足兩米，最高處距離沙面還不到三尺，而且這殘段正處於這片流沙的中心，和周邊都有相當的距離，以他們三人的彈跳力，根本沒可能逃到安全的地方。

吳傑道：「有個辦法或許能夠逃到對側，兩人先後墊背，一人踩著兩人的身體逃過去。」他所說的方法是犧牲兩人成全一個。

顏天心毅然決然道：「我不走！」雖然吳傑沒說要送走的人是誰，可她知道兩人一定不會選擇逃離，他們兩個全都是頂天立地不畏生死的大丈夫。心中想到，就算能夠成功逃離，若是羅獵死了，自己今生今世也不會再有什麼快樂可言，活著也沒什麼滋味。

吳傑道：「婆婆媽媽，難道要一起死？」

羅獵道：「我既不想走，也不想給人墊背。」顏天心自然不會走，可羅獵也不忍心讓顏天心犧牲，死是無路可走的選擇，可羅獵總覺得自己不會那麼容易死去，就算陷入流沙之中，也未必就是絕路。

羅獵的預感並沒有失誤，危急關頭，兩道身影同時出現在斷橋的那端，正是張長弓和宋昌金，吳傑進入骨洞尋找羅獵和顏天心之後，張長弓就感覺有些不安，終於還是決定和宋昌金一起進去看看，走出一段距離就感覺到地面震動起來，於是兩人加快了腳步，趕到這裡正看到眼前的一幕。

張長弓將繩索迅速打了個活結附在箭尾之上，瞄準羅獵的方向大吼一聲射了過去，射出之前已經折去鏃尖，以免不慎造成傷害。

羅獵看準來箭一把抓了過去，讓過箭矢，穩穩抓住繩索，他和張長弓同時用力將繩索繃直，讓顏天心先爬上去，顏天心卻堅持讓吳傑先走，形勢緊迫，吳傑也沒時間謙讓，抓住繩索宛如靈猿般攀援而上，吳傑離去之後，羅獵和顏天心立足的橋樑殘段繼續下沉，已經淹沒到兩人的膝彎，如果羅獵堅持最後再走，顯然已經來不及了。

顏天心道：「一起走！」

羅獵點了點頭抓住繩索，將顏天心抱在懷中。

張長弓奮起神力，發出一聲大吼，猛然將繩索向上拖拽，宋昌金此時也不再打什麼個人的算盤，全心全意地幫忙，三人同心協力以助同伴脫困。

羅獵兩人的重量加起來二百多斤，張長弓原本就神力驚人，再加上有兩人相助，將他們拖拽上來應該沒有任何問題，只是他們必須要在短時間內將繩索拉起縮短，避免羅獵和顏天心因繩索的長度過長而重新落入白沙之中。

羅獵和顏天心借著這股大力提拉的力量騰空而起，身軀飛躍到半空中，而後又因重力而下墜。

張長弓三人配合默契，三人顯然也考慮到這一狀況，所以並沒有同時發力，而是先由張長弓拖拽第一下之後，宋昌金在繩索卸力期間迅速縮短繩索的距離，吳傑負責第二次牽引。

看似簡單的拖拽卻是智慧和力量的配合，三人必須配合默契，其中任何一個環節出錯，都可能導致羅獵和顏天心落入白沙之中。

羅獵和顏天心在騰躍到最高點之後迅速下降，眼看就要落入沙面之上，羅獵的手臂猛然綳緊，卻是上方同伴成功將繩索縮短，而後又合力將之拽住。

羅獵的足底已經踩到了白沙，千鈞一髮之時又被重新拖離了危險，長舒了一口氣，顏天心也和他一樣緊張。

上方傳來張長弓爽朗的大笑聲，雙臂交替拖拽，拉著兩人不斷升高。

宋昌金的臉上也露出欣慰的笑意，他抬起頭，卻見沙塵中，一條紅色的長龍正突破沙塵向羅獵和顏天心撲了過去，宋昌金驚呼一聲，定睛一看，那並非是長龍，而是二十多個怪物首尾相連，相互疊合在一起，所以才會被他錯看成長龍。

羅獵抽出一柄飛刀向最前方的怪物射去，這一刀瞄準了怪物頭頂張開的大嘴，刀鋒呼嘯射入那怪物的咽喉，只見那怪物被刺中的部分開始變藍變亮，很快牠的整個腦袋都變得藍色透明，以肉眼可見的速度迅速融化。

羅獵一刀奏效，然而那無頭的怪物竟然脫離群體，騰空向他們撲了上來。

看到羅獵出刀成功射殺怪物，張長弓和宋昌金同時鬆了口氣，可沒想到又生枝節，那無頭的怪物居然還擁有攻擊的能力，憑藉多年的捕獵經驗，張長弓認為那怪物應當不是被動，也不是因為慣性，這次是牠主動發起的攻擊，張長弓怒喝道：「抓牢了！」

吳傑和宋昌金兩人感覺到回扯的力量瞬間增強，知道張長弓鬆開了繩索，兩人用盡全力托住繩索，避免因羅獵和顏天心的回扯力而前功盡棄。張長弓引弓在手，彎弓搭箭，瞄準那尚在空中的無頭怪物，咻咻咻接連射出三箭。

三箭瞄準了怪物失去頭部暴露在外的腔子，三支羽箭無一例外命中了目標，怪物眼看就要接近羅獵和顏天心，卻被這深深射入體內的三箭擊垮了牠的垂死反撲之力，怪物的身軀直墜而下，墜地之前，四肢胡亂揮舞，竟然抓住了羅獵和顏天心所攀附的繩索末端，牠應當不是存心故意，只是垂死掙扎的用力一扯，這一扯讓吳傑和宋昌金手中的繩索險些脫手而出，雖然兩人竭盡全力將繩索托住，怎奈繩索再也無法承受這連番的折磨，在斷橋邊緣反覆摩擦的繩索終於斷裂。

吳傑和宋昌金感覺雙手突然一空，頓時知道不妙，再想挽救已經來不及了。

張長弓大步衝向斷橋，向下望去，只見那無頭怪物率先跌落在白沙之上，直接在白沙上砸出一個大坑，羅獵和顏天心兩人從那坑洞之中先後掉落了下去。張長弓正準備尋找另一根繩索施救，可此時，那些怪物首尾相連，再度集結成為一條蜿蜒猙獰的長龍，借著迴盪之力，一隻接著一隻向他們立足之處騰躍而來。

宋昌金哀嚎道：「先退回去吧，不然都得死在這裡。」

張長弓接連射出數支羽箭，將翻飛騰躍而來的怪物於空中射飛，他發現那些怪物的肌膚從原來粉嫩的顏色漸漸變成了清灰，隨著牠們膚色的改變，這些怪物的防禦力也在迅速增強。

吳傑的雙耳微微顫抖著，從周圍的動靜他已經推算出了他們的處境，宋昌金道：「你們不走，我走……」他轉身想逃的時候，卻聽到身後發出動人心魄的斷裂聲，他們立足的斷橋殘端竟然再次發生了崩裂，三人根本來不及逃到安全的地方就沿著斜面滾落下去，驚慌之中只聽到吳傑提醒道：「那坑洞……」

吳傑是想提醒他們兩人跳到羅獵和顏天心墜落的坑洞之中，因為白沙內到處都潛伏著陷阱機關，落到別的地方都是不安全的，也唯有下面的坑洞才會有一線生機。

其實這個道理並不複雜，就算有機關陷阱，那怪物已經第一個掉了下去，想必率先將機關觸發，後續落下的人相對來說就會變得安全。

張長弓第一個從坑洞中落了下去，抬頭望去看到那黑壓壓的橋樑殘端如泰山壓頂般隨後墜落，張長弓心中暗叫不妙，以為這次死定了，就算不被白沙裡面藏著的機關害死，也要被這橋樑的殘端砸成肉泥。還好這一幕並未發生，張長弓在轉換了幾個念頭之後，摔在一片細軟的白沙之上，因為白沙的緩衝，並未對身體造成致命的傷害，饒是如此也摔得他胸中氣血翻騰，抬頭望，眼前漆黑一片，看不到一絲一毫的光芒，產生的第一個念頭就是自己失明了。

伸手去抓手電筒，卻不知遺失在了什麼地方。

張長弓緩了一會兒，身體的創痛稍稍減輕了一些，利用雙臂的支撐將自己已經陷入白沙內的大半截身體慢慢拔出來，此時遠處亮起了一道光束，晃動了一下，光束直接就照在了張長弓的臉上。

張長弓被強光刺激得瞇起了眼睛，大手遮住額頭，有些憤怒地嚷嚷道：「什麼人？」

光的那頭響起宋昌金欣喜若狂的大笑聲，原來他也沒事，宋昌金深一腳淺一腳地向張長弓走了過來，等他來到張長弓身邊，張長弓仍然沒有從細沙中爬出來，宋昌金施以援手，兩人花費了好一會兒功夫，張長弓方才將魁梧的身體全部解脫出來，有如脫力一般躺倒在細軟的白沙上，宋昌金也累得不輕，坐在張長弓身邊呼哧呼哧喘著粗氣。

「其他人呢？」宋昌金問道。

張長弓一骨碌從沙地上坐了起來，劫後餘生的慶幸頃刻之間變得無影無蹤，他一把搶過宋昌金的手電筒，打開光束搜尋四處，光線明顯黯淡了不少，手電筒的餘電已經不多。

宋昌金提醒他道：「電不多了。」

張長弓點了點頭，他在附近找到了自己的長弓和箭囊，握弓在手，內心中頓時增添了不少的底氣。

宋昌金道：「咱們應當都是掉到了這個地洞裡，按理說不會分開太遠，四處找找看。」

張長弓點了點頭，宋昌金說得不錯，難道說其他人直接掉到了白沙深處，被白沙掩埋？又或是摔下來的時候不巧觸動了機關……張長弓不敢繼續想下去，他相信吉人自有天相，朋友們不會有事。

兩人不敢單獨行動，心照不宣地選擇了相互照應，宋昌金不知從哪兒摸出了一個風水羅盤，趁著手電筒還有光芒，觀察了一下方位，不看則已，這一看他被嚇得心驚肉跳，只見掌中羅盤如同風車一般急速旋轉。

張長弓雖然不懂風水之術，可也知道這羅盤旋轉如此之疾必然反常，低聲詢問為何造成了這種狀況。

宋昌金右手托著羅盤，左手掐指一算，嘖嘖歎氣道：「壞了，大凶之兆。」

張長弓不屑道：「還用你說，咱們都淪落至此，只要有眼睛就看得到。」他指了指羅盤道：「我是問你這東西為何會轉得跟個陀螺似的？」

宋昌金道：「應該是被磁力吸引。」

張長弓道：「磁力？」

宋昌金歎了口氣道：「我早就說不讓你們貿然進來，都不聽我的奉勸，現在後悔只怕也晚了。」

張長弓道：「事情未必如你想像的那樣悲觀，鐵娃他們還在外面，發現咱們許久未歸，一定會前來尋找，我們還是很可能脫困的。」他的話剛剛說完，地面又震動起來，震動從上方傳來，強烈的震動讓兩人先後跌倒在白沙之上。

宋昌金苦笑道：「只怕上面已經坍塌了，入口十有八九封閉了。」

張長弓不再說話，從種種跡象來看宋昌金說的都是事實，其實入口坍塌也不是什麼壞事，至少能夠將那些怪物封閉在裡面，如果任由怪物逃出骨洞，又或是鐵娃阿諾他們過來尋找，必然死傷慘重。

宋昌金這次算準了，橋樑的崩塌牽連到了黑石甬道，而今甬道也被封閉，原路返回已經沒有可能，一直在骨洞外面負責望風的鐵娃也因來自內部的震動而擔心，他將消息回饋之後，由阿諾和他一起進入骨洞去看看情況。

兩人並沒有去太久，很快就回到眾人身邊，將他們的所見告訴了其他人，他們進入了黑石甬道，中途就發現甬道已坍塌，他們無法繼續深入只能選擇返回。

眾人雖說立場不同，可目前的狀況下已經不知不覺成為一個統一的團隊，誰都明白單打獨鬥不可能活著離開的道理，而這個團隊中的主心骨就是羅獵，這次被困的五個人可以說全都是核心人物，就算是所有人都不待見的宋昌金也是他們進入盜洞的嚮導，聽聞五人被困，每個人都焦急起來。

宋昌金發現自己專研數十年的摸金盜墓之術在這裡根本起不到任何的作用，腳下是白沙，眼前一片黑暗，在這混混沌沌的環境之中，什麼經驗都派不上用場，更倒楣的是，手電筒就快沒電了，那光芒比螢火蟲也強不了多少，最終那點光芒也淹沒在黑暗中。宋昌金道：「小張，不妙啊，咱們根本不知道往哪兒走。」

張長弓道：「走一步看一步，至少咱們現在還活著。」

宋昌金聽到弓弦拉開繃緊的聲音，他慌忙停下了腳步，用力眨了眨眼睛，終於看到在他們的正前方，有一點綠色的光芒仿若在夜色中飄動，宋昌金馬上判斷出那是一隻眼睛，他雖然看不清那眼睛究竟屬於誰，憑直覺也能猜到是剛才所見的怪物，他們既然能夠跌下來不死，那怪物的身體想必比起他們還要強橫一些。

綠色的光芒倏然向他們急速接近，腳掌拍擊在沙地上的聲音也變得越來越清晰。

張長弓仍在等待，他必須要等怪物進入最佳的攻擊距離，要讓他射出的這一箭達到最大的威力。

宋昌金一顆心已經提到了嗓子眼兒，希望張長弓儘快射出這一箭。突然之間遠處傳來怪物的哀嚎聲，一點綠光止住了前進原地旋轉起來，伴隨著兩聲哀嚎，遠處有藍色的幽光浮現，那道綠光隨之消失。

張長弓蓄勢待發，卻聽到遠處傳來吳傑冷漠的聲音道：「這怪物還真是頑強。」原來是吳傑中途衝出，利用他的細劍刺殺了怪物。

張長弓和宋昌金又驚又喜，兩人向吳傑的方向靠攏過去，雖然心情迫切，可腳下卻不敢走得太快，擔心誤觸潛在的機關。

吳傑道：「你們放心吧，這附近沒有機關。」

嗤！張長弓劃亮了一根火柴，點燃了纏在羽箭箭杆上的布條，他們看到了吳傑正站在一頭業已死去的怪物身邊，手中的細劍深深戳入怪物的獨目之中。

張長弓發現這頭死去的怪物身體已經變成了銀灰色，在牠的肩胛和尾部已經生出了一些細小的鱗片，有些懷疑眼前的怪物和之前所見的怪物並不是同一種類，他將自己的懷疑說了出來。

吳傑道：「應該就是一種，最初我們見到的是牠的幼體，牠們成長很快。」

宋昌金道：「獨目獸……」話一出口，頓時意識到自己多嘴了，慌忙閉上了嘴巴。

張長弓道：「你見過這東西？」

宋昌金搖了搖頭。

張長弓已經失去了耐性，怒道：「說！這種時候你還掩飾什麼？」

宋昌金被他突然的一嗓子嚇得一哆嗦，顫聲道：「我沒見過，可三泉圖上有過記載，我也以為只是傳說，說這東西於百獸血液中孕育而生，集百獸之長，性情凶悍頑強，我們此前所見的只是幼體，還未長成，一旦長成體型會成倍增加，而且周深覆蓋鱗甲，到時候就刀槍不入，無可匹敵。」

張長弓對宋昌金的過去瞭解一些，對他所說的話也是將信將疑，現在最重要的是找到羅獵和顏天心，他們三人雖然沒有脫離困境，可僥倖還都活著，而且每個人都沒有受傷，這也算得上是不幸中的大幸了。

張長弓向吳傑問起羅獵和顏天心，吳傑手中細劍抽離了獨目獸的身體，沉聲道：「你們有沒有感覺到那邊有寒潮湧動？」

張長弓和宋昌金誰也沒有他那般敏銳的洞察力，兩人同時搖頭，張長弓想起吳傑是個盲人看不到他們的舉動，於是道：「沒有。」

吳傑冷冷道：「用不著如此大聲，我聽得到，你們跟我來吧，不必照亮。」

在伸手不見五指的黑暗環境中，吳傑的劣勢反倒變成了他的優勢，在誰都看不清周圍狀況的時候，他的感覺要比其他人敏銳得多。張長弓和宋昌金兩人跟在吳傑的身後向右前方走去，原本兩人還擔心腳下可能存在機關，走了一段距離發現平安無事，也就放下心來，除了剛才遇到的那隻獨目獸，目前並未有新的怪物出現，這也讓他們內心稍安。

吳傑所說的寒潮張長弓和宋昌金終於看到，前方已經沒有了道路，被一堵平整的牆壁擋住，張長弓將手落在牆上，觸手處冰冷堅硬，竟然是金屬的質感。

吳傑同樣將手落在牆壁上，指尖回饋出銘文的筆劃。

宋昌金驚呼道：「青銅牆，整堵牆都是青銅鑄造的，我敢斷定這裡面一定有寶藏。」

吳傑道：「你們聽，有敲擊聲。」

張長弓將耳朵貼在了青銅牆壁上，隱約聽到敲擊聲傳來，應該是人為，他驚喜道：「難道是羅獵他們？」

吳傑點了點頭道：「除了他們還能有誰？」

宋昌金道：「太好了！」他這句話倒是由衷而發，畢竟羅獵是他的親侄子，就算他再市儈，再狡猾，也不想親侄子出事。

他們並沒有猜錯，這敲擊聲正是來源於羅獵，羅獵和顏天心兩人因為繩索斷裂最先墜落，緊隨著那怪物墜入沙洞之中，然而他們落地之後馬上又隨著流沙衝走，停下來之後已經不知道身處何方，整個過程兩人都是緊緊相擁在一起，彼此都存著同生共死的念頭，兩人也都認為這次必死無疑，雖然落下的地方並沒有遭遇機關，可單單是流沙就能致人死命。

還好他們並未被白沙完全淹沒，就在他們只剩下腦袋在外面的時候，白沙終於停止了流動，兩人從白沙中掙扎著爬了起來，那隻先於他們摔下去的獨目獸已經不知被流沙送到了哪裡？

劫後重生，兩人雖然滿心喜悅，也並未被喜悅衝昏頭腦，相互擁抱了一下，馬上開始考慮如何脫身的問題。顏天心取出手電筒照亮周圍，當兩人看到周圍的狀況的時候，兩人不約而同地驚呆在了那裡，因為他們身處在一座巨大的青銅容器內部。

在這座容器的中心，有一具黑色的棺槨正在緩緩轉動，應該是一具棺槨吧，形狀非常奇怪，就像一個黑色的橄欖核。

眼前的一幕極其熟悉，羅獵和顏天心不禁想到在九幽秘境看到禹神碑的情景。黑色棺槨靜靜漂浮在虛空之中，逆時針旋轉，速度極其緩慢。如果不是親眼所見，很難相信這樣的情景就是事實。羅獵推斷出他們所處的青銅建築內部存在著一個看不見的力場，而這具黑色棺槨正處於力場的中心平衡點，所以才能夠保持這樣的狀態。

顏天心小聲道：「裡面是不是昊日大祭司？」

羅獵搖了搖頭道：「不清楚。」其實他心中也是這樣想，他們所見的百靈祭壇、轉生陣、血池、怪物，所有的一切都是為了昊日大祭司的復生所準備，雖然見識到了形形色色的機關、陣法，卻唯獨沒有見到昊日大祭司的遺體。

按照常理來論，昊日大祭司的遺體應該深藏在墓葬的中心，也應當是最為隱秘的地方。

黑色棺槨距離周圍都有相當的距離，想要靠近棺槨並沒有那麼容易，羅獵和顏天心目前面臨的首要問題是如何從這裡逃出去。顏天心沿著青銅牆壁的周邊搜尋，發現牆壁上刻有一些奇怪的圖案和銘文。

顏天心搜尋四周有無出口的時候，羅獵仍然靜靜審視著這具棺槨，黑色的棺槨彷彿蘊藏著某種巨大的魔力，深深將羅獵的目光所吸引，棺槨緩緩自傳，無疑就是這個空間的中心，不知它究竟這樣轉動了多少年，又是怎樣的能力網支撐到了現在，如果從西夏時算起，到現在也有近千年的時光。

羅獵在心中做出了一個最可能接近棺槨的方案，那就是沿著周圍的青銅牆壁爬上去，一直爬到頂部的中心，從頂部的最中心位置跳到那棺槨上，羅獵用手電筒的光束向上照去，從頂部到棺槨至少有二十米的距離吧，而且這棺槨設計之初應當想到了這種可能，所以才做成了橄欖的形狀，首尾兩端根本沒有立足之處。

羅獵在心中否決了這個方案，如果從頂部垂下一根繩子，那麼就能夠順利下滑到棺槨上了。

顏天心此時喊羅獵過去，羅獵也因此而清醒過來，忽然意識到自己竟然這麼半天目光都未曾離開那黑色棺槨，內心中不禁有些後怕，強迫自己不再去看那緩緩轉動的魔性棺槨，緩步來到顏天心的身邊。

顏天心指了指上方的銘文道：「你看，這個字是不是夏文？」

羅獵定睛望去，顏天心所指的那個字正是夏文中的者字，內心不禁為之一震。從蒼白山到這裡數千里之遙竟然同樣存在著夏文，而他們所在的地方是西夏王陵墓葬群。

羅獵默默梳理著西夏的時代背景，那個年代正是禹神碑徹底失落的時候，根據他目前的瞭解，禹神碑應當為金人所擄，而禹神碑出現在九幽秘境，恰恰是收藏龍玉公主遺體的地方，這兩者之間究竟有什麼聯繫？

拋開表面的種種，撥開旁枝末節，就會發現這其中最大的聯繫就是龍玉公主和昊日大祭司，他們兩人是師徒，如果眼前的轉生陣是龍玉公主一手設立，那麼龍玉公主必然相信昊日大祭司會重生，龍玉公主重生之後的第一件事會不會就是前來尋找昊日？

青銅牆壁上方的許多銘文淹沒在沙塵之中，有些被沙塵完全掩蓋，必須用力敲擊才能去除表面的沙塵，露出下方的銘文。銘文全都是用夏文書寫，自從羅獵在九幽秘境看到大禹碑銘之後，他就將碑上的銘文牢牢記在腦中，從小他在爺爺的教導下學會了夏文，羅行木出現之前，他都不明白夏文的真正意義，雖然認識夏文，可他的層面也就僅限於認識而已，對於那些文字的真正意義缺乏瞭解。

在九幽秘境親眼目睹禹神碑後，有相當長的一段時間他都處於迷惘之中，就算認識上面所有的文字，卻不明白大禹碑銘真正的意義，這種現象在父親為他種下智慧種子之後有所改善，他時常會不由自主地想起碑銘的內容，理解其中的意思，雖然直到現在他也僅僅稱得上一知半解，可比起過去已經好了許多，大禹碑銘短短的文字之中卻蘊含著包羅萬象的道理，以羅獵目前的智慧還不能理解其中的深奧，興許這其中記載的內容和他所認知的這個世界全然不同，存在著一個無法想像的世界觀。

羅獵仔細察看著牆壁上的文字，顏天心看到他如此專注，於是默默幫忙清理沙塵，讓更多的銘文暴露出來。手電筒的光芒開始漸漸變得微弱，顏天心的內心不由得開始緊張起來，如果電量耗盡，那麼他們將失去這唯一的光源，在黑暗中尋找出口的可能性微乎其微，然而她仍然堅持不去打擾羅獵，對羅獵她有一種近乎盲目的信任，她堅信在任何的逆境下羅獵都可能尋找到出路。

向來冷靜的羅獵竟然抑制不住心中的激動，他轉向顏天心道：「雍州鼎！」

顏天心聞言一怔，雍州鼎豈不就是傳說中的九鼎之一？難道九鼎當真存在這世上？九鼎之一的雍州鼎就深埋在西夏王陵之下？她放眼望去，並沒有看到任何銅鼎存在，有些迷惑道：「你是說，雍州鼎就藏在這裡？」羅獵應當是從銘文中得到的啟示吧。

羅獵深深吸了一口氣道：「就在這裡，咱們現在就在雍州鼎的裡面。」他的右手輕輕撫摸著銅壁上的銘文，加重語氣道：「這，就是雍州鼎！」

顏天心的內心充滿了詫異，她從未見到過這麼大的銅鼎，甚至聞所未聞，如果不是羅獵親口告訴她，她也不會相信，本以為他們誤打誤撞進入了一座青銅建築內，可現在羅獵說這就是雍州鼎，他們兩人就在一尊大得驚人的銅鼎內部。

羅獵從銘文中判斷出眼前的青銅巨物就是雍州鼎，他的心中不禁浮現出一個大大的疑問，父親曾經親口告訴他，他們從未來回到現在這個時代的共有七人，父親是最後倖存的那個，他們最初的設定是返回三千年的冷兵器時代，可是在時空穿梭的過程中出現了謬誤，他們來到了如今的時代。

羅獵記得清清楚楚，父親特地強調過他們已經摧毀了雍州鼎，可是眼前的這座巨鼎又該如何解釋？

顏天心望著突然沉默下去的羅獵，小心問道：「這就是中華九鼎中的雍州鼎？」她的疑問再次得到了羅獵的確認。

羅獵的掌心突然感到了震動，他將耳朵貼在鼎壁之上，凝神屏氣很快就聽到斷斷續續的敲擊聲，羅獵的內心湧起一陣溫暖，同伴們沒有放棄自己，他們應當就在外面，羅獵抽出匕首，倒轉過來用手柄用力且有節奏地敲擊在鼎壁之上。

宋昌金將耳朵貼在青銅牆壁之上，聽了一會兒煞有其事道：「他們應當在裡面。」

張長弓禁不住道：「事後諸葛亮。」

宋昌金道：「你懂摩斯密碼嗎？」

張長弓愣了一下。

吳傑卻點了點頭，他對摩斯密碼也有所耳聞，不過他並不懂得，宋昌金既然這麼說想來是懂得的。

張長弓道：「他們說什麼？」

宋昌金道：「說還活著，讓我們不用擔心，他們自己會找到出路，讓咱們照顧好自己。」

張長弓呸了一聲道：「胡說八道。」

吳傑道：「宋昌金，你認得這上面的銘文圖案嗎？」

宋昌金道：「我看不到，我又不懂盲文。」話說完之後不禁有些後怕，畢竟當著吳傑的面說這種話，等於揭人家的短處，宋昌金從心底對吳傑還是忌憚的。

吳傑並沒有生氣，點了點頭道：「給你。」他居然取出了一支手電筒。

張長弓也沒想到吳傑居然藏著那麼一件好東西，對他們來說可謂是雪中送炭，可這東西對吳傑來說卻是一丁點的作用都沒有。宋昌金趕緊伸手將手電筒接了過來，借著手電筒的雪亮光束觀察銅牆上方的銘文。

張長弓對這廝也充滿期望，事實上現在也只能倚重這個盜墓賊了，禁不住催促道：「你看看，你認不認得上面的字？」

宋昌金搖了搖頭道：「不認得，一個字都不認得，我看這應當是夏文。」

吳傑也不禁失望起來，看來自己高估了宋昌金的能力。

宋昌金看了看自己的羅盤，指標旋轉得近乎瘋狂了，他吞了口唾沫道：「我倒是有個法子，在牆壁上到處照照，只要有孔洞，就會有光投入其中，他們既然能夠掉進去，就證明這東西上面有孔洞，只要讓他們發現了孔洞的位置，就能夠沿著原路爬上來，你們說對不對？」

其實宋昌金所說的只不過是一個最簡單的道理，雖然簡單卻容易被人忽略，張長弓聞言大喜，點了點頭道：「就按照你說的去做！」

羅獵關上了手電筒，餘電已經不多，事實上在這樣的環境中目力起不到太大的作用，他需要冷靜，仔細回憶一下他們究竟是怎樣被流沙衝入這個地方，回憶來時的方位，既然能夠進入，就能夠出去，他希望能夠聽到流沙傾瀉的聲音，的確有沙流動的聲響，可是這聲響來自於四面八方，無法確定他們是從何處而來。

雖然羅獵竭力摒除雜念，讓腦海回復一片空明，可他卻很難做到心無外物的狀態，剛一閉上眼睛，腦海中就出現那塊在熔岩湖上緩緩轉動的禹神碑，紅色熔岩映照得禹神碑錦波流轉，禹神碑上的文字在羅獵的腦海中變得鮮活起來，彷彿一個個從禹神碑上跳躍出來，於空中翩翩起舞，在羅獵的腦海中排列成千變萬化的圖案。

顏天心就在羅獵的身邊，呼吸之聲相聞，卻沒有打擾羅獵的靜思，她知道羅獵正在嘗試尋找出路，越是在逆境之中越是需要冷靜，她最佩服羅獵的就是這一點，此時她已經做不到心無雜念，唯一能夠做到的就是盡可能保持靜默，留給羅獵一個獨立思考的空間。

顏天心回憶著她和羅獵初次相逢的情景，回憶著他們同生共死的往事，回憶起羅獵初次親吻她的情景，俏臉微微有些發熱，一顆芳心也變得越發溫暖，溫暖驅走了寒意，也趕走了黑暗帶給她的恐懼，她這才意識到周圍的環境如此清冷，現在明明還是夏季。

如果真的走不出去？顏天心搖了搖頭，像是要告訴自己應該相信羅獵，可她難免開始去想，如果當真發生了最壞的結果，那麼她和羅獵就將長眠在這黑暗的地下，能和心上人雙宿雙棲倒也不失為一個圓滿的結局。

不過顏天心很快就意識到自己不該產生這樣消極的想法，同伴們就在外面，應當還在嘗試營救他們，族人們還在等著自己回去，她不可以就此放棄。

顏天心抬頭向頭頂的橄欖形黑色懸棺望去，其實到現在他們也無法確定那橄欖核一樣的東西是不是一口棺材，沒有開燈，顏天心看不到任何的東西，可是她心中知道那懸棺仍然在不停旋轉著，她似乎看到了反光，因反光下意識地眨動了一下眼睛，這裡本不該有光，顏天心定睛望去，她沒看錯，光芒就是從懸棺上方反射出來的，她向四周搜尋著，終於在自己的左後方看到了一道光，光線肯定來自於外部，透過縫隙進入了這黑暗的空間內。

顏天心的內心頓時激動了起來，她牢牢記住了光線的方向和位置，打開了手電筒鎖定了剛才光線透入的地方，在那裡，看到了一個極其古怪的圖案，她本以為找到了他們剛剛滑入這空間的地方，可是發現那縫隙很窄，應該是沒可能容納身體通過的。

羅獵此時睜開了雙目，輕聲道：「一定有接近懸棺的方法。」睜開雙目自然留意到顏天心手中的那束光，循著光線望去，看到了上方的圖案，羅獵道：「咱們上去。」

那圖案距離他們現在的高度在二十米左右，並非不可接近，因為牆壁上佈滿了圖案和銘文，應當是內部裝飾的紋路，而這些紋路恰恰為他們提供了可以攀爬落腳的地方。

羅獵在心中評估了一下，就算從二十米的高處落下來也不至於被摔死，畢竟下面全都是鬆軟的白沙，他讓顏天心留在下面為自己照明，解下隨身的裝備，輕裝上陣，沿著裝飾的圖案向上攀爬。

顏天心叮囑他要小心，同時告訴羅獵剛才從外部射入的光線，就算羅獵找不到出路，通過那條縫隙，或許能夠將聲音傳出去。

羅獵身手矯健，沿著浮雕紋飾開始攀爬，他的速度雖然不快，可是非常穩健，很快就已經抵達了那片古怪的圖案處，圖案正中就是剛才光線射入的縫隙，縫隙的寬度不到半寸，羅獵向其中望去，只見裡面排列著無數反折的鏡面，射入空間內的光線應當歷經了無數次折射，羅獵對著孔洞喊了一聲，他的聲音卻在空曠的內部空間內迴盪。

整個大鼎的結構都非常奇怪，羅獵等了一會兒沒有看到回應，決定好好看看那幅圖案，圖案上包含著幾行文字，全都是夏文，羅獵逐字逐句地體會著其中的意思。

顏天心關注羅獵在上方的舉動，忽然聽到身後傳來一陣銀鈴般的笑聲，她霍然回過頭去，並沒有看到任何人，重新回過身去，眼前卻突然多了一個身穿紅裙的赤足少女，那少女披頭散髮，低垂著頭顱，頭髮將她的面孔全部遮蓋。

顏天心提醒自己一定是幻覺，她用力搖了搖頭希望從眼前的幻覺中醒來。顫聲道：「你……你是誰？」

紅衣少女緩緩抬起頭來，上方一道雪亮的光束照亮了她蒼白的面龐，只見她的眼眶空洞無物，鮮血正沿著她精緻的雪白面龐緩緩滑落，她淒厲道：「你還我命來！」

顏天心嚇得向後退了一步，她想要呼喊羅獵，可喉頭卻突然哽咽發不出任何的聲音。

紅衣少女笑了起來，從長袖中伸出她的右手，紅袖從手臂上滑落下去，她的整條右臂已經變成了白骨。顏天心有生以來還未曾見過如此恐怖的場面，內心仿若被一隻無形的手狠狠握住，她想要逃離，卻無法移動腳步，感覺雙足陷入腳下的白沙之中。

眼看著那白骨森森的五指抓向自己的面門，對方的食指和中指正要向她的雙目摳去。

「天心！」伴隨著羅獵的一聲大吼，顏天心被撲倒在了白沙之上，來自於羅獵的這次飛撲撞得顏天心胸口劇痛，手電筒也飛到了遠處。

顏天心並不知道剛才發生了什麼，羅獵及時發現了她的反常狀況，看到顏天心正伸出手指試圖去摳她自己的雙目，羅獵大吃一驚，慌忙下滑，下滑了一段距離又生怕來不及阻止顏天心鬼使神差的舉動，於是從半空中合身撲了上去。雖然這一下將顏天心撞得不輕，可好歹將顏天心從自殘的邊緣拉了回來，如果他再晚上一步，恐怕顏天心已經將她自己的雙目戳瞎了。

顏天心這才清醒過來，被羅獵壓在身下，想起剛才的驚魂一幕，內心中又驚又怕，緊緊抱住羅獵，無聲啜泣起來，羅獵輕撫她的秀髮，低聲安慰，此時他們聽到上方傳來吱吱嘎嘎的啟動聲，羅獵將滿臉淚痕的顏天心從地上扶起。顏天心也非軟弱之人，只是那紅衣少女已經成為她的心魔，此前幾次出現雖然恐懼卻未釀成惡果，這次如果不是羅獵捨身撲救，恐怕自己已經自毀雙目。

顏天心靠在羅獵肩頭，心中反倒有些不好意思了，她自小堅強，就算嘗盡委屈受盡艱苦也從未表現出這樣的軟弱，今天在愛人的面前居然表現得一反常態，看來愛情果真能夠改變一個人，在遇到羅獵之前，顏天心一度認為自己這輩子都不可能像別的女人一樣安於家庭，相夫教子，可在遇到羅獵之後，這種想法悄然改變，她甚至期待成為羅獵的妻子，甘心為他退居幕後。

接連的響動聲打斷了顏天心的沉思，她此時才抬頭去看到底發生了什麼，剛才古怪圖案的部分已經消失，取而代之的是鏡面一樣的三稜結構，顏天心意識到羅獵應該觸及了某處機關，因此才導致了這樣的變化。

羅獵道：「那圖案其實是啟動冀州鼎的說明。」

顏天心詫異地望著羅獵：「說明？」

羅獵點了點頭，他無法將詳情向顏天心解釋，在爬上去看到圖案之後，他的腦海中即刻就理解了其中的意義，羅獵當然清楚自己沒有這樣的本事，他之所以能夠瞭解，是因為智慧種子的緣故，他雖然沒有經歷過，可是父親和母親中的一個必然有過這樣的經歷，並將記憶植入了這顆種子，後來又通過父親將智慧種子植入自己的身體，影響到了他。

按照父親的說法，冀州鼎應當在羅布泊內，而現在羅布泊尚未乾涸，只有湖水乾涸，冀州鼎內部的信號才會發射出去，父親親口告訴自己，他們炸毀了冀州鼎，而現在冀州鼎竟然出現在西夏王陵的地下，兩者之中必然有一個是假的，又或者眼前的冀州鼎已經被損毀？

請續看《替天行盜》卷十　生死之間

替天行盜 卷9 詭譎重重

作者：石章魚
發行人：陳曉林
出版所：風雲時代出版股份有限公司
地址：10576台北市民生東路五段178號7樓之3
電話：(02) 2756-0949
傳真：(02) 2765-3799
執行主編：劉宇青
美術設計：許惠芳
行銷企劃：林安莉
業務總監：張瑋鳳

初版日期：2021年11月
版權授權：閱文集團
ISBN ：978-986-5589-48-6
風雲書網：http://www.eastbooks.com.tw
官方部落格：http://eastbooks.pixnet.net/blog
Facebook：http://www.facebook.com/h7560949
E-mail：h7560949@ms15.hinet.net
劃撥帳號：12043291
戶名：風雲時代出版股份有限公司

風雲發行所：33373桃園市龜山區公西村2鄰復興街304巷96號
電話：(03) 318-1378
傳真：(03) 318-1378
法律顧問：永然法律事務所 李永然律師
　　　　　北辰著作權事務所 蕭雄淋律師

行政院新聞局局版台業字第3595號 營利事業統一編號22759935

定價：290元

國家圖書館出版品預行編目資料

替天行盜 ／石章魚 著. -- 臺北市：風雲時代出版股份有限公司，2021.07- 冊；公分

ISBN 978-986-5589-48-6（第9冊；平裝）

857.7　　110003703